新
滿清十三皇朝
三
危城風雲
許嘯天 著

目錄

第四十九回　偷期密約

孫太太回去的第二天，她家果然打發了一個媒婆到顧家來說媒；那含芳小姐起初聽說顧家來求婚，她猜那顧家公子必是一個紈褲子弟，不懂得恩情的，因此一口回絕，此番見顧少椿是一個翩翩公子，又是美貌，又是多情，她如何不肯？況且她倆人在河底裏黏皮貼骨的摟抱過，在含芳小姐心裏，這生這世，祇有嫁給顧家公子的了；暗地裏問她妹子時，也願意一塊兒嫁去。

到了夜裏，含芳小姐便悄悄的把這個意思對她母親說了；她母親便打發媒婆來對胡氏說知。那胡氏聽孫家允了婚，且一允便是兩個，她如何不樂？便是顧少椿心裏也是喜出望外，因此他的病也好得很快。胡氏看她兒子全好了，便預備揀日子給她兒子定親。

誰知好事多磨，在他們定親的前一天，忽然接到他父親從北京寄來一封信，說已替他兒子在北京定下一頭親事，女家也是做京官的；並說當年要娶過門的。顧少椿看了，好似兜頭澆了一勺冷水，氣得他話也說不出來，整整的哭了一天，第二天便病倒床上；胡氏看了十分心疼，忙用好話安慰他，一面託媒

人去回絕了那孫家。

那孫含芳姊妹兩人得了這個消息，卻也不哭、不說話；她姊妹兩人在暗地裏說定了，一輩子守著不嫁，好在她們家裏有的是錢，又沒有別的弟兄，這萬般家財，也夠她兩人澆裏的了。祇是那顧少椿心中十分難受。

這時已到盛夏天氣，十分炎熱；顧少椿便把臥榻移到樓下書房裏來，他也是爲睡在床上，可以望著對岸孫家粧樓的意思。胡氏卻不知兒子的用意，祇是順著他的心意罷了。

看看睡了幾天，遠望那對岸的粧樓，終日窗戶緊閉；少椿心想：「含芳小姐也病倒了嗎？可憐我倆人一段心事，隔著河兒，有誰替我去傳說？」

他因想起他心上人，常常終夜不得入睡。有一天半夜時分，他在床上正翻騰不安的時候；忽然聽得窗子上有輕輕剝啄的聲音。少椿霍地跳下床來，輕輕的去開了後門；見月光下面，玉立亭亭的站著一個美人兒，望去好似那含芳小姐。

這時少椿情不自禁了，一縱身撲上前去，拉著她的玉臂兒；說道：「想得我好苦也！」

那小姐忙把少椿推開，低低的說道：「我不是含芳，我是漱芳；姊姊想得你厲害，你快去罷！」

少椿一看，見河埠下泊著一隻瓜皮小艇子；便也顧不得病體，和漱芳兩人，手拉手兒下了艇子，輕輕的渡到對岸。祇見那含芳小姐站在石埠上候著，他三人便並肩兒坐在石埠上，娓娓清談起來；好在有一排柳蔭兒做著天然的屏障，外面的人也瞧不見他們，他三人直談到五更雞唱，才悄悄的各自回房。

從此以後，這成了每夜的功課；那月兒姊姊常常照著他三人的影子，待到曉風吹動，殘月西下，他三人才回進屋子去。

後來天氣自夏而秋，外面的風露漸漸兒有些受不住了；漱芳小姐便想了一個法子，叫少椿留心看著，每夜趁孫太太睡熟了，她們便在樓頭點一盞紅燈，見了紅燈，便悄悄的渡過河來，她姊妹便把他接進屋子去；倘然不見紅燈，就千萬莫過來。少椿得了這暗號，悄悄的過去，竟進了她們的粧樓；一箭雙鵰，享他的溫柔滋味。這樣暗去明來，又過了半年的甜蜜光陰。

有一天，忽然大禍來了；她姊妹兩人每夜點上紅燈，便並肩兒倚在樓頭，望著對岸。這一天，她姊妹兩人正在樓頭望時，祇聽「颼」的一聲，飛過一枝毒箭來；一箭穿過她姊妹兩人的太陽穴，一齊倒在地下。這毒箭是見血封喉的，她姊妹兩人便靜悄悄的死在樓上。

那顧少椿兀是靜悄悄的守在樓下，直到天明，還不見她姊妹來開門；少椿心中越是疑惑，越是不肯走開。後來她家裏的丫頭走進小姐房裏去，見兩位小姐並肩兒死在地下，忙去報與太太知道；那太太聽

了直跳起來，搶到她女兒房裏，摟著兩個女兒的屍身，嚎啕大哭。

那顧少椿在門外聽得哭聲，知道事情不妙，便不管三七二十一，打進門去，撲在兩位小姐的身上，哭得死去活來。那孫太太看看不雅，吩咐把少椿拉起來；一面報官去。

那江都縣聽說出了這件無頭命案，也親自來相驗；見這顧少椿形跡可疑，便把他帶回衙門去審問。顧少椿見死了他的心上人，恨不得跟她們一塊兒死去；見縣官審問他，便一口招認是自己害死的。待到那問官問他，爲什麼要害死孫家的小姐和怎麼樣謀死的？他卻說不出話來。

那胡氏見她兒子被縣官捉去了，急得她拿整千銀子到衙門裏去上下打點；又寫信到京裏去。那顧大椿急急趕回揚州來告御狀。這時乾隆帝從杭州回來，正在揚州；接了顧御史的狀子，便吩咐揚州知府把顧少椿釋放了。

那邊孫太太見釋放了顧少椿，如何肯休？她也抱著冤單，赴水告狀去。乾隆帝退還她的狀紙，一面推說是可憐孫家的女兒年輕死於非命，便派揚州知府御祭去；那追捕兇手的事情卻絕不提起，便是地方官，也弄得莫名其妙。

後來乾隆帝回鑾以後，忽然有兩個少年婦人打扮得十分鮮艷，到孫家去探望孫太太。

那少婦自己說：「是姊妹兩人，姊姊名倩霞，妹妹名絳霞；原在勾欄院中，曾經得乾隆帝召幸過。

後來皇帝到杭州去，吩咐她姊妹俟回鑾過揚州的時候，在樓頭點一盞紅紗燈，便當打發人來接她們進京去。她家住在狀元橋邊，粧樓靠河，樓下也有一株楊柳；如今孫家後樓也有楊柳樹，樓頭也點一盞紅紗燈，莫是皇帝錯認了孫家是倩霞家裏？原要射死倩霞姊妹兩人的，如今卻錯射死了孫家的姊妹兩人。」

這句話，卻被她們猜著了，但是乾隆帝爲什麼要射死她姊妹兩人，連倩霞自己也不知道。如今待做書的，來替她們說了罷。祇因乾隆帝見小梅刺死了汪如龍以後，便刻刻留心，疑心倩霞姊妹兩人也是來行刺的；因此不敢留戀，忙把她姊妹兩人送回院去。帶她們到京裏去的一句話，原是說著玩的。

在乾隆帝心裏，原不打算結果她姊妹的性命；後來忽然想起，若不帶她姊妹回京去，怕她們怨恨。從前皇帝寵愛她姊妹兩人的時候，在枕席上，什麼恩愛秘密的話都說過；深恐她姊妹怨恨至極，把宮中的秘密都洩露出去，因此便起了謀殺她姊妹的心。待回鑾過揚州的時候，便悄悄的打發一個侍衛，拿毒箭去射死她姊妹。

誰知事有湊巧，那孫家姊妹在那裏做偷期密約的事情，樓頭也點著一盞紅燈；那侍衛錯認是倩霞姊妹的粧樓，恰巧樓頭也有兩個美人兒並肩靠著，那侍衛以爲是千真萬真的了，一箭射去，把好好一對姊

妹花，送到枉死城裏去了。那倩霞姊妹兩人，打聽得孫家出了這件命案，心知是皇帝要結果她二人的性命，忙偷偷的把紅燈除去，躲在別院的姊妹家裏；待皇帝回鑾以後，才出頭來，到孫家去探望。

那孫太太聽了她姊妹一番話，又是傷心，又是害怕，祇得把這案件擱起不提。倒是那顧少椿不肯負心，把含芳姊妹兩口靈柩接回去，葬在自己祖墳上，算是他的原配；那北京娶來的，算是繼配；又把孫太太接到自己家裏，如父母一般侍奉著。

可憐他兩家人，祇因皇帝一個念頭，弄得他們家破人亡；那乾隆帝肚子角裏，也沒有這一樁事。

這時皇帝回到京裏，那和珅承造的圓明園四十景，也已成功了；把天下的名勝都造在一座園子裏，又把天下的珍寶，也都陳列在這座園子裏。

這座園子有十八重門；南面的有大宮門、左右門、東西夾門、東西如意門、福園門、西南門、水閘門、藻園門；東面的有東樓門、鐵門、明春門、珠蕊宮門、隨牆門；北面的有北樓門。圍牆下又造三處水閘，西南面的一座進水閘，東北面的五座進水閘，又一座出水閘。

那一股水從玉泉山流來，經過西馬廟，流入進水閘；分幾十道支流佈滿園中。園的正面，造著五座大宮門，門前兩旁又造著五間朝房，後面又分造著各部的直房。東面夾道裏，造著銀庫；東北面是南書房，東南面是檔案房，西面又是各部的直房。

大宮門裏面是出入賢良門，是五座高大的穹門，穹門前面接著石橋。過橋兩旁，又造著五座朝門；出入賢良門裏面，便是正大光明殿，有七間開闊，兩旁造著五間開闊的配殿。

正大光明殿後面，是壽山殿，東面是洞明堂，正大光明殿東面，是勤政親賢殿；殿東面有飛雲軒、靜鑑閣。北面是懷清芬，又北面是秀木佳蔭；繞過後面，是生秋庭閣。東面名芳碧叢，後面是保合太和殿；再後面，是富春樓。樓的東面，名竹林清響；繞著一叢竹樹。

正大光明殿後面，有一大湖名叫前湖；湖的北面，有一座五間的圓明園殿。殿後面，又有一座七間的奉三無私殿，再後面是一座七間大的九州清宴殿；殿東面，是天地一家春。西面，是樂安和；再西面，是清暉閣。

閣前是露香齋，左面是菇古堂、松雲樓；右面是涵德書屋、富春樓。北面是御蘭芬樓，樓後面是一座紀恩堂和一座鏤月開雲樓。堂後面有一座池，池的西北面，造著一座方樓，名天然畫樓；北面是朗哈閣，再北面是竹邁樓。

東面一座五間屋子，名五福堂；後軒五間，造在池面上，匾額上寫著「竹深荷淨」四個字。東南面一溜精舍，院子裏遍種桃柳；簷下一方匾額，寫著「靜知春事佳」五字。渡過水去，東面一帶長堤，跨堤一座牌樓，寫著「蘇堤春曉」。

再從五福堂渡過河去，北面沿河一帶，山嶺曲折環繞；山腳下是碧桐書院，西邊半山造著一座亭子，名雲岑亭。書院的西面，是慈雲普護寺；寺西面靠湖一座高樓，名上下天光樓。兩邊造著六角亭兩座，從樓下折向西面，有一座小橋；過橋是杏花村館，西北面是春雨軒。

春雨軒的西面是杏花村；村南是澗壑餘清。迎面一座峭壁，一股清泉從壁上直瀉下去，曲曲折折，流過石灘；那「澗壑餘清」四字，便刻在石灘上。繞過春雨軒後面，東邊便是鏡水齋；西北邊一座屋子，四面繞著高柳，名叫柳齋，再西面，是翠微堂。

杏花春館的西面，有一座綠石大橋，又平坦又闊大，名叫碧瀾橋；橋畔臨水一亭，名知魚亭。亭前面是素心堂，素心堂後面是光風霽月堂；東北角有一座萃景齋，西北角是一座齋佳齋，正南面是菇古涵今室，屋子裏面疊著古書。屋子後面一座四方的琉璃屋子，名韶景軒；軒東是茂育齋，西是竹香齋，再北是靜通齋；屋裏面陳設許多古董，屋外面種了許多松柏古樹。

菇古涵今室的南面，是長春仙館；館後面是綠蔭軒，院子裏種著四株大梧桐樹，樹蔭遮住屋子，几案都是綠色的。沿西廊過去，是麗景軒；長春仙館的西面，是一座五間大廠廳，正中的匾額上寫著「含碧堂」，院子裏一對高槐。

堂後面是一座小軒，院子裏種著四株桂樹；小軒上一方匾額，寫著「林虛桂靜」四字。左面是古香齋，右面是墨如雲，對面是隨安室；由長春仙館西南側門出去，繞過西邊一帶圍牆，上寫著「藻園」二字。裏面一座五間的曠然堂，堂後面是貯清書屋。

堂東座方池，池上面蓋著一座小閣，便是夕佳書屋；池北面是鏡瀾榭，東南面是凝眺樓、懷新樓；西北面是湛碧軒，西南面是湛清華，杏花春館。西北面是一口池，池上面架著一座卍字亭，亭匾上寫著「萬方安和」四字。亭後面緊接著一座橋，橋腳緊接著一座石洞，洞口石匾，寫著「武林春色」。池北面一溜屋子，匾額是「壺中日月長」；池東面一溜屋子，匾額是「天然佳妙」。

南面一座房子，背靠著山腳，山勢三面環繞；屋子上匾額，是「洞天日月多佳景」。武林春色的西面，是全璧堂；東南一座亭子，匾額是「小隱棲遲」。堂後面繞過山峽，東面是清秀亭，西面是清會亭，北面是桃花塢。靠水一方平地，種著一叢低低的桃樹。水東面是清水濯纓室，西面是桃源深處。

桃花塢東面是館春軒；東北是品詩堂。萬方安和西南面，翠嶂縈圍，隨山高低，建著一座高樓，名山高水長樓；山下地勢平坦，一望數頃，是預備皇帝朝見外藩，侍衛比射，每年燈節放煙火用的。空地北面有一座橋，過橋又繞進山峽，迎面一座五間的月地雲居殿；西面是劉猛將軍廟。殿後面山徑曲折，第一座牌坊上刻著「鴻慈永祜」四字；左右面豎著兩支石華表。

再上去，接連造著三座牌坊；半山上一片平崗，東南面一座三間的政孚殿，西面五間宮門。南面是一座安祐門，門前有白玉石橋三座，左右有井亭兩座。又有五間朝房在安祐門外；殿後面是一座九間重簷的正殿，名安祐宮。宮裏面正中供奉著康熙帝的御容，左面供奉著雍正帝的御容。

鴻慈永祐的後面，一帶圍牆；牆裏面西北角是紫碧山房，前面是橫雲堂。山房東面山洞中一座石屋，名石帆室；東南是豐樂軒，北是霽華樓，東面是景暉樓。橫雲堂西面下山坡，有一口大池；池上一座澄素樓，西北是引溪亭。東面接著一帶矮牆，牆外連崗三重，雜花生樹。亭西面一座長橋，過橋東面，便是彙芳書院；進書院有三間敞屋，上面匾額是「問津」二字。

接著一座白石橋，橋上跨著石坊，坊上面刻著「斷橋殘雪」四字。書院的南面，建著一座大屋子；望去殿角玲瓏，樓宇重疊，名日天琳宇。裏面有中前樓、中後樓七間，有西前樓、西後樓上下七間；中前樓南面有天橋，接著兩面高樓。天橋東南有一座八角燈亭。

日天琳宇東南面，一片稻田，河水縈繞；田中央有一座田字式的殿宇，四角造著樓。北樓匾額是「澹泊寧靜」，東樓名曙光樓。東面稻田中一座平屋，名觀稼軒；西面有一亭，名稻香亭。稻田北面靠著山麓，有一座亭子，上面匾額是「溪山不盡」四字。

觀稼軒後面，繞著一道清流，上架小橋；過橋一座屋子，名映水蘭香。東南靠水一塊大石，石上造一亭，名釣魚磯；北面是印目池。印目池接著一口大沼，沿水一座大牌坊，上面寫「著濯龍沼」；沼的西南面是貴織山堂，裏面供著蠶神。映水蘭香的東北面，一叢楓樹，樹林裏造著一座屋子，匾額上是「水木明瑟」四字。樹林北面一座高大樓屋，便是文源閣；上下六間，滿藏著四庫全書。

閣子西面一叢柳樹，題著「柳浪聞鶯」的牌坊；西北面環池帶河，一溜屋子，匾額上是「濂溪樂處」，後面是雲香清勝，東面是芰荷深處。濂溪樂處對岸，一片菜畦；中間一座屋子，匾額是「多稼如雲」。前面是芰荷香，東南是湛綠色，東北是魚躍鳶飛，南面繞出山麓，又是一片稻田；田中間河水如帶，兩岸村屋名北遠山村。北岸一帶石牆，牆裏面是蘭野，遍種蘭草。

蘭野後面是繪雨精舍，東北一座石橋，過橋一座船廳，名嵐鏡舫；西面是花港觀魚，北面是四宜書屋。書屋後面一帶高牆，月洞門上匾額寫著「安瀾園」。進園便是一泓清水，靠東南面是葄經館，南面是采芳州，後面是飛睇亭，東北是綠帷舫，西南面是無邊風月之閣；再西南是涵秋堂，北面是煙月清真樓。樓的西南面，是遠秀山房；樓北面凌空一座曲橋，橋盡頭也是一座樓，名叫染霞樓。

四宜書屋的東面，靠池一座樓屋，名方壺勝境；北面是噦鸞殿、瓊華樓。殿東面是蕊珠宮，宮南是船塢；西北是三潭印月。過九曲橋水中一亭，匾額是天宇空明；九曲橋盡頭，是澄景堂，一色白石圍欄。東面是清曠樓，西面是華照樓，樓後面是一座方池，池四面鋪著絨褥繡墩，池中站著玉馬石烣，是

皇帝暑天帶著妃嬪洗澡的地方。池上一方匾額，是「澡身浴德」四字。

第五十回　乾隆大壽

圓明園，原是在中國歷史上有名的大建築。這時和珅承造園中四十景，每一景或靠山，或傍水，或闊大，或精小，真是各抱地勢，勾心鬥角。

如今做書的說了半天，祇說得半個園的景色；講到全園風景最幽雅的地方，要算那安瀾園一帶了。什麼采芳洲、飛睇亭、綠帷舫、無邊風月閣、煙月清真樓、染霞樓、方壺勝境、巇鸞殿、瓊華樓、蕊珠宮、三潭印月、天宇空明、清曠樓、華照樓、澡身浴德池；都是清秀高華，四時咸宜的地方。

乾隆帝當日進園來，見了這去處，便讚嘆不絕口，流連不肯去；和珅迎合上意，便奏請聖駕駐蹕。皇帝依奏，他是一刻也離不了春阿妃和郭佳氏、蔣佳氏三位美人的，當時也把三人搬進園來；春阿妃住蕊珠宮，郭佳氏住方壺勝境，蔣佳氏住華照樓。乾隆帝每天在正大光明殿坐朝；朝罷回園，便和這三個美人遊玩調笑。

每到春天，在巇鸞殿、瓊華樓一帶遊玩；到夏天，則在采芳洲、飛睇亭、綠帷舫一帶遊玩；到了秋

天，在煙月清真樓、染霞樓、三潭印月、清曠樓一帶遊玩；到了冬天，則在瓊華樓、無邊風月閣遊玩。有時想起別個妃嬪來，便回大內去，帶著許多宮眷進園來，滿個園中遊玩著；有時也奉著皇太后來遊園。每逢四時佳節，又把文武大臣召進園來，各處遊玩、賜宴吟詩；皇帝自己做「四十景圖詠」，命文學大臣和詩，刻了一本詩集子，頒賜王公大臣。

圓明園地方闊大，乾隆帝在裏面四時遊玩，毫不厭倦；還有那和珅終日陪伴著，常常想出新鮮玩意兒來，博皇上的歡心。和珅在皇帝身邊，寸步不離，皇上和宮眷嬉笑調弄，他也不避忌的。

其中一個郭佳氏，因她長得白淨秀美，皇帝格外寵愛她；郭佳氏因皮膚白嫩，格外自己愛惜自己；她最愛洗浴，又愛那玉器。她住的屋子裏，帷帳屏帳都掛著碎玉；微風吹動，一陣陣叮噹響聲，十分動耳。此外，鏡臺牙床都嵌著白玉；便是郭佳氏的衣襟裙帶上，都綴著玉片兒；眉心帽沿上，也綴著一方羊脂白玉，襯著粉腮上紅紅的胭脂，真是嬌滴滴越顯紅白。

乾隆帝因她愛玉，凡是四方進貢來的玉器，都搬來陳設在郭佳氏屋子裏；屋子裏有玉樹一株，高和人齊。那樹枝上掛著各種珠寶玩具，乾隆帝命郭佳氏自己去採取玩具。她伸出手來，那指兒臂兒如玉樹一樣白淨；乾隆帝寵愛之極，便把郭佳氏進封寶妃。

這時福康安收服和闐，那和闐地方是出玉的；乾隆帝因寶妃愛玉，便秘密下一道聖旨給雲貴將軍，叫他多搜玉器。不多幾天，那和闐的玉器送進京來，陳設在圓明園裏；那玉有各種顏色，有白如雪一般的，有黃如蠟一般的，有紅如霞的，有綠如翠一般的。寶妃看了，拍著手，笑得她一張櫻桃嘴合不上縫。

其中有一樣最貴重的東西，是把大塊的白玉，雕成一匹玉馬；長鬣高蹄，方眼紫鼻，露出幾絲汗血斑紋。那顏色都是天然生就的，全身潔白光潤；長約三尺餘，高約二尺餘。乾隆帝看了，笑說道：「這玉馬和寶妃，同稱得雙美了！」和珅聽了，便去在華照樓下造一座寶馬亭，把玉馬供在亭子中間；亭子四面，用白石欄杆圍繞著。

寶妃每天要洗澡的，有時拉著春阿妃和蔣佳氏同在浴池裏洗澡。這時雖在夏天，和珅怕她們的嬌嫩皮膚受了寒涼；便在華照樓後面，造起一座大鍋臺來，把水燒熱了，再把鐵管曲曲折折的攢通池底，灌進熱水去，稱做溫泉。三位美人在溫泉裏洗浴，大家嬉弄一陣；皇帝靠在池邊，看著她們，和珅也陪在一旁看著。

那班妃子，有的在水面上搶著球的，有的爬在石熋背上唱著曲子的；獨有那寶妃，從浴池裏出來，由兩個宮女交著臂兒，抬著她到寶馬亭中，裸著身體坐在那玉馬背上。四五個宮女，忙著拿軟巾替她揩乾身上的水珠，又替她渾身撲著香粉。拿一匹輕紗，裹住她的身子；打開雲鬢來，由宮女替她梳一個墮

馬髻兒。又有一個宮女送上琵琶來；寶妃彈著琵琶，唱著曲兒。皇帝在椅子上坐著看著，直到她穿上衣裙，才和她手拉手兒的，到「天宇空明」納涼去。

那和珅陪著皇帝，看在眼裏，回家去也和他的姬妾照樣嬉弄著。他的姬妾中，有一個名叫三兒的，原是乾隆帝下江南的時候，替他帶回京來賞給他的；那三兒皮膚也長得十分白淨，長身玉立，轉盼動人。乾隆帝曾經臨幸過她一次，那三兒也仗著自己曾伺候過皇上，瞧不起同輩的姬妾們；和珅也因她是御賜的，格外寵愛她。

當雲貴將軍進獻和闐玉器的時候，先請和珅過目；和珅也拿了幾樣到家裏去，給三兒玩弄。其中有一個白玉墩，三兒每浴罷，便裸坐在墩子上，揩抹水珠，又渾身撲著香粉，也命丫鬟替她重整雲鬟，和珅也坐在一旁；忽然想起圓明園裏的玉馬，和珅笑對三兒說道：「像妳這樣白玉也似的肌膚，也配得騎在玉馬上。」

後來不多幾天，那寶妃因常常洗浴，和皇上在風地裏調笑著，風寒入骨，一病身亡。寶妃一死，把個乾隆帝傷心得茶飯無心，神魂顛倒；雖說一樣也有春阿妃和蔣佳氏伺候著，那皇帝總是鬱鬱不樂，每見了那玉馬，便想起了寶妃，掉下淚來。後來春阿妃怕皇上傷心過甚，便悄悄的把那匹玉馬偷出園去，交給和珅，拿去藏在內庫裏；誰知和珅也要謀吞那匹玉馬，便悄悄的拿回家去，給那三兒騎坐取樂去。

這裏乾隆帝見死了寶妃，連圓明園也不願住了；後來和珅想出法兒來，哄著皇帝到熱河去。這時已到八月，清宮舊例，每年秋天必行秋獮禮，在熱河地方的木蘭圍場。乾隆帝雖常常到江南去，每年卻不忘這個禮節。木蘭附近熱河城裏，原有康熙帝造著的行宮；這地方風景古樸，天然雄偉；後來乾隆帝嫌它地方太蕭索，便在行宮四面添造御苑，共有三十六景。

此番皇帝帶了春阿妃和蔣佳氏到熱河來打圍獵，臣下許多武將各逞英雄，追飛逐走，一連打了十天，捉獲了許多野獸；回到行宮裏，又大排筵宴，召集了許多蒙古王公在別殿中賜酒賜肉。那王公把眷屬一齊帶進宮來，皇帝見裏面有幾個長得英挺嫵媚的，便留下充做宮娥。其中有一位喀剌沁親王的女兒，還有一位塔固牛彔的妹妹，都是長得俊眉秀眼，顧盼動人；乾隆帝便封她們做妃子。

如今有了新歡，便忘了舊愛。那兩個妃子都是十分信奉喇嘛的，乾隆帝便在行宮裏造起高大的喇嘛廟來，和北京的雍和宮相似；裏面養著許多喇嘛和尚。皇帝常常帶著兩個妃子進廟去禮佛，那喇嘛和尚知道皇帝的性格，也在廟裏塑起歡喜佛來，比北京的還要塑得精巧。

那歡喜佛共分三種，供奉在三座秘殿裏：第一座殿，都是精銅鑄成的佛像，外面鍍著金葉；那佛像有男佛女佛，每一對都是相對著，或坐，或立，或臥，奇形怪狀，蕩人心魄。殿裏還有一座小閣，羅帳

繡幃，牙床寶座；望去暗吞吞的，四面用雕欄圍住，裏面塑著兩尊佛像，一個是男身的，貂帽東珠，辮髮袍褂，坐在寶座上，好似滿清帝王的模樣。

垂下眼皮，看看腳下一個女身的佛像。那女佛斜靠著身體，睡在地毯上，抬著眼，望著那男像；星眼斜溜，朱唇含笑，露出十分的春意。豐容盛鬋，披著衣衫，繡襟半開，望進去玉肌豔膚，一絲不掛。這小閣上祇有皇帝和妃嬪可以進去。第二座殿，滿掛著畫像；第三殿，則滿掛著繡像。那繡的畫的，全的是秘戲。

當時有一個郎世寧，是好畫手，他畫了十六幅圖，懸掛在第二座殿裏；畫上的男子，都畫著皇帝的面貌，那女子卻畫得個個是美人兒。皇帝看了，心中十分歡喜。又有一個漢畫工，也畫了十六幅圖，畫上的女子，卻都是畫著某妃的面貌，那男子的面貌則個個不同。乾隆帝看了大怒，立刻傳諭把那漢畫工捉來正法。

獨有那喇嘛作畫，十分奇怪；他先靜悄悄的去盤腿兒坐在床上，閉目靜氣；坐到第七天時，他床對面的白牆壁上，忽然慢慢的露出影子來了。那影子越露越濃，竟成了一幅極好的畫兒；再叫畫工進屋子去，依著牆上的格局畫下來。畫上的面貌，也有極醜的，也有極美的；但總是縱橫顛倒，十分動人的。那繡像都是蒙古男人繡的，也繡得十分出神。

乾隆帝帶著幾個他所寵愛的妃嬪，天天在秘殿裏遊玩調戲；玩厭了，又在各處風景幽美的地方去遊玩。行宮三十六景，乾隆帝還嫌它狹小；傳諭下去，又添造三十六景，依舊交給和珅承辦。那和珅打樣採料，日夜趕造。

看看已到殘冬，太后幾次傳旨出來，喚皇帝回宮去。這時已在十二月裏，乾隆帝也無可延挨了，祇得擺駕回宮去；臨走的時候，吩咐和珅趕快建造。到了第二年二月底，聖駕又幸熱河。乾隆帝此番出來，把一個幼女和孝固倫公主和十五王子顒琰，帶在身邊。和珅見了這兩位皇子皇女，又出奇的巴結他們；常常買些新奇的玩意兒孝敬公主，又陪著十五皇子到關外各處去打獵玩耍。

這時，新造的三十六景已完工了。和珅知道皇上歡喜江南風景的，在這窮荒寒冷的地方，妝點出許多明媚艷麗的風景來。宮中有一座磬錘山，在半山崗上造著許多亭館，四園種著合抱不交的大松樹；一陣陣風聲夾著樹葉擺動聲，像江心怒潮。屋子裏樹蔭四合，涼意侵入，是皇帝避暑的地方；正屋裏一方匾額，是皇上的御筆，寫著「萬壑松濤」四字。

東面沿著山坡下去，彎彎曲曲如長蛇一般；山麓一叢雜樹，隱著一座高樓，名叫雲山勝地。山下一江湖水，湖面平得好似鏡子一般；遠望對面，環山如帶，塔宇高低，一一倒映入水。湖中有一洲，地與水平，一頭接著一條長堤，堤旁夾種著桃柳；洲上樓閣綿亙，洞房曲折，名叫煙雨墩，是帝王藏嬌的地

方。入晚燈火掩映，笙歌徹耳，望去好似海上仙山。洲盡頭，一塔高聳，名叫古鰲塔。湖西面粉垣一曲，花枝出牆，名叫文園；園中小池曲橋，幽館危閣，前後都有長廊連接，賞雨看雪，不必披氅擁蓋。一樹一石，都仿著河南景孝王的遺址，自然幽雅。園東一閣，高跨牆外；閣下一河，荷田萬頃，每到夏時，皇帝憑欄賞荷，田田翠蓋，風動香來。

迎面一座峭壁，一縷瀑布倒瀉入湖；琤琮澎湃，好似白雨跳珠。湖岸一片平蕪，花鹿鳴走。乾隆帝常帶著妃嬪在閣上消夏；每到午倦醒來，內監便送上一杯水浸鹿乳。乾隆帝和妃嬪分嘗，說道：「這便是西天極樂國了。」峭壁絕頂，紅牆一折，老樹倒懸，便是碧霞元君廟；妃嬪進園來，先要到廟中去進香，才能得菩薩保佑。

乾隆帝有時在山上住夜，第二天絕早起來，看東方日出。那梁詩正、紀曉嵐、和珅一班親信大臣，常得陪奉。山下一座大屋，上下九間，名文津閣，是分藏「四庫全書」的地方。閣前老樹槎枒，烏鴉成群；閣西平臺一座，高與簷齊，四圍叢桂成蔭，是皇帝中秋賞月的地方。

宮中景色，四時不盡；乾隆帝住在裏面，正好似身在江南。皇帝每與妃嬪玩笑到厭倦時候，便把公主和十五皇子喚來，父子說笑著；又把大臣的子女召進宮去，陪伴他兄妹二人。這時，常常被皇帝召喚的，便是和珅的兒子，名豐紳敬德的；紀曉嵐的女公子，名韻秋的。他四人年幼無猜，倒也十分要好。

有一年，夏天時候，十五皇子陪著父王在東閣裏避暑；見閣下花地上花鹿成群，皇帝便想考考皇子騎射的本領，便喚顒琰拿著弓箭下樓去，須一箭射中鹿頭，便賞他金鞍一副。

那皇子奉命趕下樓去，皇帝倚在樓窗口看他；祇見他彎弓抽矢，「颼」的一聲過去；祇聽得哇的一聲鹿叫，侍衛過去把射死的鹿獻上樓來。皇帝看時，果然一箭射中在鹿頭上。乾隆帝十分歡喜，忙吩咐賞他金鞍。和珅的兒子豐紳敬德站在一旁，看了十分羨慕。他立刻跪在地上，也求皇上試他的弓箭。

乾隆帝笑問道：「你也能射中鹿頭麼？」

豐紳敬德一面碰著頭，一面回奏道：「小子不但能射中鹿頭，且能射中鹿眼。」

乾隆帝原是很寵任和珅的，如今見和珅的兒子有如此的本領，又看他面貌俊秀，便越發喜歡他；說道：「你果能射中鹿眼，朕不但賞你金鞍，還要給你做駙馬呢！」

和珅站在一旁，祇怕兒子疏失得罪，正要攔住他；後來聽說皇帝要招他做駙馬，他便不好攔得，忙替兒子跪下來謝過恩。

侍衛官送上弓箭來，豐紳敬德接著，走下樓去，正有一群花鹿從樹林裏走出來；祇見他弓開滿月，邦的一聲響，一枝箭直飛出去，那面一頭牝鹿，眼上著了一箭，應聲而倒。這時，樓上下有許多妃嬪宮

女看著，祇聽得一陣嬌聲喝好；侍衛把那射倒的鹿獻上樓去。

皇帝看時，果然不偏不倚，一枝箭正正的插在鹿的右眼眶裏。乾隆帝說一聲：「好！」吩咐也賞他金鞍一副，叫他陪著十五皇子，到柳堤上騎馬玩耍去。

這時，十五皇子得了父皇的賞賜，心中正高興；忽見豐紳敬德勝過了他，眾人喝他的采，心中便覺不高興。因不高興，便恨和珅父子兩人。這時父皇的命，他不敢不依，便懶洋洋的和豐紳敬德走下樓去。這裏和珅和乾隆帝，誰也不知道皇子的心事。

乾隆帝見豐紳敬德下樓去了，便把和孝固倫公主喚出來，吩咐她拜見和珅，慌得和珅還禮不迭。那乾隆帝便把公主的親事當面說定了；和珅也不好推辭，祇便跪下來，謝過恩。從此，滿朝文武知道和珅和皇帝做了親家，誰不趨奉他？

但是這時，和孝固倫公主年紀祇有十四歲，還不曾到下嫁的年紀；那十五皇子，卻已有十六歲了。和珅見乾隆帝十分愛憐十五皇子，他也常常在皇帝跟前，稱讚皇子如何英武，如何賢德；便有左右內監們，悄悄的去告訴十五皇子。那顒琰聽了，心中非但不歡喜，還恨著和珅；說和珅是下賤出身，祇知道討好皇上，固自己的祿位。

這時，顒琰除了學習騎射以外，還拜兵部侍郎奉寬做師傅，講讀經史，十三歲便已讀完了五經；又跟著侍講學士朱珪學古文和古詩；跟著工部侍郎謝墉學今體詩，讀得滿肚子的詩書，卻也很明白事理。他和漢學士劉統勳最好；這劉相國是正直君子，最恨和珅；他常常和顒琰說起和珅如何貪瀆，如何奸險，因此眼中越發瞧不起和珅。

如今見豐紳敬德因比箭勝過他，心中越發把他父子兩人痛恨著。顒琰是胸中有城府的人，他見了和珅，臉上依舊是十分和氣；因此和珅不曾覺察，還一味的捧著這位皇子。

這時，恰巧快到了乾隆帝萬壽的日期，那滿漢百官先期趕到熱河來的，固然是很多；還有那內外蒙古的部主，朝鮮、西藏、廓爾喀、安南、緬甸、暹羅的各國國王，各個帶了家眷、侍衛到行宮裏來，準備拜壽。此外還有俄國、法國、英國、荷蘭各外國的使臣，也來代他本國的國王道賀。一時裏，熱河地方人擠馬碰，十分熱鬧。乾隆帝便派了和珅做領班大臣，在外面替皇帝照料一切。

和珅終日和這班外臣周旋著，那班外臣誰不要討他的好？暗地裏，金銀珠寶就不知道送了多少。其中有一個內蒙古小部主喜塔臘，和和珅最是知己；和珅知道喜塔臘有一個格格，長得十分美貌，他便做媒去，奏明乾隆帝，說那位格格如何賢淑美麗，請皇上選配給十五皇子做妃子。

皇帝原是很聽信和珅說話的，一面照例打發兩個保母去驗看喜塔臘的女兒。那保母把這位格格領到秘室裏，卸去衣服，從頸子面部看起，直看到下身，果然是骨肉停勻，肌膚白嫩；便回宮覆旨。皇帝下

諭行聘，把喜塔臘氏聘作爲十五皇子的妃子，又把十五皇子加封爲嘉郡王。

乾隆帝又怕嘉郡王年幼，不懂得人道，便領他到喇嘛廟的秘閣裏去，把那塑著的美人，解開衣襟來的上身下身看過；又領他去看殿裏的歡喜佛。從此以後，便成了清宮的例規；凡是皇子大婚的前幾天，必要領他到熱河行宮裏去看歡喜佛。這都是後話。

第五十一回　固倫公主

嘉郡王平日和那班文學大臣親近，頗懂得詩書，舉動也文雅，性情也方正；自從這一次遊過喇嘛廟以後，頓時把他一點孩兒的心腸引邪了。

這時，大家忙著預備慶祝萬壽的典禮，也沒有人去留意他；不知怎的，他和一個漢章京姓侯的小姐好上了，兩人常常背著人幽期密約，暗去明來。後來給章京知道了，索性把他女兒悄悄的送進郡王府去，嘉郡王便把她藏在府裏，朝夜尋歡。全府的人都稱她侯佳氏；後來郡王娶了喜塔臘氏以後，便把侯佳氏封做瑩嬪。那時還有一個漢女，選進宮去的劉佳氏，封諴妃；一個鈕鈷祿氏，封貴妃。這都是後話。

如今且說乾隆帝到了萬壽的這一天，在萬樹園裏受內外臣工的覲賀；這時熱河行宮裏，樹頭屋角，都紮成壽字燈綵。萬樹園闢出五條寬大的甬道來：正中一條，是宗室王公；左首第一條，是滿蒙親王貝勒；第二條，是西藏廓爾喀、回準兩部的藩臣；右首第一條，是英法俄荷各西洋使臣；第二條，是日

本、朝鮮、越南、緬甸各國王。各分著班次，左右侍立；好似平山上的石筍一般，靜悄悄、直挺挺的。偌大一座園林，站得沒有一方空地。

那外國使臣，革靴高帽，站在翎頂輝煌的許多大臣中間，煞是好看。英法各國使臣原不肯跪拜的；只因要求和中國通商，也勉強隨班跪拜；皇帝看了十分歡喜，便在園內賜宴看戲，熱鬧了三天，才各自告辭回去。

乾隆帝這時，忽然又想出一個新鮮玩意兒來；原來乾隆帝是很好色的，他到了熱河，雖新收了許多妃子，其中要算喀喇沁妃和塔固妃最寵愛的了；後來他見各部藩王帶來的女眷，都打扮得異樣風流，尤其是那西洋女子，長得天然白淨，風度翩翩。皇帝不知不覺厭棄自己的妃嬪了，便暗地裏授意給和珅，說：「中國皇帝，受萬方女子、玉帛的供養；如今玉帛有了，獨少那女子。如今，朕須選幾個外藩的女子進來，養在行宮裏，朕早晚和她們盤桓著，也可以采風問俗。」

和珅受了這個旨意，格外高興；回相府去，和他的親信幕友計議著。那幕友便獻計，先打派人到四處去採選外藩秀女，一面在行宮裏，趕造起一座列艷館來。不到半年工夫，那房屋也造成了，美女也送到了。皇帝在如意洲裏召見各美女；如意洲原是乾隆帝和妃嬪尋歡樂的地方，裏面有一座鏡廳，四面嵌著落地的大玻璃鏡，人走在裏面，照在鏡上，立刻化成十多個影兒。

皇帝在這裏面看美女，那班美女有的是從蒙古選來的，有的是從滿洲選來的，有的從朝鮮選來的，有的從準喀爾選來的，有的從回部選來的，有的從西藏選來的，有的從日本選來的，有的是從琉球選來的，有的是從安南選來的，有的是從緬甸選來的，有的是從暹羅選來的，有的是從南洋群島選來的，有的從印度選來的；一共是十三處地方，每處兩位美人，一正一副。

皇帝一一傳到御座前去，細細賞識一番。每喚一個美人來，就由宮中的管事媽媽上去，解開她的衣襟，搜檢一番，才許她近御座去；又有領班的保母教導她們跪拜的禮節。那班美女，有濃脂艷粉的，也有淡粧素抹的；她們初近天顏，都有些羞怯的樣子。皇上卻和顏悅色的問她們的話，有不懂的，便由通事女官在一旁傳話。皇帝看到合自己心意兒的美人，便親自伸手去扶她起來，拉近身去，看她的手臉。

其中有一位日本美女，名千代子的，長得柔媚肥艷；一個印度美女，長的俊俏活潑；一個西洋美女，長得白膩苗條；最叫人看了動心。當夜，皇帝便把三位美人留下了，在如意洲中一連七天，不放出來。後來聖旨下來，封西洋美人爲列艷館第一妃，千代子爲第二妃，印度美人是第三妃；後來皇帝獨幸那第一妃三天，才到列艷館去遍幸諸美女。

講到那列艷館，又稱魚台行宮；裏面造著十幾座院子，每一座院子住著一處的美女，中央造著賞艷

行宮，皇帝每天住在賞艷行宮裏，把那各處的美女，一個一個輪流著傳喚進去臨幸。每臨幸一個美女，仍照著宮中舊例，把那美女上下衣裙脫下，那管事太監便拿一件大氅，把美女的身體一裹，揹到御榻前，揭去大氅。那美女投身炕上，從皇帝腳邊爬上去，並頭睡下。

其中有幾個美女不慣的，只因害羞，便悄悄的去吊死在院子裏；管事太監奏明了皇帝，把屍身揹出去，便在園後面葬了。有時皇帝高興，便親自到院子裏來看望美人，那院子裏的裝潢，完全依著美人在家鄉的格局；有時，美人們想起家鄉的食品器物，和珅便打發驛卒，千里萬里外去採買回來。

皇上最愛到第二妃的院子裏去，那院子的紙窗木屋，纖潔無塵；進門便是炕，一走進屋子，便脫下靴子，倒在炕上，拉著那千代子，什麼都玩了出來。後來給第一妃知道了，心懷怨恨；她趁著皇上不在院中的時候，趕過去揪住千代子的頭髮，兩人在炕席上廝打起來。宮女們急報與皇上，皇上親自來喝住；又拉著第一妃的手，到院子裏去住宿。

那第一妃的院子一式西洋裝扮，第一妃又親自做著菜，孝敬皇上吃著，別有風味；皇帝在她院子裏又住了三夜。到第三夜時，那皇上正好睡的時候，忽然那千代妃子手裏拿著東洋刺刀，跳進屋子來行刺；那西洋妃子急舉手攔時，那東洋刀是有名鋒利的，早把那西洋妃子的右臂削去了。皇帝大驚失色，內侍們趕來把千代妃子擒住；皇帝大怒，喝叫推出宮門腰斬。

那春阿妃知道了，便連夜來見皇上，勸著皇上道：「那班美人來自四夷，野性未馴；皇上萬乘之軀，當自己保重，不可過於留戀，免遭非常之禍！」這一番話說得有情有義；皇上見了春阿妃，不覺想起舊情，便又臨幸到春阿妃宮中去。從此皇上對於列艷館的性子也淡了些。

這時候又到殘冬，明年春天有兩件大事，不得不回京去。怎麼兩件大事？一件，是嘉郡王大婚；一件，是「四庫全書」抄寫完功，須得乾隆帝親自去察看一回。當時便帶了幾個寵愛的妃子，從熱河回鑾進京。

第二年便是嘉郡王大婚之年，嘉郡王娶的幾個妃嬪，前面已經說過；只因他是皇上最寵愛的皇子，乾隆帝特賞一座郡王府，府中房屋寬大，陳設精美。到大婚這一天，自有一番熱鬧。那喜塔臘氏又長得美艷豐潤，夫妻兩人卻也十分恩愛。這一年，因郡王大婚，宮中的買賣街特意延長到三月；乾隆帝每天帶著新媳婦和幾個得寵的妃嬪，在街中遊玩。

這時和孝固倫公主已是十六歲了，皇上格外寵愛她，也帶著在宮裏天天逛著買賣街。那公主舉動活潑，言語伶俐，皇上常常逗著她玩笑。這時和珅也陪在一旁，起初公主見了，不免有害羞的樣子；乾隆帝吩咐她去拜見丈人，從此以後，公主見了和珅便喚丈人。和珅也常常逗著她說笑。

有一天，皇帝一手拉著公主逛買賣街去，和珅也陪在一旁，那公主一瞥眼，見估衣店門口掛著一件

大紅呢氅，心中十分喜愛，悄悄的對皇帝說要買它。皇帝笑說道：「可向妳家丈人要去。」那和珅聽了，忙進店去，花了二十六兩銀子買來，親自替公主披上身去。

這時公主還是男孩子打扮，披著氅，越顯得面如滿月，唇若塗脂。皇帝笑說道：「妳駙馬俊得好似女孩兒，妳卻越發像男孩兒了！」公主聽了，羞得只把頭低下去不說話。

皇帝又說道：「今天怎的鸚哥兒封了嘴了！」公主聽了，忙把頭一扭，一轉身，溜到別處逛去了。

買賣街停了市以後，皇帝便忙著編四庫目錄。這時的總纂大臣是紀曉嵐；皇帝因要他代做序文，又怕給人知道，便把紀曉嵐留在宮中御書房裏，兩人常常商量著如何編制，如何措詞。誰知這紀曉嵐年紀雖有六十歲了，但他天生的陽體；一天不見女人，那身上渾身便不舒服，好似害大病一般。

這時紀曉嵐宿在宮中已有四天；每夜孤淒淒的一人睡著，渾身骨節脹痛，筋肉抽動。到了第四天時，忽然眼珠直暴，紅筋滿臉；終日只得彎著腰，不敢直立起來。

乾隆帝看了十分詫異。問他：「害什麼病？」

紀曉嵐慌得忙趴在地下，連連磕著頭，把自己一天也不能少女人的話說出來。乾隆帝聽了哈哈大笑；隨手把他扶起，吩咐他在書房裏養息一天。到了天晚，平日是太監來替他疊被鋪床的，這時，忽然進來了兩個絕色的宮女；見了紀曉嵐，行下禮去，把個紀曉嵐慌得手足無措。

那宮女行過了禮，笑盈盈的上去替他疊被鋪床；紀曉嵐連說：「不敢勞動。」這兩個宮女好似不曾聽到一般。看她疊好了被，一個宮女上來扶他上床去，一個宮女替他鬆著鈕扣；紀曉嵐急得退縮不迭，連說：「不可！不可！給皇上知道了，說我在宮中調戲妳們，那時不但妳們的性命不保，連我這條老命也要保不住了。」

那兩個宮女一邊拉他上床，一邊嗤嗤的笑著。紀曉嵐這時既無處躲避，又不敢聲張；只得任這兩個宮女擺佈去。那兩個宮女一邊說笑著，一邊替他脫去衣帽鞋襪，扶他上床去睡下。看看那兩個宮女依舊不想出去，竟卸下簪環，脫下衣衫來，並肩兒坐在床沿上，要鑽進被窩來了；到這時，紀曉嵐不能不說話了。

便坐在床頭，連連向兩個宮女打躬作揖，說道：「求妳們兩位出去罷，這件事是萬萬動不得的！可憐我一個窮讀書人，巴到這大學士的位分，也不是容易事情；如今這一來，明天傳出宮去，豈不是全毀了？不但我一生功名性命都毀了，便是妳兩位小妞妞的名節也毀了。再咱們今天這一來，明天可還想活命嗎？求兩位小妞妞饒我一條老命罷！趁早沒人知道，悄悄出去罷。倘然給公公們一知道，便不妙了。」

這兩個宮女說也奇怪，任這紀老頭兒再三哀求著，她們總自己做自己的；慢慢的看她們脫去外衣，露出裏面的銀紅小襖兒，下面的蔥綠綢褲子，「骨篤」一鑽，鑽進被窩來了。紀曉嵐到了此時，也是無可奈何，只得學老僧入定的法子，閉上雙眼，眼對鼻，鼻對心，直挺挺的睡了。無奈這兩個宮女在被窩裏，兀是窸窸窣窣的亂動，一會兒替他搥著腿兒，一會兒又替他捺著胸口。最可惱的，便是那一陣陣的脂粉香氣，送進鼻管來，叫人欲睡不得。

正在萬分窘急的時候，忽聽得窗外一聲喊道：「萬歲爺有旨，念紀曉嵐年老，非人不暖，特賞宮女兩名，在御書房中伴宿，以示朕體貼老臣之至意。欽此。」那紀老頭兒顫魏魏的趴在地下，聽過了聖旨，謝過了恩起來，心才放下。當夜一宿無話。第二天起來，精神十分清爽。

乾隆帝出來，紀曉嵐又跪下來謝恩。皇帝笑問道：「怎麼樣？這兩個宮女還不覺討厭麼？」紀曉嵐又連連碰著頭。

從此以後，這兩個宮女終日伴著紀曉嵐，在御書房裏添香拂紙，疊被鋪床；直到他編書完成，退出宮來，乾隆帝便命他把這兩個宮女帶回家去，算是姨太太。北京的人，都說紀曉嵐奉旨納妾；紀太太看了，也無可奈何。

接著又是和孝固倫公主下嫁，京城裏又是十分熱鬧起來。先在東大街造一座駙馬府，十分高大，是皇上賞賜的；屋子裏陳設十分精美。和珅有的是錢，暗地裏又添了三十萬銀子，在駙馬府裏造著一座大

花園。因為清宮定例，公主雖嫁了駙馬，夫妻兩人不常有得見面；公主住在內院，駙馬住在外院；和珅怕他兒子住在外院氣悶，便造了這一座大花園，窮極樓臺之勝。

到了大喜這一天，公主辭別皇上皇后，又辭別生母魏佳氏，出宮來，到了駙馬府中，那和珅夫妻兩人看媳婦朝拜過，行過了大禮；府中大熱鬧了三天。公主左右自有保母、侍女伺候著。

這位公主性情是十分活潑的，她見駙馬新婚的第一天和她同過房以後，便去住在外院子裏，一連幾十天不得見面兒；她便吩咐侍女去宣召駙馬進來。誰知卻被保母攔住了，說是本朝規矩，公主不能輕易宣召駙馬；公主聽了也無可奈何，只得耐性守著。

看看過了三個月，公主又去宣召駙馬，又被保母攔住，說：「公主不識羞。」公主氣得哭了，要進宮去奏明父皇，但自己又是出嫁的公主，不能輕易進宮去；況且夫妻倆的事情，如何可以對父母說得。

後來到底由駙馬花了五千塊錢，保母才放他進內院去，夫妻團圓了一回。從此以後，他夫妻兩人要見一面兒，保母總是百方刁難，總得給她錢才能通過。這是清宮從來做公主的，都嘔這個氣的。這且不來說他。

如今再說乾隆帝這時，年紀已在六十以外，對於女色的事，自然差了一層；只是喜歡微行。他沒有

事的時候，常常離開宮女內監們，穿著便衣，私自出宮去四處閒玩。

這時有一個楊瑞蓮，是梁詩正的親戚；他仗著梁詩正是皇帝親信的大臣，常常到京裏來求差使。梁詩正嫌他人太鄙塞，又沒有學問；只寫得一手好字，真草隸篆都寫得不差，便給他說到西清古鑑館裏去，充一名寫官。那楊瑞蓮到了館中，辦事卻十分勤謹；往往別人不做事情的時候，他總是埋頭寫字。

這一天正是八月十三，館裏的人跑得一個也沒有，只有楊瑞蓮一個人閒坐著；忽然來了一個很威嚴的老頭兒，踱進屋子，向楊瑞蓮點頭微笑；楊瑞蓮不知他是什麼人，只因自己位卑職小，便站起來迎接他。

那老人靠窗坐下，見屋子裏沒一人，便問道：「這些人到什麼地方去了？」

楊瑞蓮回說：「今兒是十三，他們都趕考去了。」

那老人問：「你爲什麼不去趕考？」

答道：「人都走完了，倘然有內廷寫件傳出來，叫誰承辦呢？因此我願意丟了功名不要，在這裏守著。」

那老人點頭說好；又說道：「你這樣認真辦公，怕不將來一樣得了功名。」又問他名姓籍貫，那楊瑞蓮一一說了。

正說話時，只見十數個太監慌慌張張的走來，趴在地下，說：「請萬歲爺回宮。」楊瑞蓮到這時才知道，這老人便是當今的乾隆帝，慌得他忙跪下地去叩頭，直到皇帝走遠了，他才敢爬起身來。

到了第二天，他跑到梁詩正那裏去；梁詩正在朝裏還不曾回來。過了一會，梁詩正回來了，見了楊瑞蓮，笑盈盈的對他說道：「老兄好運氣！今天皇上對我提起你來，說你辦事勤慎，字又寫得好，已有聖旨，欽賜你爲舉人，選你做湘潭縣官去呢！」

這一樂，把個楊瑞蓮快活得忙向梁詩正打拱作揖，說：「多謝大人栽培！」

隔了幾天，果然聖旨下來，放楊瑞蓮爲湘潭縣知縣。誰知那楊瑞蓮一到了任，便出奇的貪起贓來，名氣十分壞，連京裏的御史也知道了，便參了他一本；接著，又是湖南巡撫因爲楊瑞蓮不肯替他寫字，心中含恨，便也上一本奏摺，說他貪佞不法。

誰知乾隆帝看了他們的奏章，卻笑說道：「楊瑞蓮是老實人，朕所深知；他們所奏的，朕一概不准！」

後來還是梁詩正因怕拖累了自己，便暗地寫信去，勸楊瑞蓮自己告退。

第五十二回　喇嘛密咒

乾隆帝有一種古怪脾氣，凡是他相信的人，任你如何橫行不法，便是親眼看見，也總是說他好的。那楊瑞蓮還是一個小貪官；獨有那和珅，卻是越老越貪。他常常派自己親信的家丁，到江南、湖廣各省去敲詐勒索；那沿路督撫大員迎接和相國的家丁，好似迎接皇上一般。這種風聲傳到京裏，那班御史老爺，誰敢說一句閒話？

獨那劉相國，他是正人君子，便忍不住奏了一本；說和相國在外面如何招搖撞騙、貪贓枉法。乾隆帝看了勃然大怒，說劉相國有意挑撥，把他傳進宮去，當面訓斥了幾句。劉相國碰著頭出來，把他氣得鬍子根根倒豎。

那嘉郡王卻十分敬重劉相國的，便親自到相府去勸慰了一番；說起和珅，嘉郡王說道：「這個奸賊！小王總有一天收拾他。」當時嘉郡王便悄悄的打發人到各省去，把和珅家人在外面招搖納賄的事情，一樁一樁的察訪出來，記在冊子上，預備將來查辦他。

可笑那和珅還矇在鼓裏，他見皇上喜歡嘉郡王，也天天在一旁稱讚嘉郡王如何忠孝勤學；那乾隆帝聽了，越是高興；便和和珅商量，說自己年紀已老，打算趁此餘年享幾日清福，把這皇位傳給嘉郡王。和珅聽了皇上的話，也竭力慫恿他；意思是：如今他幫了嘉郡王的忙，他年嘉郡王登了皇位，少不得也要算他一位開國元勳，自己的權勢，將立於永遠不敗之地。

乾隆帝雖打定主意，卻因自己皇子眾多，一朝宣佈出去，怕要鬧出亂子來；便吩咐和珅暫守秘密，如今是乾隆五十七年，須要到六十年時，才下這讓位的聖旨。如今下諭，先把毓慶宮修理起來，命嘉郡王帶了家眷搬進宮裏去住，是防備意外的意思；又親筆寫了「繼德堂」三個字的匾額，給嘉郡王懸掛在宮中，是暗藏著傳位的意思。

那嘉郡王見父皇在他身上如此費心，不知是禍是福，又不好問得；心中正惶惑的時候，忽然傳說和相國請見。嘉郡王因他是一個貪官，十分看他不起，平日也少和他來往；如今聽說他親自上門來求見，心中覺得詫異，又因他是父皇第一個親信的大臣，又不好怠慢他得，只得迎出去相見。

那和珅見了嘉郡王，搶上來打一個躬，開口便說：「恭喜王爺！」接著，袖子裏拿出一個玉如意來，雙手獻上。

嘉郡王接了如意，心中越發詫異。原來當時宮中規矩，凡是秀女們點中了封妃子，妃子們點中了封皇后，那向她賀喜的人，不便明說，見了面便獻一個如意；一來是向她賀喜的意思，二來，是暗地裏報一個喜信給她的意思。如今和珅要討嘉郡王的好，便來獻這個如意，也是暗地裏報一個喜信的意思。

嘉郡王見了如意，便說道：「小王有甚麼喜事？卻要煩相國的駕？」

和珅接著又打了一個躬，悄悄的說道：「王爺還不知道嗎？如今皇上已內定傳位給王爺了！王爺倘然不信，只看皇上親手寫的『繼德堂』三字，這『繼德』二字，便可以明白了。皇上昨天曾和下官商量過，打算到六十年時，讓位給王爺；所以把王爺預先留在宮裏。」

嘉郡王聽了，心中雖止不住得歡喜；但因爲和珅與聞這宮廷的機密事情，心中越發嫌惡他。當下免不過說了幾句感謝的話，把他送了出去；回進宮來，自言自語的罵道：「這個老奸賊！他到我手中來賣弄玄虛麼？將來總要他看看我的手段。」

這裏和珅從毓慶宮出來，心想：「我如今已巴結上新皇帝，將來的祿位，可以無憂了！只是老皇帝待我幾十年恩寵，如今他快要退位了，我也得要想一件事情出來，報報老皇帝的恩德。」

他回府去，把自己的這個意思對幕友們商量了一番；其中一個胡師爺獻計道：「當今皇上是好大喜功的；他如今的傳位給皇子，也是要學堯舜禪讓的故事。如今相爺不如上一本奏摺，先稱頌皇上一番，再奏請交翰林院，編一本紀皇上功勞的書，爲傳名萬代之計。」

和珅聽了胡師爺的話，不覺拍掌稱妙；當下便由胡師爺擬了一個奏章，第二天早朝，和珅當殿遞上。奏章上大概說，皇上登極六十年以來，海內澄清，功蓋寰區，宜舉行登極周甲慶祝大典；命內閣翰林院編撰紀功書冊，曉之天下，傳之萬世。

起初乾隆帝看了奏章，謙遜了一番；當時文武百官，誰不願討皇上的好？便你一本，我一本，都跟著和珅奏請皇上舉行慶祝大典，又交文學大臣編撰紀功書冊。

後來和珅又獨上一本奏章，說皇上登極以來，有十件大功：兩回打平準部，第一回是班弟阿睦爾撒納、永常薩賴等將軍擒準部瓦達齊，第二回是兆惠成袞札布將軍驅逐阿睦爾撒納；一回打平回部，是兆惠富德等將軍殺大和卓木博羅尼部，小和卓木霍集占；兩回打平金川，第一回，是定西將軍阿桂攻取小金川，第二回，是海蘭察、額森特海祿、福康安、成德特成額一班大將攻取大金川，招降索諾木；一回平定臺灣，福康安、海蘭察兩將軍，柴木紀參贊，破天理會，會頭林爽文被逼死；一回招降緬甸，經略使傅恆、將軍阿桂、阿里等，打敗緬甸兵，緬甸王求和進貢；一回收服安南，福康安打平安南兵，封安南王；一回收服廓爾喀，將軍福康安、參贊海蘭察帶兵攻打，六戰六勝，廓爾喀酋長投降；一回收服貴州苗子，經略張廣泗打平貴州西南苗子，殺死五千人，活捉五千人。

這十回戰功，都是皇上親授機宜，恩威並用；因此須發交翰林院，把這十回戰功詳細紀敘。一面由百官們共上尊號，稱爲「十全大帝」。

聖旨下來，紀功書著交和珅、紀文達，率領南齋各翰林詳細紀敘，不得過事鋪張；至上尊號一節，著無庸議。那班文學大臣得了這個聖旨，便忙得起草的起草，修正的修正，繕寫的繕寫；那乾隆帝也常常親自到南書齋裏來察看。南書齋裏，以紀曉嵐爲首；凡是皇帝進出起坐，都是紀曉嵐陪奉著。

看看到了大熱天氣，那部紀功書快要完工；紀曉嵐是怕熱的，爲了這編纂的事情，他只得忍著熱，天天到南書齋裏來督看著。他每到午後，打量皇帝不出來了，便赤膊盤辮，高坐在匟床上，拿著一柄大蒲扇，搖著風，嘴裏邊嚷著熱。

有一天，他正脫去衣裳，把辮子盤在頭頂上，正盤到一半的時候，忽聽得院子裏有唵唵幾聲喝道的聲音；知道皇帝來了，慌得那班翰林個個在坐位上站了起來，低著頭候著。那紀曉嵐諒來也來不及穿衣服了，他一時無可躲避，便急向匟床底下一鑽，屏聲靜息的縮著。

只聽得一陣靴腳聲響，乾隆帝和和珅說著話，和珅又說了許多恭維皇上戰功的話；乾隆帝又吩咐：「這紀功書編纂完了，趕著再編六巡江浙的遊記。從十六年辛未起，到四十九年甲辰止，奉太后遊行四次，率領諸皇子遊幸兩次。辛未年丁丑年兩趟，是查察河工；壬子年，是定清口水誌；甲辰年，是改過陶莊河流；庚子年，是察看海寧石塘；甲辰年，是察看浙江接造的石塘。著和珅、紀曉嵐兩人督率各翰

林，細細的編纂；總須實事求是，不可過意鋪張。」那和珅聽了，口稱領旨。

接著，皇帝問道：「紀曉嵐到什麼地方去了？」

那領班的大臣奏稱：「有私事去去便來！」

乾隆帝又問：「這部紀功書定了名目沒有？」

和珅奏稱：「暫時定名『十全大武功記』。」

乾隆帝聽了呵呵大笑，說道：「如此說來，朕便稱作『十全老人』罷！」接著皇帝便下座來，走到各大書桌前，隨手翻看著那文稿。

這時滿屋子靜悄悄的，連咳嗽聲兒也沒有；紀曉嵐這時趴在匟板底下，氣悶得厲害，那汗珠兒似雨的直淋下來，熱得他撐大了嘴，喘著氣；過了半晌，他側著耳聽聽，外面毫無聲息，以爲皇帝已經走了。他再也忍不住了，便伸出頭來，大聲問道：「老頭子走了嗎？」把滿屋子的人，齊嚇了一跳。

乾隆帝也十分詫異，連問：「誰在那裏說話？」嚇得大家不敢說話。

到底是和珅的膽大，回奏說：「聽去好似紀曉嵐的口音。」

乾隆帝轉過身來，對著匟床喝聲：「誰在裏面？」

只聽得匟下面有人說道：「臣紀文達在匟下。」

皇帝問：「為什麼不出來？」

紀曉嵐回奏說：「臣赤身露體，不敢見駕。」

乾隆帝說道：「恕你無罪，快出來說話。」

那紀曉嵐聽了，巴不得一聲，從匟床下面鑽出來。紀曉嵐身體又長得高大，爬了半天才出來；一看，他上身赤著膊，渾身汗珠兒淌著，滿黏著灰塵泥土。乾隆帝回上匟去坐下，紀曉嵐嚇得只是跪在地下碰著頭。

隔了半晌，乾隆帝冷冷的問道：「你這『老頭子』三字，大概是取朕的綽號嗎？」

紀曉嵐不敢做聲。

乾隆帝又說道：「你是文學侍從大臣，肚子裏是通的：如今，且把這『老頭子』三個字講給朕聽聽，若講得不差，便恕你無罪。」

那紀曉嵐到底是和皇帝親近慣的，便大著膽奏說道：「皇上莫惱，且聽臣解說。『老頭子』三字，是京中喚皇上的通稱。皇上又稱萬歲，這不是『老』嗎？皇上是一國的元首，這不是個『頭』嗎？皇上又稱天子，這不是個『子』嗎？『老頭子』三字，是尊敬皇上的稱呼，並不是誹謗皇上的綽號。」

紀曉嵐說到這裏，乾隆帝忍不住說他解說得好。從此以後，這「老頭子」三字，宮裏人人喚著；乾

隆帝有時聽得，也不生氣。

一轉眼，到了乾隆六十年；那乾隆帝暗暗的把讓位的典禮籌備舒齊。這年九月初一早朝，眾大臣在勤政殿上朝；乾隆帝下諭說：「朕即位之初，便對天立誓；如能在位到一周花甲的年數，便把皇位傳給太子，不敢和聖祖在位六十一年的數兒相同。如今已是乾隆六十年了，朕已遵照列祖的成例，把太子的名字寫好，預藏在『正大光明』殿匾額後面。」

便立刻派滿漢兩位相國，帶同內監們，到正大光明殿上去，把那儲藏太子名字的金盒拿下來，當殿打開來一看，見上面寫著：「冊立皇十五子嘉郡王顒琰爲太子。以乾隆六十一年爲嘉慶元年。」有承宣官當殿把詔書讀過，文武百官一齊跪賀過；退朝下來，又趕到毓慶宮去賀太子的喜。

那嘉郡王一面接過詔書，一面接待眾官員，又自己對眾人說了許多德薄寡能的客氣話；百官退出宮以後，他忙趕到父皇宮中去謝恩。那時太子的生母魏佳氏，已封爲第一貴妃；見了她兒子，又勸勉了一番。到了第二年元旦早朝，乾隆帝御太和殿，行過禪位禮，把那傳國寶璽親自授給嘉慶皇帝，稱做仁宗睿皇帝；又尊乾隆帝爲太上皇帝。

嘉慶雖說做了皇帝，那臣下上奏章，都稱著太上皇皇上；所有一切奏章，都煩送給太上皇閱著，便是那軍國大事，也煩由嘉慶皇帝去請過太上皇的訓，才可以執行。因此這位嘉慶帝十分不自由；但嘉慶帝是很孝敬太上皇的，便也不以爲意。

這一年是太上皇八十六歲萬壽，不但文武百官都來賀壽，便是那滿蒙回藏各盟旗的貝勒台吉，以及各外國使臣，都來上壽。皇上下旨，在太和、中和、保和三個大殿上賜宴；又召集各省官紳年在六十歲以上的三千多人，在圓明園中舉行千叟宴。

太上皇在宮中，帶領妃嬪、皇帝、皇后、各皇子、福晉開一個家宴。嘉慶皇后便是喜塔臘氏，當時皇后拜過太上皇的壽，太上皇便親自將孝賢皇后遺留下來的東珠帽珠和東珠朝珠賞給喜塔臘后，又把許多珍寶賞給各皇子福晉。

這時只有那春阿妃還活著，陪坐在一旁；太上皇見了春阿妃，想起從前少年時候的許多風流韻事，便忍不住傷心起來。正淒涼的時候，忽然外面太監捧進一個小楠木盒子來，說是兩廣總督福文襄，孝敬太上皇的小玩意兒。嘉慶帝看了，不知是什麼東西；忙吩咐太監打開盒子來。

一看，見裏面一座小屋子，屋子中間擱著一座小屏風，屏風前面有一張書桌，桌上筆墨紙硯都擺設齊全；盒子後面安著一個小機括，把那機括輕輕一轉，忽然屏風後面轉出一個西洋女孩兒來。

先走到屋簷口，向外行過三跪九叩首禮，轉身過去站在書桌前面，慢慢的拂著桌子，又注水在硯池裏，磨著墨；從書架上取下一幅硃砂箋來，鋪在桌子上；又有一個碧眼紅髯的外國人，從屏後踱出來，手裏拿著筆，醮著墨，在紙上寫著「萬壽無疆」四個漢字；接著，第二行又寫「萬壽無疆」四個滿字。寫完了，那機括也停住了，盒子裏的人也不動了。

太上皇看了十分歡喜，忙吩咐賞福文襄十萬兩銀子；又御筆寫一個「壽」字，下面注著「十全老人」的款字，一併賞給福文襄。那福文襄雖得了太上皇的賞賜，但他因爲造這個小玩意兒，花去的銀子也不下十萬；而裏面，還送了一個人的性命。

原來造這玩意兒的，是福文襄衙門裏的一個親隨；那親隨原是福文襄的心腹，他知道總督打算要送太上皇一封出色的壽禮，那親隨原有小聰明的，他早在半年以前，天天趴在屋頂上，拿一疋布，緊緊的紮住他自己的頭想著。今天想，明天想，居然被他想出這巧妙的玩意兒來。他關著門，細細的造成了，便去獻給總督看。

福文襄看了，十分稱讚；看那「萬壽無疆」四個字，只有漢字，怕太上皇看了不歡喜，又吩咐那親隨加上滿字。那親隨又爬上屋去，想了二十多天，便給他想通了機括，加上滿字。福文襄也十分歡喜，便賞他二萬銀子。那親隨雖得了銀子，一時裏卻把他的聰明用盡，從此便痴痴呆呆，回家去不上兩個月，便一病死了。

這裏，福文襄特打發人，把這玩意兒送進京去。第一種關口，逃不過那和珅的手，花了五萬銀子才替他送進宮去；誰知那寧壽宮的總管太監，又向他要錢，說：「倘然不給錢，那機括走到『萬壽無』第三個字上停住了，那時太上皇動了氣，我卻不管。」福文襄聽了害怕，便也送他三萬銀子。

這種情形，嘉慶帝統統知道；他早已要著手查辦和珅了，只因礙著太上皇的面子，只得暫時忍著氣。但他因為從前和珅遞過如意，便也嫌惡如意這樣東西。滿洲風俗，凡是過年過節，一班王公大臣都要遞一柄如意，算祝頌他一生如意的意思。到了嘉慶帝手裏，便特意下旨，禁止遞如意的禮節。他諭旨裏有兩句，道：「諸臣以為如意，在朕觀之，轉不如意。」

那文武百官接了這個諭旨，見皇上痛恨這個如意，大家弄得莫名其妙，只得奉旨，大家免了這個禮節。有許多善於奉迎的大臣還上奏章，稱頌皇上崇尚儉德；獨有那劉相國知道嘉慶帝的心事，因此嘉慶帝便重用劉相國，有事便和劉相國商量。

到這時，和珅才慢慢的有點覺悟嘉慶帝和他不對了。他想：「如今我仗著太上皇的勢力，諒皇上也沒奈我何。將來太上皇過世，我便辭官不做。」因此他常常進宮去伺候著太上皇，那太上皇也非他不可。

裏面一個春阿妃，外面一個和珅，終日陪伴著乾隆帝；那乾隆帝年紀也大了，沒有精力遊玩，便十分相信喇嘛的經咒，常常盤著腿兒，坐在炕上，默念著經咒。嘉慶帝每天早朝回宮來，便到太上皇宮裏

去商量朝政。乾隆帝向南坐著，嘉慶帝向西坐著；和珅也站在一旁參議大事。

有一天，他三人正商議的時候，忽然乾隆帝盤腿合眼，坐在炕上，不作聲了；嘉慶帝看了，也不敢說話。過了半晌，便見太上皇的嘴一開一闔的動著，慢慢的喉嚨裏有聲音說出話來。嘉慶帝留心聽時，卻一句也聽不出來；只見他喃喃的念著。

又過了半晌，忽聽太上皇大聲喝道：「什麼人？」

和珅在一旁忙跪下來，回奏道：「高天德，苟文明。」

接著太上皇又喃喃吶吶的念了一陣，把手一揮，叫嘉慶帝出去，嘉慶帝只得退出來。但是太上皇這種古怪形狀，嘉慶帝看在眼裏，心下十分疑惑，問又不好問；到第二天，悄悄的去問劉相國；劉相國也說不知。後來嘉慶帝忍不住了，便在沒人的時侯去問和珅。

和珅說道：「這是喇嘛教的密咒，凡是在念咒的時候，有人喊著名字，那被喊的人便要立刻死去。如今外面正鬧著白蓮教，臣知道太上皇要咒死那白蓮教的首領；所以太上皇問什麼人時，臣便把那白蓮教兩個首領的名字回奏上去。」

嘉慶帝聽了，心中也是害怕；想這和珅也懂得咒語，這種奸臣不可不除，因此，心中越發看不得和珅。

第五十三回　白蓮起兵

乾隆帝一部「十全大武功記」才得編纂成功，接著那白蓮教徒又大鬧起來。湖北地方、荊州、枝江宜都一帶，接連著失陷；宜昌、長樂、長楊許多地方的白蓮教徒，也響應起來。那告急的文書，雪片也似的送進京來；嘉慶帝看了，心中也著了慌。這時福康安已死，和琳也染了瘴毒，死在苗子地方；將軍明亮又征苗未回，一時裏，竟沒有能征慣戰的大將。

打聽得白蓮教匪裏面有三個頭目：一個名劉之協，一個名姚之富，一個是土匪齊林的妻子王氏；都是十分兇狠。他們趁著湖北官兵征苗未回，便趁勢攻進襄鄖荊宜施五府，勢焰十分兇猛；那地方上的統兵官，都是和珅的私黨，暗地裏受了和相國的密意，平日把軍情隱匿不報，常常誑奏說殺賊數萬，冒領功賞。直到後來大局糜爛，不可收拾，才到京中去告急。

這種情形，嘉慶帝打聽得明明白白，一面暗暗的記入和珅罪狀裏，一面下旨，著兩湖總督畢沅、侍衛舒亮，統帶兵隊，剿辦荊門宜昌一路匪黨；湖北巡撫惠齡、總兵富志那，剿辦荊州江南一路匪黨；著

都統永保、將軍恆瑞，剿辦襄陽一路匪黨；著提督鄂輝、陝甘總督宜綿，剿辦川陽一路匪黨；又調回明亮的征苗兵，防堵川陝一帶。

那班教匪被官兵殺得東奔西逃，後來又有四川教匪王三、槐冷天、祿一球都響應起來，把湖北教匪迎進四川去，稱爲川教，十分猖獗，官兵見了他也害怕。

那匪禍又從四川蔓延到陝西省。嘉慶帝在宮中一日數驚，日夜和大臣們商量剿撫的辦法；便是那太上皇，也因爲白蓮教的事情，急得他寢食不安。後來虧得南充地方一個知縣官，名叫劉清的，恩威並用，把那班教匪漸漸的收服下來。但是太上皇到底是年高的人，吃不起驚嚇；在正月初一這一天，死在乾清宮裏。

這邊太上皇一死，便有一班九卿科道，紛紛奏參大學士和珅貪贓枉法、弄權舞弊，種種大逆不道的罪。其中要算監察御史廣興、吏科給事中王懷祖，參得最是厲害；說和珅有大逆之罪十，有可死之罪十六。真是一字一刀，罵得他體無完膚。

嘉慶帝共收到參摺六十八扣，便勃然大怒，立刻下旨命成親王、儀親王，帶了御林軍去捉拿和珅；怕路上有人劫奪，又派御前侍衛勇士阿蘭保沿路保護，把個和珅直拖進刑部大堂。上諭派劉相國、董中堂、八王爺、七駙馬用嚴刑審問，和珅熬刑不過，只得一一招認；劉相國吩咐釘上鐐銬，收在大牢裏，一面把審問情形，詳細提奏上去。

嘉慶帝看了奏章，一面把劉相國召進宮去，商量查辦的事情。劉相國奏稱：「似這般貪贓專權、大逆枉法的奸臣，理宜從嚴究辦。」嘉慶帝便下旨，派十一王爺去查抄和珅的住宅，派二皇子綿寧查抄和珅別墅。那兩位王爺奉了聖旨，怎敢怠慢？立刻帶同番役人等，如狼似虎的，分頭查抄去了。

和珅屋子很大，家產又多；那班查抄的官員，直查了五日五夜，才一一查點清楚，回宮覆旨。

十一王爺奏稱：「和珅家中有一座楠木廳房，是照大內格局蓋造，用龍柱鳳頂；又有一座多寶閣，他那格段式樣，是仿照寧壽宮蓋造的。便是講他的花園樣式，竟是模仿著圓明園裏的蓬島瑤台；此外珍寶多不勝數。單查和珅的家奴名劉全的，也有七百餘萬家財；其平日仗著主子的權勢，任意勒索，可想而知。」

十一王爺說到這裏，那七駙馬接著奏道：「和珅的珍寶，不說別的，單說他密室裏收藏著一掛正珠朝珠和那御用衣帽，已是大逆不道，死有餘辜。臣當即詢和珅貼身的家奴，據說和珅常常在夜深時候，穿戴著御用衣帽，掛上正珠朝珠，對鏡子照著，令家奴跪拜稱臣。和珅這種舉動，又置備那種違禁物品，顯係心存叛逆，不單是貪黷營私的罪名罷了。」

說著，十一王爺又呈上一張查抄和珅家產的總單來；上面寫著共有家產一百零九號，已經估價的二十六號，合算共值銀二萬二千三百八十九萬五千一百六十兩。又看那清單上寫：

正屋一所，十三進七十二間；東屋一所，七進三十八間；西屋一所，七進三十三間；徽式屋一所，六十二間；花園一所，樓臺四十二座；東屋側室一所，五十二間；欽賜花園一所，樓臺六十四座；又四角樓更樓十二座，更夫一百二十名，雜房一百二十餘間。古銅鼎二十二座，漢銅鼎十一座，端硯七百餘方，玉鼎十八座，宋硯十一方，玉磬二十八架，古劍十柄，大自鳴鐘十九座，小自鳴鐘十九座，洋錶一百餘個；大東珠六十餘粒，每粒重十兩；手串十八粒，珍珠三百二十六串，數盤珍珠十八盤，大紅寶石一百八十餘塊，小紅寶石九百八十餘塊，大小藍寶石四千七百塊，寶石數珠一千零八盤，珊瑚數珠三百七十三盤，密蠟數珠十三盤，寶石珊瑚帽頂二百三十六粒；玉馬一對，高一尺三寸，長四尺；珊瑚樹十株，每株長三尺八寸；白玉觀音一尊，漢玉羅漢十八尊，每尊長一尺二寸；金羅漢十八尊，每尊長一尺八寸；白玉九如意三百八十七柄，批璽大燕碗九十九隻，白玉湯碗一百五十四隻，白玉酒杯一百二十四隻；金碗碟三十二桌，共四千二百八十八件；銀碗碟，四千二百八十八件；金鑲玉箸五百副。整玉如意一百二十柄，金鑲牙筷五百副，白玉大冰盤二十五隻，批璽大冰盤十八隻，白玉煙壺八百餘個，批璽煙壺三百餘個，瑪瑙煙壺一百餘個，漢玉煙壺一百餘個，白玉唾盂二百餘個，金唾盂一百二十個，銀唾盂六百餘個，金面盆五十三個，銀面盆一百五十個，金腳盆六十四個，銀腳盆八十三個。鑲金八寶炕屏四

十架，鏤金八寶大屏二十三架，鑲金炕屏二十四架，鑲金炕床二十架；老金鏤絲床帳六頂，四季單夾紗棉皮帳全副，鑲金八寶炕床一百二十架，金嵌玻璃炕床三十二架。金珠翠寶首飾，大小共計二萬八千兩；金元寶一千個，每個重一百兩；赤金五百萬兩，生沙金二百萬餘兩，元寶銀九百四十萬兩，銀圓五萬八千枚，制錢一千五百五十五串。人參六百八十餘兩。當舖七十五家，資本銀共七千萬兩；銀號四十二家，共資本銀四千萬兩；古玩舖十二家，共資本銀二十萬兩；玉器庫房四間，值銀七十萬兩；綢緞庫房兩間，值銀八十萬兩；洋貨庫房兩間，共計五色大呢八百板，鴛鴦絨一百十板，五色羽緞六百餘板，嗶嘰二百餘板；皮張庫房一間，內存元狐十二張，各色狐皮一千五百張，貂皮八百餘張，雜皮五萬六千張；磁器庫房一間，值銀一萬兩；賜器庫房一間，值銀六萬四千一百三十七兩；珍饈庫房十六間；鐵黎紫檀家具庫房六間，共計家具八千六百餘件；玻璃器皿庫房一間，共八百餘件；貂皮女衣六百十一件，貂皮男衣八百零六件，雜皮女衣四百三十七件，棉夾單紗男衣三千二百零八件，女衣二千一百零八件；貂帽五十四頂，貂蟒袍三十七件，貂褂四十八件，貂靴一百二十雙。藥材庫房一間，值銀五千兩；地畝八百餘頃，值銀八百萬兩。外抄家奴劉馬二家宅子，內外大小共一百八十二間，金銀古玩，估銀三百六十八萬六千兩，衣飾器皿，估銀一百四十八萬三千兩，洋貨皮張綢緞估銀三萬兩，人參估銀四萬兩；地畝六百餘頃，估銀六十萬兩；當舖四家，資本銀一百四十萬兩；古玩舖四家，資本銀四萬兩；市房二十

七所，值銀二萬五千兩。

嘉慶帝看完了清單，便吩咐把現有金銀存儲戶部外庫，以備撫卹川陝楚豫兵災之用；此外未經估價的產業，著將原單交與八王爺、綿二爺、劉相國盛住，會同戶工二部詳細估價。所估銀兩，悉數充公。這一抄，除古玩珍寶送入大內不計外，嘉慶皇帝實在到手八萬六千萬萬銀兩；因此京城裏的小兒都唱著：「和珅跌倒，嘉慶吃飽。」的歌謠。

一面嘉慶帝又下諭旨，著大學士六部九卿諭飭科道，會同擬具和珅應得的罪名。隔了幾天，那許多會湊趣的官員紛紛上摺，說和珅貪贓枉法，貽誤軍機，心懷異志，大逆不道；有的說應該斬首的，有的說應該凌遲碎剮的，還有的說應該滅族的。

那嘉慶帝看過了奏本，心想：「這和珅是先皇的寵臣；如今皇考上賓不久，便將他正法，在朕心實有所未安。如今朕格外施恩，賜他一個全屍罷。」便立刻下旨，說：

「姑念和珅是首輔大臣，於萬無可貸之中，免其肆市，著加恩賜令其自盡。至於和珅之子豐紳敬德，亦屬罪無可貸；只因其早年尚主，和孝固倫公主平日又最爲皇考所寵愛，朕今仰體皇考慈愛之心，曲加體恤，若驟將豐紳敬德革去職位，降爲平民，則於額駙體制不符。其原有和珅公爵，應照議革去；著加恩另賞伯爵，令豐紳敬德承襲，自朕加恩以後，該額駙祇許在家靜守，不准出外滋事。」

這道聖旨下去了以後，劉相國當即到刑部大堂，把和珅從大牢裏提出來，驗明了正身，把聖旨宣讀一遍；和珅朝上拜過了聖恩，不覺掉下眼淚來。當有番役把他推進一間空屋裏，那屋樑上掛著一幅白綢子；和珅便在那白綢子上吊死了。

自從和珅死了以後，接二連三又有人密奏，那福尚書有心濟惡，皇帝也把他下獄治罪；又有人奏大學士蘇凌阿，是和珅的姻親，皇帝也勒令他休致；又有人奏說侍郎吳省蘭、李潢、太僕卿李光雲，都是和珅引用的人。皇帝一律拿他們降職調用。

這一場大參案，鬧得人人膽顫，個個心驚；虧得這時白蓮教匪次第肅清，到嘉慶四年二月，那匪魁王延詔被將軍明亮擒住，徐天德也跳海溺死。那經略大臣和三省總督都奏稱大功戡定；仁宗便在京裏祭告陵廟，封賞功臣。

看看國家太平，皇帝便打算舉行巡狩典禮，西幸五台山去；忽然那皇后嘉塔臘氏一病薨逝，嘉慶帝十分傷心；那鈕鈷祿妃原是十分賢德的，皇帝平日也十分寵愛她，便冊立鈕鈷祿氏做了皇后，照例晉封后父恭阿拉做承恩公。那皇后卻再三辭謝，滿朝的文武官都上奏章，稱她是賢后。

不直到喜塔臘后靈柩出殯以後，皇帝才慢慢的去了傷心，在宮中閒著無事，又打算出幸五台山去。不料，那西北角天上忽然出現了一粒彗星，欽天監奏勸皇上，彗星出現，主有刀兵，不可出幸；又把這年

閏八月，改在第二年的二月。京中小孩兒又滿地唱著：「二八中秋，黃花落地」的歌謠；又說這刀兵之災，應在嘉慶十八年九月十五日午時。

到了那日，河南巡撫高杞，果然接到滑縣知縣強克捷的密稟，說滑縣現有白蓮教徒弟李文成，設立邪教，改名天理教，又名八卦教；招聚黨徒，預備起事，請大帥趕速派兵捉捕。他一面又密告衛輝知府；誰知這兩位上司都不去理他。強克捷便用計，把李文成騙進衙門來捉住，斬斷他的腿骨。

這時李文成的同黨已有幾萬，和那大興縣的林清，都是八卦教中的大頭目；如今李頭目吃了虧，越發忍不住了，兩面便悄悄的約定了在閏八月的中秋節起事。那林清和宮裏的太監都有交情的，便拿銀錢買通太監，趁嘉慶帝出幸五台山的時候，在宮中起事；又約定李文成在外面接應。

誰知那嘉慶帝聽了欽天監的話，便中止了巡狩的事；林清看看計謀不成，便另用方法，花了六萬銀兩，買通了一個刺客，去行刺嘉慶帝。

這刺客名叫成得，原是內務府的廚役；在皇宮裏，他要算第一個有氣力的人。那時有一個侍衛官八駙馬，氣力也很大；閒著沒事的時候，常常拿延禧宮外的一對石獅子玩弄著。那對石獅，少說也有五七百斤重；八駙馬常把它擎在手裏，繞著迴廊走一個圈子，又輕輕的將它歸在原處。兩旁閒看的內監們都喝采，說駙馬爺真是神力。

其中有一個太監，說道：「那成得也算得一個大氣力的了，卻如何比得上駙馬爺。」

八駙馬聽得說起成得，便問：「成得是什麼人？」

那太監回說：「是內務府的一個廚子。」

八駙馬是最愛有氣力的人，當下聽了，便逼著太監去把那成得喚來。那成得見了駙馬爺，嚇得他趴在地下，不敢抬起頭來；八駙馬拿好言安慰他，又吩咐他：「有多少氣力，儘力拿出來；倘能勝過我，我便提拔你。」成得聽了駙馬的話，才把膽放大。

駙馬吩咐他擎石獅子，成得上去，一手一隻石獅子，一拿便走，飛也似的繞著迴廊走了三圈，安在原處，氣也不喘，臉也不紅；八駙馬看了十分歡喜，上去和他拉拉手，又吩咐把七根樹椿一字兒插在院子裏，每根插入泥地裏有三尺來深。八駙馬上去，一蹲身，伸出右腿來，向樹椿一掃，只聽刮啦啦一聲響亮，那七根樹椿齊根踢斷；兩旁的內監們，又齊聲喝好。

八駙馬站起身來，吩咐太監再插上七株椿兒，叫成得踢去，那成得上去相了一相，叫再添上椿子；太監又添了一株，成得叫再添上，又插上了一株，成得還叫添上；直添到十二株時，成得才點頭說：「可以了。」

看他不慌不忙，也上去學著駙馬的身架，一蹲身，一飛腿，那十二株樹椿如刀削似的一齊斷了。那

兩旁看的人，個個吐出舌頭來，八駙馬連聲喝好。從此把他收在宮裏，當一名神機營的管帶；每逢八駙馬值班，成得總在一旁伺候著。

後來成得大力的名氣，一天大似一天，給林清知道了，便由太監們引他兩人見面；林清送他六萬兩銀子，在他們同黨崔士俊家裏過付，又許他事成以後，封他做王爺。成得滿口答應，回到宮裏。

這一夜，正是八月中秋，嘉慶帝駕幸圓明園的涵虛朗鑑臺上，開筵賞月；那班妃嬪宮娥都陪坐在兩旁。八駙馬在臺上值班，成得也在臺下侍衛。酒吃到半酣，嘉慶帝起來小便，後面跟著三五個太監；忽見那成得搶上臺來，急急跟在皇帝的身後。那太監們看他臉色有異，忙上去攔住他；只見成得袖子裏，拿出雪亮的鋼刀來，那太監胸口著了一刀，倒地死了。成得丟下太監，直奔皇帝。

嘉慶帝見事急了，一旁嘴裏嚷著：「有賊！」一旁繞著一株大桂花樹逃著。八駙馬在臺上，聽得皇上的喊聲，忙趕過去；見成得手中拿著尖刀，正繞著樹追著皇上。八駙馬大哮一聲，跳上去，把成得兩手捉住；接著那班御林軍，也趕來四面圍住了，發一聲大喊。

講到那成得的氣力，原勝過八駙馬；但在這時候，他見人多了，心也慌了，手也軟了，兩眼瞪瞪的望著八駙馬的臉，一動也不敢動。御林軍一擁上前，把他捉住，送到刑部大牢裏。當夜，六部九卿都到圓明園來叩問聖安，嘉慶帝吩咐在朝的王公大臣和六部九卿官員，會審刺客。

這時由張觀齋相國主審，張相國連審了九日，審不出一句口供來；又用大刑逼著，他也閉著嘴不說話。成得受刑到最厲害的時候，只聽得他冷笑幾聲，說道：「這是什麼審問的。事不成，便拚命送去了我的腦袋；事若成了，大人們坐的地方，便是我坐的了。」說完了這幾句，他又閉著嘴不響了；張相國卻也沒奈何他。

第二天入朝，把這情形奏明皇上；嘉慶帝吩咐：「不用審了，推出去碎割了罷。」張相國奉著聖旨出來，把成得定了凌遲的罪；又查得成得有兩個兒子，一個十六歲，一個十四歲，都在學堂裏讀書，派差役把這弟兄兩人都從學堂裏捉來。兩個孩子面貌十分清秀。

到了行刑的那日，一隊兵馬把成得押到西校場，綁在鐵樁子上；又把他的兩個兒子綁在對面。這兩個孩子哭著喊爸爸，那成得閉上眼，看也不看；到了時候，劊子手先把兩個孩子殺了，再動手碎割成得。

成得這時被剝得渾身赤條條的，兩個劊子手各拿著尖刀上去，先割去他的耳鼻和兩個乳頭；又從兩手臂割起，把他身上的肉，一片一片的細割下來，從肩頭割到背後，又割到胸前。起初還淌著血，後來血水淌完了，咸淌著黃水；把上半身統統割完，只剩一副骨頭。

成得忽然睜開眼來，大聲喝道：「割快些！」

那劊子手回答他道：「聖上有旨意，叫我們慢慢的剮，叫你多吃些苦痛。」

成得便閉上眼不說話，直到剮完了渾身的肉，才給他喉頭一刀，結果了性命。誰知成得在京中送了性命，那京外的八卦教卻越鬧得更厲害。

在滑縣的教徒，於九月初七日起事，聚眾三千人殺進衙門去，打開監牢，把監中的李文成劫出來；又把縣官強克捷和家眷十餘口一齊殺死。同時直隸省的長垣東明、山東省的曹縣、定陶、金鄉各州縣，一齊響應。林清卻帶著二百名死黨，埋伏在京城裏；一面聽京外的消息，一面打通了宮中的太監，約定九月十五日半夜，在菜市口會齊，從宣武門殺進宮去。

第五十四回　皇宮大亂

林清謀反的前一年，有臺灣淡水同知，在淡水地方捉得一個妖言惑眾的匪徒，名叫高鳩達；他自認說是八卦教的小頭目，另有大頭目林清在京裏買通太監，約定明年秋天起事。

那同知官得了這個消息，急急修下文書送進京去；那京中大臣見了文書，認爲他有意張皇，便捺下了不去奏明。到了起事的前一天，又有蘆溝橋的巡檢得了消息，悄悄的去通報順天府尹，說林清約在明天要打進宮去謀反；那府尹得了消息，反把這巡檢申斥了一頓，說他此如何事？豈可冒昧聲張？他自己也一點不去預備。

到了這一天，果然大亂起來；忽見滿街的教匪，拿著刀槍，橫衝直撞，看他們打進東華門、西華門去。便有太監劉德才、楊進忠一班人在裏面接應；又有那總管太監閻進喜在宮內接應。這時東華門的護兵，見匪徒來勢兇勇，急閉門時，已來不及了；五七百個教匪，殺進東華門，直殺到弘德殿。又有太監從宮裏殺出來。那班宮娥秀女，嚇得嬌聲啼哭，宮內頓時大亂。那西華門也有五七百個教匪殺進去，御

林兵士忙把宮門緊閉，死力抵禦。

這時嘉慶帝恰巧不在宮中，前幾天已到圓明園去了；宮裏留下的侍衛又不多，兩面抵敵了多時，西華門已被攻破了，教匪一擁而進。殺過尙衣監、文穎館，直到隆宗門；侍衛們且戰且退，忽然太監們自己也殺起來，一時喊殺連天，血流遍地，一班妃嬪住在翊坤宮、永和宮、咸福宮的，聽了這喊殺的聲音，慌做一團。有幾個膽小的宮嬪，早已投井死了。

這時二皇子旻寧和諸王貝勒，正在上書房讀書；聽說宮中有變，便不慌不忙喚太監們：「拿我的鳥槍和腰刀來！」太監們送上鳥槍腰刀，他便召集了二十幾個太監，說道：「跟著我跑！」

他領著太監，走到養心殿門口，只見一群匪徒正喊殺奔來。二皇子吩咐，快關上養心殿！又命太監爬上牆去探望，見有賊爬上牆來，便出其不意的拿棍子打下去；有許多匪徒被太監們打得腦漿迸裂，死在牆下。

匪中有幾個頭目看了，便鼓著勇氣，一手拿著白旗，播先爬上牆來；牆東面便是大內，那賊人在牆上喊著，向東奔去。二皇子站在養心殿階下，拿起鳥槍，覷得親切，一連打死了兩個頭目；貝勒綿志站在皇子左首，也放槍打死了一個頭目。其餘匪徒見死了頭目，也不敢過牆來，向別處散去了。

講到那二皇子，自幼便是本領高強的；在乾隆五十四年，旻寧年紀只有八歲，那時乾隆帝駕幸張家灣行宮，率領諸皇子皇孫在校場比射。旻寧站在一旁，等諸王貝勒射過了，他便上去跪在乾隆帝跟前，也要求皇祖父賜他比射。乾隆帝看了十分歡喜，便吩咐諸皇孫和旻寧年紀相同的，也在校場上比射。同時比箭的有八個孩子，都沒有氣力射箭；獨有這旻寧拿著小弓小箭，連發三箭，卻有兩箭射中了紅心。

乾隆帝看了呵呵大笑，把這位皇孫喚上殿來，伸手摸著他的頭頂；說道：「孫兒本領不小，我如今要賞你，你願意得什麼？」

旻寧碰著頭，說道：「孫兒願祖父賞穿黃馬褂。」

乾隆帝便依他，說道：「快拿黃馬褂來！」

一時卻沒有小馬褂，左右侍衛便拿一件大人穿的黃馬褂來，給旻寧披在肩上，由太監抱著下去。從此宮中人人都喚他小將軍；旻寧也日日跟著師傅操練，他又愛打鳥，所以一枝鳥槍，他打來卻是百發百中的。如今在宮中解了大內的圍，那班教匪看看養心殿門有人把守，便趕向東華門去，和別股匪黨會合。

這時東華門的匪徒已打進宮門，正要搶進呵期哈門去，忽見一個大漢，上身赤著膊，渾身皮膚黑得如漆一般，手中拿著一支粗重扁擔，大喝一聲道：「你們造反麼？」掄著扁擔，橫掃過來。

那班匪徒見他來勢兇惡，便大家圍上去，和他抵敵。那大漢一條扁擔，指東打西，指南打北，打得

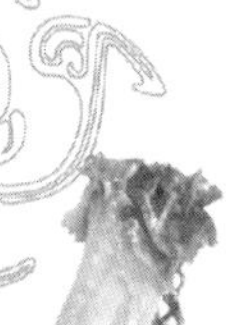

車輪似的轉；被他打著的，不是被打得斷腰折臂，便是被打得頭破血流。二三百人，被他打死了一半。如今做書的趁這空兒，把這大漢的來歷略表一表。

原來這大漢，並不是什麼宮中的侍衛，原是東華門外一家煤舖裏的挑伕；他每天挑著煤擔，送進東華門去，給修書館裏用的。他天天在煤堆裏鑽進鑽出，那臉面手臂和肩膀胸背，都染得漆黑黑的；宮裏的太監們取他綽號，叫他煤黑子。那煤黑子生性戇直，愛打抱不平；他仗著自己氣力大，見有不平的事情，便拿著鐵扁擔上去廝打。他那條扁擔足有一百斤重，打在人身上，管叫你骨斷筋酥。

這一天，他見許多教匪闖進東華門來，知道他們造反，便奮力和他們廝殺；他一個人抵敵著二三百人，打了一個時辰，卻不曾放過一個人闖進呵期哈門去。這呵期哈門，便是熙和門；當他在門外喊殺的時候，聲音直達到宮裏。

這時恰巧有一個大學士寶興，在上書房教授諸王讀書，從景運門出來；望見門外一個黑大漢，在那裏抵敵一群匪徒，急急回進門去，喚集許多太監來，急把呵期哈門閉上。一面調集實錄館、國史館、功臣館三館的吏役，個個手裏拿著棍子，趴在牆上把守住；一面又四處調齊虎賁軍士，從側門出去，和教匪廝殺。

這時另有一隊匪徒從西華門繞過來，幫著去打煤黑子；那匪徒愈來愈眾，足有一千個人，任你如何大力，也抵擋不住了。那三館的吏役趴在牆頭，眼看著煤黑子被許多匪徒一擁上前，亂刀斬死；那煤黑子臨死的時候，一邊嘴裏罵著人，一邊還拿拳頭打死幾個人，才倒地死了。那班匪徒見打死了煤黑子，便要搶上宮牆來；這時，後面的虎賁軍士也到了，那班留守京中的諸王大臣，也率領禁衛兵，從神武門進來。兩面軍隊圍住了一陣廝殺，把那班匪徒直殺出中正殿門外。

這時天已傍晚，那宮中的路，匪徒是不熟悉的；看看逃到死路上去，被官兵追殺一陣，沿途被殺死的也不少。匪徒被他們逼到一個牆角，正要上前去捕捉，忽然天上下了一陣大雨，霹靂一聲，又打死了許多匪徒；其餘的一個個都拿繩子綁住，送到九門提督衙門裏去審問。招出他大頭目林清，正在黃村地方守候消息，提督官派了一大隊兵士，星夜到黃村去，把林清捉住，解進京來。

第二天，嘉慶帝從圓明園回來，親自在豐澤園陞座，審問林清；那林清又供出許多同謀的太監來。嘉慶帝派侍衛官把那班太監一齊捉來，審問明白；下旨把林清和同謀的太監一齊腰斬，其餘匪徒一律正法。一時血淋淋的殺下三百多個頭，在京城裏大街小巷號令。

嘉慶帝回宮去看望妃嬪，安慰了一番；又傳二皇子和貝勒綿志進宮去，當面稱讚了一番，賞他每人一個貂褂，一個碧玉班指。第二天上諭下來，封二皇子為智親王；貝勒綿志進封郡王。大學士寶興奏稱煤黑子保衛有功，這時才把煤黑子的屍身，從匪徒屍身堆裏掘出來，替他洗刷，送回煤舖子去。

皇帝又下旨，賞煤黑子六品武功，照武官陣亡例賜祭，又賞治喪銀子一萬兩。煤黑子的妻子誥封夫人。那煤黑子實在是沒有妻子的，如今那煤店裏的掌櫃見有這許多好處，便把自己的一個女兒，冒認做了煤黑子的老婆，同樣的也披麻帶孝，替他守起寡來。這且不去說他。

如今再說那李文成，佔據了滑縣，聽說林清已死，他便號召了一萬多徒黨，聲稱替林清報仇，在山東河南一帶地方騷擾起來；他仗著有運河輸運糧食，往來便利，便在運河一帶紮起營盤，和官軍對壘。直隸總督溫承惠、河南巡撫高杞和他抵敵，都打了敗仗。嘉慶帝便下旨，調陝甘總督那彥成帶了山東河南的兵隊，前去剿匪。

那彥成有一位副將，名叫楊遇春，卻是十分驍勇；東蕩西殺，匪黨見了他都害怕。因楊遇春頷下有三綹長鬚，匪兵都稱他髯將軍；一聽說髯將軍到了，便嚇得他們不戰而逃。後來又有一個楊芳，從陝西帶兵前來助戰；這兩位楊將軍，克復了許多城池，殺死了二萬多教匪。

李文成逃到白土崗上，伏兵四起；李文成知道中了計，性命不保了，便在崗上放一把火，將自己燒死了。從此直隸、山東、河南三省地方都太平了。嘉慶帝想起教匪的可怕，便下詔查禁，說道：「以後不論何種宗教，一律嚴禁。」

這時有一個來陽縣知縣，打聽得有一個英國教士在他境內傳教；他便不問三七二十一，去把那教士捉來，活活絞死。英國皇帝發了惱，立刻派了十三隻兵船來佔據澳門；兩廣總督熊光發了急，飛報到京，嘉慶帝下旨，叫他封禁水路，斷絕糧食。那英兵果然支撐不住，回到印度去。

這時江浙、兩廣海面上，常有一班海盜出沒；皇上又下旨，命沿海各省添練海軍，造了許多兵船，在海面上游弋。又嚴禁外國船隻裝鴉片煙進口，命各處關口嚴密搜查；能查出在二百斤以上的，便賞他官員。這個旨意一下，那班關隘人員查煙自然查得格外起勁；那外國船隻便不敢進口來了。

嘉慶帝看看內外太平，便又想出京巡狩，便在三月時候啓蹕到五台山去；五月從五台山回來，又到熱河避暑去。熱河地方原有一座避暑山莊，一面靠山，三面近水，蓋造得十分曲折；嘉慶帝住在裏面，想起前朝帝皇的風流韻事，便也十分羨慕。

嘉慶帝這時自從抄沒了和珅的家產以後，手頭十分寬裕；這位皇帝在歷史上是有名節儉的。他到了暮年，忽然想到人生幾何，怎不及時行樂？便悄悄的傳進內務大臣去，吩咐他到江南去採辦物料；要在避暑山莊裏面大興土木。

這時皇帝又添立了幾個妃子，終日在園中尋樂；不多幾天，那採辦大臣回來，又帶了一座鏡湖亭的模形來。這鏡湖亭，是浙江巡撫打的圖樣，叫巧匠王森夫妻兩人製造的。如今浙江巡撫聽說皇上要大興土木，便把這亭子的模形和王森夫妻兩人，一齊送到熱河來；一面上了一本奏摺，說王森夫妻兩人工作

如何巧妙，皇上如今建造園亭，正可以隨時垂詢。

嘉慶帝叫先拿亭子模形來看，內監捧上一個盒子，盒子裏藏著一座小亭子；皇帝看那亭子時，果然建造得十分精巧，瓦是用玻璃做的，柱子是用水晶的，四面牆壁上，嵌著幾萬塊小鏡子，望去閃閃的射出光來。亭中間安著一架象牙床，四面都嵌著大塊的鏡子。皇帝看了，果然十分讚嘆；又吩咐快把王森夫妻兩人傳進來。

太監回奏，稱他夫妻兩人因沒有功名，不敢進見；嘉慶帝吩咐，立刻賞他七品衣帽。他夫妻兩人穿戴齊全，走進屋子來，趴在地下；那王森見了皇帝，嚇得他渾身抖動，倒是他老婆大大方方的低著頭，跪在一旁。

皇帝一看，那女人長得肢肢婀娜，肌膚白淨，早不覺動了心；後來喚她抬起頭來，只見眉彎入鬢，粉臉凝脂，望去十分秀美。皇帝心想：我宮中枉有許多妃嬪，誰人趕得她上這模樣兒？

嘉慶帝不覺滿面堆下笑來，問她：「姓什麼？」

那女人便低聲俏氣的奏道：「奴姓董氏。」

又問她：「妳嫁丈夫幾年了？」

董氏回說：「四年了。」

問道：「這座鏡湖亭模形，是妳和王森兩人造成的麼？」

董氏回稱：「亭子的瓦簷壁柱，是我丈夫造的；裏面的雕刻鑲嵌，是奴造的。」

皇帝稱讚：「好一雙巧手！」便吩咐把王森送進巧藝院去，聽候差遣；又把董氏收入內庭去，做供奉女官。

皇宮裏原有一班供奉女官，專司書畫、刺繡、雕刻各種精巧女工，做女官的，大半都是漢人；董氏一進內苑，也不叫她工作，也不叫她做事，只叫她終日伴著皇上，在瓊島春陰遊玩。董氏原不肯陪伴皇帝的，無奈深入宮禁，知道倔強也是沒用；後來看看皇帝性情也十分溫柔，董氏便向皇帝哭求，要求放她出去見丈夫一面。

皇帝笑著安慰她道：「妳好好住在這裏，待一年以後，朕打發人送妳回家去。」

又問她：「妳在江南見過西湖麼？」

董氏回說：「西湖是奴的家鄉，如何不見。」

皇帝便吩咐她造一個西湖十景的模形。從此董氏在宮裏摶土弄泥，細細的工作起來；皇帝在一旁看著，有時也替她調顏色、烘泥土，十分忙碌。兩人靜悄悄的在屋子裏，宛似民間恩愛的夫妻。有時皇帝情不自禁了，便拉著董氏要尋歡；董氏忍不住掛下淚來，苦苦哀求說：「皇上三千粉黛，

何必定要破奴的貞節？」

皇帝見了她的顰態，十分可憐，便也把心腸軟了下來；幾次都是董氏求免的。但這皇帝終是捨她不下，每次總要到瓊島春陰去說笑一回，看看董氏的眉眼兒，也是有趣的。

皇帝常對太監說道：「古時吳絳仙，秀色可餐；如今這看了董氏的眉眼，卻叫人忘了眠食。」這句話傳到宮裏去，那許多妃嬪心裏都妒忌；又見皇帝終日伴著董氏在瓊島裏，不見臨幸到別的宮院裏來，便說那董氏是個狐狸精，把個皇帝迷住了，把這話去告訴皇后。那皇后是賢慧出名的，聽了妃嬪的話，反勸她們不可吃醋。

其實，皇帝和董氏絲毫沒有淫穢的行爲；只因董氏美得如天仙一般，性情又十分貞靜，皇帝看著她，反把他的淫心鎮壓住了。到極親熱的時候，也只是握一握手罷了。只是獨把那王森丟在巧藝院裏，淒涼寂寞，早晚想念他的妻子；常常求著總管太監，要和他妻子見一面。

那太監說：「皇上留著的人，我怎麼敢去喚出來？」從此王森便半瘋半癲的，終日忽啼忽笑；巧藝院裏的同事們，也不去理會他。

有一天，皇上恰巧從宮裏出來；王森見了，忙上去趴在地下連連磕頭，求皇上放他妻子出來見一面兒。

皇帝笑說道：「你妻子手工精巧，皇后留在院中，不肯放出來；你如嫌寂寞，朕賞你一個宮女罷。」說著，便進去了。

到了夜裏，果然內庭送出一個宮女來；太監替她打掃出一間院子來，送他兩人進去住著。誰知連住了三夜，他兩人還是各不相犯的。那王森越鬧得兇了，見人便哭嚷著要見他的妻子；皇帝知道了，便傳出旨來，把王森的官銜陞到五品，又賞他二萬兩銀子，打派兩個侍衛，把他送回南邊去。賞他的那個宮女，原是南邊人，便也跟著他一同到南邊去。

那宮女原要嫁王森的，王森說道：「我和妻子情愛很深，如今她雖關在宮裏，我也不忍負心她。」到底給了那宮女三千兩銀子，送她回娘家去，嫁了別個男子。

王森又帶了一萬兩銀子，悄悄的再趕到熱河去，拚命花錢，買通了宮裏的太監，打聽他妻子的消息；那太監見他癡得可憐，便替他到宮裏去通一個信。隔了幾天，那太監傳出一封董氏的信來，信上說道：「天子十分多情，在宮中十個月，並未失節；現在求著天子，已允准滿一年後，放我回家。夫妻團圓，即在目前。」

王森看了信，心中十分快活；從此他在外面靜靜候著，空下來，便和那班太監在茶坊酒肆吃喝閒談。那太監也看王森做人和氣，常常把宮中的秘密事情告訴他；今天皇帝召幸第幾妃，明天皇帝在第幾

妃宮中遊玩，天天有人來報與王森知道。後來又有一個太監來告訴他：「昨天晚上宮中的瑩嬪大鬧醋勁，只因皇上寵愛董氏，常常到瓊島春陰裏去看望她，那瑩嬪忍不住氣，趕到瓊島春陰，揪住董氏要廝打。後來還是皇帝喝住了，那瑩嬪便把皇帝拉到自己院子裏去了。」

王森聽了說道：「堂堂一位天子，怎的反怕那妃嬪？」

那太監低低的說道：「不是這般說的。咱萬歲爺是多情不過的，聽說那瑩嬪還是萬歲爺未曾大婚以前，私地裏結識下的；想起舊日的交情，不免寵任她三分。」

王森聽了，流下淚來說道：「有這個雌老虎在宮裏，只是苦了我妻氏。」

那太監又再三勸慰他，說：「你妻子快要放出宮來了，你也不用悲傷。」

又隔了幾天，看看那一年的日期快滿，王森在外面越發好似熱鍋上的螞蟻，一天等不得一天了。

有一天，他原和宮內的總管太監約定在湖樓上相候；那湖樓後面靠一座大湖，樓上是賣酒的。王森到時還早，便獨自一人打著一角酒，喝著候著。過了一會，見那太監慌慌張張的來了，看他臉上神色不定；王森見了一陣心跳，知道出了亂子，忙問：「我的妻子怎麼樣了？」

那太監不曾說話，先安慰他道：「我告訴你，你莫氣苦。」

第五十五回　鴉片為患

那太監原是內苑的總管，他的下屋，又離瓊島春陰甚近；凡是董氏的一舉一動，他都知道。當時他對王森說道：「自你妻子董氏進宮去以後，皇上十分敬愛她，每天皇上坐著看董氏捏塑西湖十景，常常讚嘆，稱她絕技。董氏每天工作完畢，皇上總有賞賜的；或是珠寶，或是衣服。董氏也伴著皇上，或下一局棋，或說笑一回；兩人雖十分親密，卻是各不相犯的。這幾天，皇上因為被瑩嬪管住了，不曾到瓊島春陰來。董氏一個人住在屋子裏做工，到昨天晚上，卻忽然鬧出亂子來了。」

那太監說到這裏，王森的臉也青了，太監還勸他莫急壞了身子；又接著說道：「昨夜宮裏打更的才打過三更，忽聽得有開動宮門的聲音。我在睡夢中，不十分聽得清切；過了一會，我又睡熟去了。祇聽又是一聲窗戶開動的聲音，恍惚是在瓊島春陰裏。接著，又是一聲女人叫喊的聲音，我才忍不住了，急披衣起來喚醒同伴，搶到瓊島春陰正屋裏去。

祇見董氏睡的屋子裏，窗戶洞開著，走進屋子去看時，那床上的被褥被攪得一團糟；那睡鞋兒、金

釵兒沿路散著，直到窗戶外面，欄杆邊還落下一支玉簪兒，卻已打得粉碎了。這玉簪兒是董氏平日插戴的，我還認得出來。祇是那董氏卻不知到什麼地方去了。

今天一清早，我們去奏明皇上，皇上也打發人四處找尋；後來見太液池水面上，浮著一件小紅襖兒，看那領口袖子的鑲滾，皇上認得是董氏平日穿的，忙喚會游水的，攢到河底裏去四處撈尋，卻又毫無形跡。」

那王森一句一句的聽著，起初早已支撐不住了，祇望他妻子還有救星；如今知道他妻子是不得救的了，他便趁著太監不防頭的時候，祇喊得一聲：「我的苦命妻子！」一縱身，向後樓窗口一跳；太監忙上去拉救，已來不及了。

那座湖樓高出湖面五六丈，王森跳下去，直撞到水底裏，那湖面又很闊；可憐他一對恩愛夫妻，祇因有這絕藝，卻不料送去了他一雙性命。

嘉慶帝自從見了董氏，因她生得貞靜美麗，天天對她坐著看一回，心中便得了安慰；如今不見了這位美人，想得他好苦。此時，他年紀已六十歲了，精神也衰了；心裏有了悲傷的事情，也無心管理朝政了，所有一切大小國事，統交給滿相國穆彰阿辦理。

那穆相國又是一個貪贓枉法的奸臣，他做宰相，把國事弄得更壞；東北幾省鬧著教匪，東南幾省鬧著海盜，西藏新疆回教徒又作亂，廣東又有鴉片的案件，和英國交情一天一天的壞起來，弄得全國擾亂，百姓怨恨。

那班御史官紛紛上奏章參他，卻被穆相國派人在暗地裏把那參摺一齊捺住了，不送進去；這時智親王旻寧也隨侍在行宮，卻是有十分孝心的。後來嘉慶帝因想念董氏想念得厲害，那瑩嬪和別的妃子又常常在皇帝跟前爭鬧著嘔氣；年老的人又傷心，又氣惱，不覺病了。這一病，來勢很兇；智親王天天在屋子裏，衣不解帶的服侍父皇。嘉慶帝一病六七十天，朝廷的事一任那穆相國擺佈去，越發沒有人過問了。

直病到第三個月時，嘉慶帝看看自己不中用了，便召集了御前大臣穆彰阿、軍機大臣戴均元、托津一班老臣，在塌前寫了遺詔；大略說：「朕於嘉慶四年，已照家法，寫下二皇子旻寧之名，密藏『正大光明』殿匾額後；現在行宮隨蹕。朕逝世以後，著傳位於二皇子智親王旻寧。汝等身受厚恩，宜盡心輔導嗣皇，務宜恭儉仁孝，毋改祖宗成法。欽此。」

這道諭旨下了以後，到第二天，嘉慶帝便逝世了；把個智親王哭得搶地呼天。一面許多大臣把智親王送回京去；在太和殿上即位，受百官的朝賀。改年號道光元年。

說也奇怪，這道光帝在年輕的時候，十分勇敢，性情也豪爽，舉動也漂亮；到大婚以後，卻忽然改

了性情，十分吝嗇起來，登了大位以後，在銀錢進出上，越發精明起來。自從嘉慶帝收沒了和珅許多家產以後，皇上的家產原是十分富厚的；但道光帝卻天天嚷著窮，說：「做人總須省儉。」見了大臣們，總勸他須節省費用。那班大臣們都是善於逢迎的，聽了皇上的話，便個個裝出窮相來。

其中第一個刁滑的，便是那穆相國；他每次上朝，總穿著破舊的袍褂。皇帝見了，便稱讚他有大臣風度；他卻忘了穆相國在外面做的貪贓枉法、窮奢極慾的事情。不多幾天，滿朝的臣子都看著他的樣，個個穿著破舊袍褂；從殿上望去，好似站著兩排叫化子，那皇帝便是個化子頭。

從此以後，官員們也不敢穿新的袍褂了；一時京城裏，舊貨舖子裏的破舊袍褂都賣空，賣的好價錢。起初還和新袍褂的價錢一樣；有許多官宦人家把嶄新的袍褂，拿到舊衣舖子裏去，換一套破舊的來穿；後來那舊袍褂越賣越少了，那價錢飛漲，竟比做兩套新的還貴。有幾個官員無法可想，祇得把新的打上幾個補子在衣襟袖子上，故意弄齷齪些；皇帝看了，才沒有說話。

後來慢慢到了冬天，大家都要換皮褂了；家裏原都藏著上好的細毛皮統，祇怕穿出去受皇上的責備，大家都忍著凍，不敢穿。後來有一個武英殿大學士曹振鏞，卻是天性愛省儉的，和道光帝可以稱得一對兒；因此道光帝也和他十分談得投機，每天總要把這位曹學士召進宮去長談。太監們認做皇上和大學士在那裏談國家大事，誰知留心聽時，每天談的都是些家常瑣事。

有一天，曹學士穿著一雙破套褲進宮去，那兩隻膝蓋上，還補著兩個嶄新的掌。道光帝見了，便問道：「你補這兩個掌，要花多少錢？」

曹學士奏稱：「須三錢銀子。」

皇帝聽了十分詫異，說道：「朕照樣打了兩個掌，怎麼內務府報銷五兩銀子呢？」說著，揭起龍袍來給曹學士看。

曹學士沒得說了，祇得推說：「皇上打的掌比臣的考究，所以價錢格外貴了。」

道光帝嘆了一口氣，從此逼著宮裏的皇后妃嬪，都學著做針線；皇帝身上衣服有破綻的地方，都交給后妃們修補，內務部卻一個錢也不得沾光。弄得那堂司各官窮極了，都當著當頭過日子。道光帝還說：「宮裏的開銷太大！」又把許多宮女太監們遣散出宮，叫他們自尋生活去；偌大一座大內，弄得十分冷落；有許多庭院都封鎖起來。

皇帝也不愛遊玩，終日在宮裏，和那班妃嬪們做些米鹽瑣事的事情。他又把宮中的費用細細的盤算一番，便下一道聖旨：「內庭用款，以後每年不得超過二十萬銀圓。」那班妃嬪終年不得添製新衣，大家都穿著破舊衣衫。便是皇后宮裏，也舖著破舊的椅墊。皇帝天天和曹學士談著，越發精明起來了。

那曹學士平日花一個錢，都要打過算盤。他家中有一輛破舊的驢車，家裏的廚子則兼著趕車的差

使；曹學士每天坐著車，早朝出來，趕到菜市，便脫去袍褂，從車廂裏拿出菜筐、秤桿兒來，親自買菜去。和菜販子爭多論少，常常爲了一個錢的上下，兩面破口大罵。

到這時，曹振鏞卻要拿出學士牌子來，把這菜販子送到步軍御門辦去。那菜販子一聽說是大學士，嚇得他屁滾尿流，忙趴在地下磕頭求饒，到底總要依了他；那曹學士佔了一文錢的便宜，便揚揚得意的去了。

他空下來，便常常在前門外大街上，各處酒館、飯莊裏去打聽價錢；他打聽了價錢，並不是自己想吃，而是去報告皇上。那皇上聽了便宜的菜，便吩咐內膳房做去。

說也可憐，道光帝祇因宮中的菜蔬很貴，卻竭力節省；照例，每餐御膳總要花到八百兩銀子，後來道光帝祇吃素菜，不吃葷菜，每桌也要花到一百四十兩銀子；若要另添一樣愛吃的菜，不論葷素，總要花到六七十兩銀子，皇帝便是吃一個雞蛋，也要花五兩銀子。

有一天，皇帝和曹振鏞閒談，便問起：「你在家可也吃雞蛋麼？」

曹學士奏稱：「雞蛋是補品，臣每天清早起來，總要吃四個汆水雞蛋。」

皇帝聽了嚇了一跳，說道：「雞蛋每個要五兩銀子，你每天吃四個雞蛋，豈不是每天要花二十兩銀子麼？」

曹學士忙回奏道：「臣家裏原養著母雞，臣吃的雞蛋，都是臣家中的母雞下的。」

道光帝聽了，笑道：「有這樣便宜事情？養了幾頭母雞，就可以吃不花錢的雞蛋。」當下便吩咐內務部去買母雞，在宮中養起雞來。但是內務部報銷，每一頭雞也要花到二十四兩銀子。道光帝看了，也祇得嘆一口氣。

第二天，曹學士又從前門外飯館裏，打聽得一樣便宜葷菜來；進宮見了皇上，便說：「前門外福興飯莊裏，有一樣豆腐燒豬肝的葷菜，味兒十分可口，價錢也十分便宜。」

道光帝問：「豆腐豬肝，朕卻不曾吃過。不知要賣多少銀子一碗？」

曹學士奏道：「飯莊裏買去，每碗祇須大錢四十文。」

皇帝聽了直跳起來，說道：「天下那有這樣便宜的菜？」便吩咐內監傳話到內膳房去：「從明天起，旁的東西都不用，每上膳，祇須一碗豆腐燒豬肝便成了。」

內膳房正苦得沒有差使，無可沾光；如今忽奉聖旨點菜，便添委了幾個內膳上行走，忙忙的預備起來。第二天午膳，便有這樣菜來；道光帝吃著，果然又鮮又嫩。便是這一樣菜，就連吃了十天。

到月終，內務府呈上賬目來，道光帝一看，便是這豆腐燒豬肝一項，已花去銀子二千餘兩；下面又開著細賬，計供奉豆腐燒豬肝一品，每天用豬一頭，計銀四十兩；黃豆一斗，銀十兩；添委內膳房行走

專使殺豬二人，每員每天工食銀四兩；豆腐工人四名，每天每名工食銀一兩五錢；此外刀械、鍋灶、豆腐磨子和搭蓋廚房、豬棚等，共需銀四百六十兩；又置辦雜品、油鹽醬醋，共需銀一百四十五兩以上。備膳一月，計共需銀二千五百二十五兩。

道光帝看了這張賬單，連連拍著桌子，說道：「糟了！糟了！」立刻把內膳房的總管傳上來，大大訓飭了一場。又說：「前門外福興飯莊賣四十文一碗；偏是朕吃的，要花這許多銀子？以後快把這一項開支取消。要吃豆腐燒豬肝，祇須每天掌四十文錢，到前門外去跑一趟便得了。」

那總管回奏說：「祖宗的成法，宮中向不在外間買熟食吃的。」

道光帝聽了，把袖子一甩，說道：「什麼成法不成法！省錢便是了。」

那總管聽了不敢做聲，祇悄悄的跑到前門外去，逼著福興飯莊關門；又取了四鄰的保結，回宮來奏明皇上，說：「福興飯莊已關了門，這豆腐燒豬肝一味，無處可買。」

第三天，皇帝特意打發曹學士到前門外去踏勘過，他才相信。從此取消了這一味豆腐燒豬肝，那內膳房又沒得沾光了；他們在背後抱怨皇帝，說：「再照這樣清苦下去，我們可不用活命了。」

隔了一個月，宮裏又舉行大慶典了。這時大學士長齡打平了回疆，把逆首張格爾檻送京師；道光帝親御午門受俘，之後便在萬壽山玉瀾堂上開慶功筵宴，吩咐內膳房自辦酒菜。皇帝又怕內膳房太耗費銀錢，便傳旨：「須格外節儉。」

當時請的客，除揚威將軍、大學士威勇公長齡以外，還有十五個老臣：便是御前大臣穆彰阿、大學士托津、大學士軍機大臣曹振鏞、大學士戴均元、大學士兩江總督孫玉庭、戶部尚書軍機大臣黃鉞、禮部尚書穆克登額、工部尚書初彭齡、理藩院尚書富俊、左都御史松筠、郡王銜都統哈迪爾、都統阿那保、致仕大學士伯麟、致仕都統穆克登布。

這許多人擠了兩桌，桌面上擺著看不見的幾樣菜，這班大臣卻不敢舉箸，祇怕一動筷便要吃光，吃光了是很不好看的。那道光帝坐在上面，也不吃菜，也不吃酒；祇和大臣們談些前朝的武功，後來又談到做詩，便即席聯起句來。有幾個不會做詩的，便請那文學大臣代做，做成一首八十韻的七言古詩，記當時君臣之樂；又吩咐戴均元把君臣同樂畫成一幅圖。在席上談論了足足兩個時辰，菜也不曾吃得，便散席了。

這時是嚴冬，道光帝見大臣們都穿著灰鼠出風的皮褂子；便問：「你們的皮褂，做一做出風，要花多少銀兩？」

其中有許多人都回答不出來；獨有曹學士回奏說：「臣的皮褂，單做出風，須花工料銀二十兩。」

道光帝嘆道：「便宜！便宜！朕前幾天一件黑狐皮褂，祇因裏面的襯緞太闊了，打算做一做出風；

交尙衣監拿到內務府去核算了一核算，竟要朕一千兩銀子。朕因它太貴，至今擱在那裏不曾做得。」

曹學士聽了，回奏道：「臣的皮褂，是祇有出風沒有統子的。」說著，把那袍幅的裏回揭起來；大家看時，果然是一片光皮板，祇有四周做著出風。

道光帝看了，連聲說：「妙！又省錢，又好看。實在穿皮褂原是取暖；做不做出風，是無關緊要的。」

從此以後，那班大臣穿的皮褂，卻把出風拉去。一時裏，官場中都流行穿那沒有出風的皮褂了。

那穆相國外面雖裝出許多寒酸樣兒，他家裏卻娶著三妻四妾，又養著一班女戲子；常常請著客，吃酒聽戲，走過他門外的，總聽得裏面一片笙歌；因此有許多清正的大臣，都和他不對。祇因道光帝十分信任他，說他是先帝顧命之臣，凡事聽他的主張；那穆相國在皇帝跟前花言巧語，哄得皇帝十分信任。祇有曹學士不喜歡他，他兩人常常在皇帝跟前爭辯，皇帝也常常替他們解和。

那穆相國一天驕傲似一天，無論京裏京外的官員，倘然沒有孝敬到他，他便能叫你丟了功名；因此穆相國家裏常常有京外的官員，私送銀錢珍寶來。那時有個福建進士林則徐，曾外放過一任杭嘉湖道，後來做江蘇按察使，升江西巡撫；他爲官公正，所到的地方，百姓稱頌。傳在皇帝耳朵裏，也十分器重他。

這時英國的商船，常常把鴉片煙運到中國來，在廣東一帶上岸；害得中國人吃了他的煙，形銷骨立，個個好似病鬼一般。林則徐上了一本奏摺，說：「鴉片不禁，國日貧，民日弱；數十年後，不惟無可籌之餉，抑且無可用之兵。」道光帝看了這奏章，十分動容，便把他陞任兩廣總督；進京陛見，又說了許多禁煙的話。道光帝給他佩帶欽差大臣的關防，兼查辦廣東海口事務，節制廣東水師。

林則徐忽然太紅了，早惱了這位奸臣穆彰阿。那林則徐進京來，又沒有好處到穆相國門下；那穆相越發啣恨在心，看看林則徐一到廣東，便雷厲風行，逼著英國商船繳出二萬三百八十箱鴉片煙來，放一把火燒了。

那英國人大怒，帶了兵船，到福建、浙江沿海一帶地方來騷擾。穆相國趁此機會，在皇帝跟前說了林則徐許多壞話，說他剛愎自用，誤國不淺；一面派人暗暗的去和英國人打通，叫他們帶兵去打廣東；一面又指使廣東的官吏，到京裏來告密。

有一個滿御史，名叫琦善的，聽了穆相國的唆使，狠狠的參了林則徐一本；穆相國又在皇帝跟前打邊鼓，把個皇帝也弄昏了。一道聖旨下去，把林則徐革了職，又派琦善做兩廣總督。琦善一到任，便和英國人講和，賠償七百萬元；開放廣州、廈門、福建、寧波、上海做外國的租界。英國人還不肯罷休，硬要拿林則徐辦罪。穆彰阿出主意，代皇帝擬了一道聖旨，把林則徐充軍到新疆去。

這時惱了一個大學士，名叫王鼎的；他見林則徐是一個大忠臣，受了這不白之冤，便屢次在朝廷上找穆相國理論，那穆相國聽了王鼎的話，總是笑而不答。

有一天，穆彰阿和王鼎兩人同時在御書房中召見；那王鼎一見了穆相國，由不得又大怒起來，大聲喝問道：「林則徐是一個大忠臣，你爲什麼要哄著皇上，把他充軍到新疆去？像相國這樣一個大奸臣，爲什麼還要在朝中做著大官？你真是宋朝的秦檜、明朝的嚴嵩，會看天下蒼生都要被你誤盡了！」穆彰阿聽了，不覺變了臉色。

道光帝看他兩人下不得臺，便喚太監把王鼎挾出宮去；說道：「王學士醉了！」

那王鼎趴在地下連連叩頭，還要諫諍；道光帝把衣袖一拂，走進宮去了。

王鼎回到家裏，越想越氣，連夜寫起一道表章來，說穆彰阿如何欺君，林則徐如何受屈。洋洋灑灑，足足寫了五萬多字；一面把奏摺拜發了，一面悄悄的回房去，自己吊死。第二天，王鼎的兒子發覺了，又是傷心，又是驚慌。

照例大臣自盡，要奏請皇上驗看以後，才能收殮；那穆彰阿耳目甚長，得了這個消息，立刻派了一個門客趕到王家去，要看王學士的遺摺。那王公子是老實人，便拿遺摺出來給那門客看。摺子上都是參穆相國的話。

第五十六回　宮闈秘豔

穆彰阿的門客，見王鼎遺摺上都是參奏穆相國的話；便把那遺摺捺住，哄著王公子道：「尊大人此番逝世，我東翁十分悲傷，打算入奏；在皇上跟前，替尊大人多多的求幾兩撫卹銀子。如今這遺摺倘然一遞上去，一來壞了同寅的義氣，二來那筆撫卹銀兩便分文無著了。」

看官須知道，道光皇帝崇尚節儉，做大官的都很窮，做清官的越發是窮；如今王公子聽說有錢，便把那遺摺銷毀了，另外改做了一本摺子，說是害急病死的。穆相國居然去替王鼎請了五千兩的卹金，穆相國暗地裏又送了王公子一萬兩銀子；王鼎的一條性命，便白白的送去。

這時到了皇太后萬壽的日子，早幾天便有禮部尚書奏請籌備萬壽大典；道光帝祇怕多花銀錢，便下旨說：「天子以天下養，祇須國泰民安，便足以盡頤養之道。皇太后節儉垂教，若於萬壽大典，過事鋪張，反非所以順慈聖之意。萬壽之期，祇須大小臣工入宮行禮，便足以表示孝敬之心。毋得過事奢靡；有違祖宗黜奢崇儉之遺訓。欽此。」

這道聖旨下去，那班官員都明白了皇上省錢的意思；便由穆相國領頭，和皇上說明，不須花內帑一文，所有萬壽節一切鋪張，都由臣民孝敬。皇帝聽了這個話，自然合意。便由皇上下諭，立一個皇太后萬壽大典籌備處，委穆彰阿做了處長。

那穆相國背地裏，反借著這承辦萬壽的名兒，到各省大小衙門裏去勒索孝敬；小官員拚拚湊湊，從一百元報效起，直到總督部臣，報效到三十萬、五十五萬爲止。這一場萬壽，穆相國足足到手了一千萬兩銀子的好處。

到了這一天，大小臣工帶了眷屬，進慈寧宮拜皇太后萬壽去。皇太后自己拿出銀子來，辦麵席；女眷在宮裏賞吃麵，官員們在保和殿上賞吃麵。吃過了麵，穆相國把家裏一班女戲子獻上去，在慈寧宮裏演戲；演的都是瑤池宴、東海宴等吉利的戲文。

道光帝看那班女戲子，個個都是嫵媚輕盈，清歌妙舞；那服飾又十分鮮明，笙簫又十分悅耳，皇上忽然也心癢了。他在幼年時候，原也玩過韻舞；到這時，皇帝自己也上臺去扮了一個老萊子，歌唱起來。祇因是皇上扮著老萊子，臺上便不敢扮老萊子的父母。

皇帝唱了一陣，皇太后看了十分歡喜；吩咐給賞，便有許多宮女捧著花果，丟向臺上去，齊聲說：「皇太后賞老萊子花果。」那皇帝在臺上，也便跪下來謝賞。皇帝下臺來，那班親王貝勒也都高興起來；他們終年在家裏沒有事做，這唱戲的玩意原是他們的拿手，便個個揀自己得意的登臺演唱去。有的扮演關雲長掛印封金的故事，有的演堯舜讓位的故事；一齣演完，又是一齣。臺上的做得出神，臺下的也看得出神。

在這個時候，這個道光帝不知不覺的落在溫柔鄉裏去了。原來皇上扮戲的時候，穆相國便派一個領班的姑娘，名叫蕊香的，服侍皇上穿戴紮扮的事情；講到這個蕊香的容貌，在她班子裏，要算得一個頂兒尖兒的了。那蕊香一邊伺候著皇上，一邊卻放出十分迷人的手段來；在皇帝跟前有意無意的賣弄風騷。把一肚子道學氣的道光皇帝，引得心癢癢的，深深的跌入迷魂陣兒去了。

直到皇上演過了戲，退進臺房去；那蕊香也跟了進來，服侍皇上穿脫衣帽。這房間是十分幽密的，房裏除了皇帝和蕊香二人外，再沒有第三個人敢進來的。蕊香伺候皇上脫去戲服，換上袍褂，又服侍他洗過臉，梳過辮子；便倒了一杯香茶，去獻在皇上手裏。

蕊香滿屋子走著，那皇上的一雙眼珠，總跟著蕊香的腳跟兒；蕊香的一雙腳長得又小又瘦，紅菱似的一雙鞋子，走一步也可人意兒。如今見她走近身來，皇帝再也耐不住了，便伸手拉著蕊香，兩人並肩兒坐下，唧唧噥噥的說起話來。

外面戲越做得熱鬧，他兩人話說得越起勁。說到後來，皇帝實在捨不下這蕊香，蕊香也願進宮去服侍皇帝；便把穆相國喚進密室，把這意思對他說了，穆彰阿滿口答應。皇帝快活極了，當時無可賞賜，便把自己頸子上掛著的一串正珠朝珠除下來賞給他，穆彰阿忙跪下來謝著恩，一轉身，袖著朝珠出去了。

當時皇上便把這蕊香姑娘悄悄的接進宮去，在蕊珠宮內召幸了。一連六晚皇上召幸，不曾換過第二人。那班妃嬪不見皇上召幸，個個心中狐疑；後來一打聽，才知道皇上另有新寵，卻把她們忘了，也無可奈何，祇得在背地裏怨恨著罷了。其中祇有一個蘭嬪，她原長得比別的妃嬪俊些，又是皇帝寵愛的；她知道皇帝愛上了別人，不覺一股酸氣從腳後跟直衝上頂門。便花了許多銀錢，買通了太監。

那晚皇帝吩咐抬轎的太監，抬到月華宮裏去。原來這時，蕊香已封了妃子，住在月華宮裏；那抬轎的太監得了蘭嬪的好處，故意走錯了路，把皇帝抬到鐘粹宮裏來。這鐘粹宮裏，原是蘭嬪住著的，她見皇上臨幸，便忙出來迎接；皇帝見了蘭嬪，心中明知道走錯了，但是這蘭嬪也是他心愛的，便也將錯就錯的住下了。

誰知這蘭嬪卻恃寵而驕，她見了皇帝，不但不肯低心下氣，反噘著一張小嘴，嘮嘮叨叨的抱怨皇上，不該丟了她六七天不召幸。道光帝起初並不惱恨，後來聽她嘮叨不休，心中便有幾分氣；那蘭嬪也不伺候皇上的茶水，祇冷冷的在一旁站著。皇上到這時，覺得沒趣極了，便祇是低著頭，看帶進宮來的臣子奏章；從酉時直看到亥時，那蘭嬪也不服侍皇上睡覺。

這時，皇上正看著一本兩廣總督奏報廣西匪亂的重要奏摺，那蘭嬪在一旁守得不耐煩了，便上去把這本奏章搶在手裏；皇上正要去奪時，祇聽得嗤嗤幾聲響，那本奏摺被她扯成幾十條紙條兒，丟在地下，又把兩腳在上面亂踏。

到這時，皇上忍不住大怒起來；便一言不發，一甩手走出宮去，跨上轎，回到西書房來，依舊喚蕊香召幸。一面把一個姓王的值班侍衛傳來，給他一柄寶刀；喚一個內監領著，到鐘粹宮第八號屋子裏，把蘭嬪的頭割下來。那姓王的聽了，心中又害怕又詫異；但是皇上的旨意是不能違背的，祇得捧著寶刀，趕到鐘粹宮去。

那蘭嬪正因皇帝走了，在那裏悲悲切切的哭著；後來聽太監傳話，皇上有旨意，要取她的腦袋；一句話，把蘭嬪嚇怔了，接著便嚎啕大哭起來。一時，鐘粹宮裏的各嬪娥都被她從睡夢中驚醒過來，趕到屋子裏來看她。

那太監一連催逼著她快梳裝起來；旁邊宮女便幫著她梳頭洗臉，換上吉服，扶著她叩頭，謝過了恩，那蘭嬪的眼淚，好似泉水一般的直湧著。諸事舒齊了，那王侍衛上來，擎著佩刀，喀察一刀，向蘭嬪的粉頸子上斬下去，血淋淋的拿了一個人頭，出宮覆命去了。

從此以後，那蕊香天天受著皇上召幸，誰也不敢在背地裏說一句怨恨的話，深怕因此得禍。誰知卻觸惱了一位道光皇后。這位皇后原長得十分俊俏，道光皇帝初把她陞做皇后的時候，夫妻之間十分恩愛；但是皇后仗著自己美貌，她對待皇帝卻十分嚴正。這皇帝因愛而寵，因寵而懼；他見了皇后十分害怕，也因害怕而疏淡。他自從即皇帝位以後，和皇后便終年不常見面；自己做的事情，也常常瞞著皇后。

那皇后因皇帝疏遠她，常常和那班妃嬪親近，心中不免有了醋意；祇因自己做了皇后，不便因床第之事和皇帝尋鬧。但是皇帝在外面的一舉一動，她在暗地裏，卻打聽得明明白白。如今聽說皇帝因寵愛一個蕊香，便殺死一個宮嬪；便親自出宮來見皇帝，切切實實的勸諫了一番。說：「陛下當以國事爲重，不當迷於色慾，誤國家大事；尤不當在宮中輕啓殺戮，違天地之和氣。」幾句話，說得又正絕，又大方。

皇帝原是見了皇后害怕的，當下便是是的應著，再三勸著皇后回宮去。但是皇帝心下實在捨不得蕊香，看皇后一轉背，他立刻又去把蕊香傳來陪伴著；到了夜裏，依舊把她召幸了。一連又是三夜，他兩人始終不肯離開；後來還是蕊香勸著皇上，說：「陛下如此寵愛賤妾，皇后不免妒恨；陛下爲保全賤妾起見，也須到皇后宮中去敷衍一番。」皇帝聽了她的話，這天夜裏，便到皇后宮中去。誰知這一去，卻惹出禍水來了。

原來皇后打聽得皇帝依舊臨幸蕊香，心中萬分氣憤；便打定主意，要行些威權給皇帝看看，趁勢可以制服皇帝。這夜皇帝到皇后宮中去，皇后正悶著一腔子惡氣；兩人一言一語，不知怎麼竟爭吵起來，皇后大怒。

這時有一個滿侍衛官，姓恩的，正在乾清門值班。天氣又冷，夜又深了；他原是富家公子，耐不住這個苦，便在下屋裏燒著一個火盆，獨自一人燙著酒喝著。恰巧有一個值宿的太監，也因悶得慌，找他來說話解悶兒。他兩人對喝著酒，談著家常話兒，慢慢的又講到前夜鐘粹宮殺蘭嬪的事情；太監便問這姓恩的道：「你能殺人嗎？」

那姓恩的笑說道：「我長得這麼大，連殺一隻雞也不曾殺過。」

太監說道：「倘然那天的事論在你身上，便怎麼辦？」

姓恩的說道：「也偶然出這麼一件事情罷了，宮裏哪能常常殺人呢？」又問：「那天是誰值班兒？」

太監說道：「是王侍衛。」

問：「不是青臉兒小王嗎？」

太監點點頭。

姓恩的說：「他是武榜出身，怎麼不能殺人？我是祖上傳下來的功名，不像他是拿刀動槍慣的。」

一句話不曾說完，忽然有一個小太監推進門來，慌慌張張的對姓恩的說道：「皇后有旨，宣侍衛進宮去。快快！」

姓恩的聽了，心中止不住突突的跳。一邊戴帽子，一邊問那太監道：「你看是什麼事？」

那太監搖著頭，說道：「我看是不好。」

姓恩的說道：「怕又要應著咱們剛才的話了！」一邊說著，一邊跟著那小太監進去。

走過一重一重宮門，都是靜悄悄的，遠遠的聽得鐘樓上打了三下。看看到了皇后的寢殿外面，姓恩的便站住；那小太監走進屋子去，姓恩的這時止不住渾身打起顫來。看看走廊下面站著幾個太監，大家臉上怔怔的不說一句話；隔了半晌，祇見一個宮女掀著門簾出來，低低的問：「誰是乾清門侍衛？」

姓恩的上去，便應道：「我在這裏。」

那宮女便向他招手兒；姓恩的到了此時不由得慌張起來。原來宮中規矩，大門侍衛不許進宮；如今喚他直走進皇后的寢殿去，如何不要害怕？

當下姓恩的跟著宮女，一腳跨進屋子去，祇見屋子裏燈燭輝煌，滿屋子的鏡子射出光來，照得眼花。皇后已卸去了晚粧，穿著一件狐嵌半臂，坐在一張鋪滿錦繡的大床上；皇帝也穿著便衣，坐在一張黃緞繡龍的安樂椅上。姓恩的抓去帽子，上去趴在地下，叩請皇帝皇后聖安；便眼對鼻，鼻對心，直挺挺的跪著。

過了半晌，一屋子靜悄悄的大家都不說話；祇見兩個宮女從床後面揪出一個美貌女子來，望去好似妃嬪模樣。可憐她上下都穿著單衣，渾身索索的發抖；那一段粉頸子上，鮮紅的血一縷一縷的淌下來。她一邊哭著，一邊趴在地下連連碰著頭。

皇后不住的冷笑，說道：「好一個美人兒！好一個狐媚子！妳哄著皇帝殺死蘭嬪；再下去，妳便要殺死我了。」說著，又回過頭去，對皇帝說道：「陛下不常到我宮中來，沒有夫妻的情分，我也不希罕；祇是陛下在外面也得放尊重些，怎麼不論腥的、臭的，都拉來和她睡覺？不論狐狸妖精都給她封了妃子？這種妖精做了妃子，我做皇后的也丟臉。陛下打量在外面做的事情，我不知道嗎？陛下和這妖精睡覺，我都記著遭數兒；在敬事房睡了四夜，可有麼？在遇喜所睡過三夜，可有麼？在綠蔭深處睡過四夜，有麼？在御書房裏又睡過四次，有麼？陛下和這妖精睡覺也便罷了，爲什麼一定要殺死蘭嬪？又爲什麼把別個妃嬪丟在腦後，一個也不召幸了呢？」

皇后越說越氣，拍著床前的象牙桌兒，連連罵著：昏君！那皇帝坐在椅子上，低著頭，祇是不作聲

兒。

忽然皇后問著姓恩的道：「你能殺人嗎？」

這姓恩的冷不防皇后問出這句話來，心想：「自己在家裏終日掉著筆頭兒，如何能殺人？」回心一想：「自己又是一個武職，如何可以說不能殺人呢？」當下，他便硬著頭皮，回說：「能殺人。」

那皇后說道：「很好。」一手指著那地下跪著的女子道：「快把她拉出去殺了！」

這姓恩的聽了，頓時魂不附體；看看那女子也嚇得玉容失色，連連在地下碰著頭求饒命。

姓恩的看了也不覺心酸起來，忙碰著頭奏說道：「這女子原是該死，但宮裏不是殺人的地方，求皇后下旨，把這女子交給奴才，帶到內務府去審問定罪。」

誰知皇后聽了這句話越發生氣，拍著桌子說道：「你說的什麼話？你是什麼人？你敢抗旨麼？你敢是和這個妖精也有交情的麼？你再多說，便連你也砍下腦袋來！你說宮裏不能殺人，那蘭嬪又怎麼被王侍衛殺死在宮裏的？難道衹有皇上殺得人，我便殺不得人麼？況且這個妖精，又不是什麼妃嬪宮女，原是穆彰阿家裏極淫賤的女戲子；是你們這不成器的皇上把她拉進宮來，由這妖精作祟。如今我說殺，便殺了；像這種賤貨，也不配交內務府審問。」

姓恩的聽了皇后的話，知道不能再替這女子求命的了；再求下去，連自己的性命也不保了，便上去拉著那女子便走。

可憐這蕊香哭得和淚人兒一般，拉住了姓恩的袍角，祇是嚷著：「大爺救我的命罷！」姓恩的兩手揪住她的手臂，橫拖豎拽的把她拉出了寢宮門外。

院子裏一片月光，照著他兩人。蕊香跪在院子裏，連連向姓恩的磕頭哭著求命；姓恩的到了這時候，也顧不得了，閉著眼，咬著牙，一手拔下佩刀來，一手揪住蕊香的雲髻，在她頸子上亂砍。起初還聽她嚷著痛，後來喉管割斷便沒有聲息了。看看還有半條頸子連在脖子上，他使用死勁一割，把一個血淋淋的人頭割下來。

姓恩的到了這時，也不由得發了怔，痴痴的站在院子裏，對那倒在地下的屍身看著。這時月光加倍的有光彩，照在蕊香的屍身上；祇見她上身一件粉紅罩衫，鈕子也掙斷了，露出高聳聳白嫩的乳頭來，那一彎玉臂，越發覺得白淨肥嫩。

這姓恩的年紀祇有二十多歲，正是在女人身上用情的時候；他見了這樣一個豔麗的屍體，忍不住掉下淚來。看看院子裏沒有人，便跪下地去，對屍首叩著頭；說道：「願妞妞死早昇天，莫怨我狠心殺了妳；這是皇后的旨意逼迫著我，我也是沒法。如今沒得別的，給妞妞多磕幾個頭罷。」說著，不住的在地下磕頭。

正磕著頭，忽然一個小太監出來催他繳旨。姓恩的忙提著人頭，進宮去覆了旨；皇帝看了，也忍不住掉下眼淚來。皇后吩咐姓恩的出去，姓恩的才敢退出宮來。到了乾清門，那換班的侍衛也來了；姓恩的換下班，走出乾清門，祇見那班大門侍衛，正在那吃祭萬曆媽媽撤下來的白汁肉。他們見了姓恩的，便一字兒站起來上來請過安，說：「請大爺吃肉。」

原來那班大門侍衛，和姓恩的雖同做著侍衛官，但是他們的官階不同；那大門侍衛是在大清門值班的官，分一、二、三等，都是在每科武殿試榜上挑用的，在乾清門值班的名御前侍衛，是在王公大臣的年輕子弟們中挑用的。所以當時那班大門侍衛見了這姓恩的，十分尊敬；這姓恩的鬧了一夜，肚子也覺得餓了，見碗中盛著大塊的白汁豬肉，也便走進屋子去坐下來吃。

這時燈光照在姓恩的臉上，大家看了不覺嚇一跳；齊口問道：「恩大爺怎麼了？弄了一臉的血。」又看他衣襟上也是斑斑點點的血，不覺喊了一聲。姓恩的見問，不由得嘆了一口氣，把在宮中殺死蕊香妃子的話說了出來。

第五十七回　隆格親王

這姓恩的，對著這班大門侍衛說出在宮中殺死妃子的事情來，個個都聽得目瞪口呆。如今做書的趁這個當兒，把清宮裏萬曆媽媽的故事說一說。

原來這萬曆媽媽，便是明朝的萬曆太后。據說明朝萬曆年間，清太祖帶兵打撫寧；被明朝的兵士捉住，關在撫寧牢監裏。清兵營裏送了十萬兩銀子給明朝的太監，太監替他去求著萬曆太后；太后便對萬曆皇帝說了，把太祖放回國去。從此清宮裏，十分感激萬曆太后；直到清兵進關，便在紫禁城東北角上造著三間小屋，裏面供著萬曆太后的牌位，宮裏人都稱她萬曆媽媽。

從世祖傳下來，每年三百六十日，每天拿豬兩隻，去祭著萬曆媽媽；管萬曆媽媽廟的，是一個老婆。這老婆婆每夜酉正二刻趕著空車兒出城去，到子正三刻，車箱裏裝著兩口活豬，老婆婆自己跨著轅兒，趕著車，到東華門口候著；待門開了，必要讓這豬車先進門去。車子上用青布圍著，不點燈的；這豬車進去了，接著便是奏事處官員，拿著一盞圓紗燈，跟在車子後面進來。接著，又是各部院衙門遞奏

官和各省的摺弁；再後面，便跟著一班上朝的官員，到朝房去的。

清宮規矩，紫禁城裏不許張燈；祇許奏事處用燈、講官用燈、南書房用燈。此外，上朝陛見的各官員，都站在東華門外候著；見有一盞燈來，便搶著去跟在後面。

紫禁城裏行車的，祇有這祭萬曆媽媽的豬車；那老婆婆把車趕進了東華門，沿著宮牆，向東北走去，到了廟門口停住，便有人出來幫著她，把豬殺了，洗刮乾淨，整個放在大鍋裏煮著，熬了，祭著萬曆媽媽。祭過了，割成大塊兒，送出各門去給侍衛官吃。那豬肉是白水煮的，不加鹽味；另有大鉢兒盛著白汁肉湯。侍衛吃時不許加鹽味，也不許用湯匙筷子，祇許拿解刀把肉割成片兒，拿到小碗裏去吃著。

起初大家因爲淡，吃著沒有味兒，後來侍衛中有一個聰明的想出法子來；拿厚高麗紙切成小方塊，浸在好醬油裏煮透，又拿到太陽裏去晒乾。每到值班，各把這紙塊拿一疊藏在身邊，到吃肉的時候，把紙拿出來泡在肉湯裏，醮著豬肉吃著，它的味兒鮮美無比。

這種肉味，御前侍衛是不得吃的。如今姓恩的退班時候遲了，正遇到大門侍衛吃肉，他也湊在一塊大吃起來；一面吃著，一面把殺妃子的事情說出來，說到悽慘的地方，大家不覺打起寒噤起來。這姓恩的退出宮來，害了一場大病；從此以後，他便辭去職司，不肯當侍衛了。

皇帝自從那夜和皇后吵鬧過，後來，到底皇帝自己認了錯，皇后才罷休。從此以後，皇帝怕皇后吃醋，便常常到皇后宮中去住宿；便是有時召幸別的妃嬪，也須有皇后的小印，那妃嬪才肯應召。宮裏的規矩，皇帝召幸妃嬪，原是要皇后下手諭的。自從乾隆帝廢了皇后以後，這個規矩已多年不行了；如今這位道光后重新拿出祖制來，道光皇帝便不敢不依。

你道祖制是怎麼樣的？原來除皇后以外，皇帝倘要召幸妃子，祇許在皇帝寢宮裏臨幸，不許皇帝私下到妃子宮裏去的。那管皇帝和后妃裏的事情的，名叫敬事房；那敬事房有總管太監一人，馱妃子太監四人，請印太監兩人。

總管太監，是專管進膳牌、叫起、寫冊子等事情的；馱妃子太監，是專馱妃子的；請印太監，則是到皇后宮中去領小印的。那膳牌把宮中所有的妃嬪名字，都寫在小牙牌上；每一個妃嬪一塊牌子，牌子頭上，漆著綠色油漆，又稱做綠頭牌。總管太監每天把綠頭牌平鋪在一隻大銀盤裏；如遇妃嬪有月事的，便把牌子側豎起來，趁著皇上用晚膳的時候，總管太監便頭頂著銀盤上去，跪在皇帝跟前。

皇帝倘然要到皇后宮中去住宿，祇說一句「留下」，總管太監便把這銀盤擱在桌上，倒身退出屋子去；皇帝倘然不召幸妃嬪，也不到皇后宮中去，便說一聲「拿去」；那總管太監，便捧著盤子退出去。

皇帝倘然要召幸某妃，便祇須伸手把這妃子的牌子翻過來，牌背向上擺著；那總管太監一面捧著盤子退出去，一面把那牌子拿下來，交給管印太監，到皇后宮中去請印。

那管印太監一面奏明皇后，皇后一面在一張紙條兒上打上一顆小印，交給那太監；那太監拿著出來，交給馱妃子太監。那馱妃子太監見了膳牌和小印，便拿著一件黃緞子的大氅，走到那妃子宮裏，把小印紙條兒交給宮女；宮女拿進去給妃子看了，服侍妃子梳洗一番，由宮女扶著。

太監進去，把大氅向妃子身上一裹，揹著直送到皇帝塌前；解去大氅，妃子站著。這時，皇帝也由太監服侍著脫去了上下衣，睡在床上，蓋一幅短被，露出臉和腳；太監退出房外，妃子便上去，從皇帝的腳下爬進被裏去，和皇帝並頭睡下。

這時，敬事房的總管太監帶著一班太監，一齊站在房門外；看看過了兩個時辰，便在房門外跪倒，拉長了調子，高聲唱道：「是時候了！」聽屋子裏沒有聲息，接著又唱；唱到第三聲，祇聽得皇帝在床上喚一聲：「來！」那馱妃子太監便走進屋子。這時妃子已鑽出被來，站在床前；太監上去，依舊拿大氅裹住，歇著，送回宮去。

接著，那總管太監進屋子來，跪在床前問道：「留不留？」

皇帝倘然說留，那總管太監便回敬事房去，在冊子上寫道：「某年某月某日某時，皇帝幸某妃。」

留一行字。倘然皇帝說不留，那總管太監便到妃子宮中去，在妃子小肚子下面的穴道上，用指兒輕輕一按，那水一齊流出來。

清宮定這個規矩，原是仿著明朝的制度；如今道光后要行著自己的威嚴，又防皇帝荒淫無度，又請出祖制來。道光帝也無可奈何，祇得忍受著。

這時宮中的風流案件才了，接著豫王府裏，又鬧出一樁風流案件來。

那豫親王裕興，原是近支宗室；清宮制度，做王爺的不許有職業，因此這裕興吃飽了飯，沒有事情做，終日三街六巷的閒闖。他又天生一副好色的大膽，仗著自己有錢有勢，看見些平頭整臉些的娘兒們，他總要千方百計的弄到手；京城裏有許多私窩兒，都是豫王爺養著。大家取他綽號，稱他「花花太歲」。

還有許多良家婦女，被他看上眼，他便不管妳是什麼人家，闖進門去強姦硬宿；有許多女人被他生生的糟蹋了，背地裏含垢忍辱，有懸樑的、有投井的。那人家怕壞了名氣，又怕豫王爺的勢力大，祇得耐著氣，不敢聲張出來。後來這豫王爺爲了自己家裏的一個丫頭，幾乎送去了性命；這真是天網恢恢，疏而不漏。

這丫頭名叫寅格，原是豫王爺福晉娘家陪嫁來的；祇因她長得白淨嬌豔，性情又是十分和順，王府

裏上上下下的人都和她好。豫王有一個大公子，名叫振德，和寅格是同年伴歲；他兩人格外說得投機，常常在沒人的時候，說著許多知心話。

這位福晉，又愛打扮女孩兒，把個寅格調理得好似一盆水仙花兒，又清潔又高傲；大公子看在眼裏，越覺得可愛，便是寅格心眼兒裏，也祇有大公子。誰知這丫頭打扮得出色，那豫王在暗地裏看了越是動心；豫王福晉知道自己丈夫是個色中餓鬼，便時時看管著他。

這豫王看看無可下手，便也祇得耐著守候機會。看看這寅格十八歲了，越發出落得雪膚花貌、嫵媚動人；寅格也知道王爺不懷好意，每到沒人在跟前的時候，王爺總拿瘋言瘋語調戲她，有時甚至動手動腳。寅格便鐵板著臉兒，一甩手逃出房去。這種事情，也不止一次了。

這一天合該有事。正是正月初六，原輪到近支宗室進宮去拜年，豫親王便帶領福晉格格公子一家人，照例進宮去；皇上便在宮中賜宴。那皇后和豫王福晉說得上，便留著她在宮中，多說幾句話兒；豫王在外面，看看福晉還不出來，他忽然想起家中的寅格；心想這是千載難逢的好機會，便匆匆退出宮來，回到府裏。走進內院，把那班姨太太、丫頭、僕婦都支使開了，悄悄的掩進福晉房裏去。

他知道寅格總在房裏看守著，誰知一踏進房看時，靜悄悄的一個人也沒有；再細看時，見床上羅帳低垂，帳門裏露出兩隻粉底兒高心鞋子來，繡著滿幫花兒。豫王平日留心著，認得是寅格的腳，他心中一喜，非同小可。

原來寅格在房中守候著，靜悄悄的不覺疲倦起來，心想回房睡去，又因福晉房中無人，很不放心；況且福晉臨走的時候，吩咐她看守著房戶，她仗著主母寵愛她，便一倒身，在主母床上睡熟了。

豫王一面把房門輕輕關上，躡著腳，走近床前去；揭去帳門一看，不由他低低的說一聲「妙！」祇見她一點朱唇上，搽著鮮紅的胭脂，畫著兩彎蛾眉，閉上眼，深深的睡去；那面龐兒越俊了。豫王忍不住伸手去替她解著鈕扣兒，接著又把帶兒鬆了。

寅格猛從夢中驚醒過來，已是來不及了；她百般哀求啼哭著，終是無用，這身體已被王爺糟蹋了。豫王見得了便宜，便丟下了寅格，洋洋得意的走出房去；這裏寅格又氣憤，又悲傷，下體也受了傷，止不住一陣一陣的疼痛。她哭到氣憤極處，便站起來關上房門，解下帶子，在她主母的床頭吊死了；可憐她臨死的時候，還喚了一聲：「大公子！我今生今世不能侍奉你了！」

王府裏屋子又大，這福晉房裏又不是尋常奴僕可以進去得的；因此寅格吊死在裏面，竟沒有一個人知道。直到靠晚，豫王福晉帶了公子格格從宮裏出來；那大公子心裏原記掛著寅格，搶在前面走到內院去，推推房門，裏面是反門著，敲了半天，也不聽得房中有什麼動靜。

大公子疑惑起來，急急跑來告訴他母親；他母親還在他父親書房裏，告訴見皇后的事情。聽了大公

子的話，十分詫異，忙趕進上房去；那豫王還裝著沒事人兒般，也跟了進來。許多丫頭女僕把房門撬開了，進去一看，大家不覺齊喊了一聲：「啊唷！」

原來福晉的床頭，直挺挺的掛了一個死人；大家看時，不是別人，正是那寅格。這時獨苦壞了那大公子，他當著眾人又不好哭得，祇是暗暗的淌著眼淚；那福晉見她最寵愛的丫頭死了，也由不得掉下眼淚來，一面吩咐快把屍身解下來，抬到下屋子去停著。

管事媽媽上來，對福晉說道：「府中出了命案，照例須去通報宗人府，到府來踏勘過，才能收殮。」又說：「屋子裏的床帳器具，一動也不能動的；須經官裏驗看過。」

豫王聽了這句話，心中已是虛了；接著說道：「死了一個黃毛丫頭，報什麼宗人府！」

這時豫王福晉因這丫頭是她心愛的，又看她死得苦，知道她一定有冤屈的事情在裏面；她也萬想不到，這樁案件便出在她丈夫身上。她要替丫頭伸冤的心很急，一時也不曾細細打算，便去報了宗人府。這豫王因爲是自己鬧出來的事情，不好十分攔阻，反叫人看出形跡來；又仗著自己是近支宗室，那宗人府也不在他心眼兒上。

誰知這時管理宗人府的，是一位鐵臉無私的隆格親王，排起來，原是豫王的叔輩。當下他接了豫王家人的報告，便親自到豫王府裏來驗看。他見那福晉床上羅帳低垂，被褥凌亂，心下已有幾分猜到；後來相驗到寅格的屍身，見她下身破碎，褲兒裏塗滿了血污，這顯係是強姦受傷，羞憤自盡的。但這堂堂王府裏，有誰這樣大膽，在福晉床上強姦福晉貼身的侍女？

隆格親王起初疑心是豫王的豫公子鬧的案子，後來背著人把大公子喚來盤問，一見，翻一個羞怯的公子哥兒，不像是做這淫惡事情的人。正沒主意的時候，忽然那相驗屍身的仵作，悄悄的送上一粒金扣兒來，扣兒上刻著豫親王的名字一個裕字；那大公子見了便嚷道：「這扣兒是我父親褂子上的！」

隆格親王看時，扣兒下面果然連著一截緞子的瓣兒，還看得出拉斷的線腳兒來。當時便把管衣服的丫頭喚來；那丫頭名叫喜子，原是一個蠢貨，她一見了這粒金扣兒，便嚷道：「啊唷！原來丟在這裏，怪不得我說，怎麼王爺褂子上的金扣兒少了一粒了。」

隆格親王喚她把王爺的褂子拿來一看，見當胸第三擋鈕瓣兒拉去了一粒，看得出是硬拉下來的；因為那褂子的對襟上，還被拉破一條小小的裂縫。便問：「這件褂子，王爺幾時穿過的？」

那喜子說：「是昨天拿出來，王爺穿著進宮去的。」

又問：「王爺什麼時候回府的？」

說：「午夜回府的。」

問：「妳可曾留心，王爺穿這褂子出去的時候，那褂子上可曾缺少扣子？」

說：「婢子曾看過，那扣子是完全的不曾缺少。」

問：「王爺回府的時候，身上可曾穿褂子？」

說：「是穿在身上的。」

問：「王爺什麼時候脫下褂子來的？」

說：「王爺是先回府來，一回來，婢子上去請王爺寬衣，王爺也不說話，也不叫脫，匆匆忙忙的走進上房去了。」

問：「可看見王爺走進誰的房裏？」

說：「見王爺走進大福晉房裏去。」

問：「這時大福晉可曾回府？」

說：「大福晉和公子格格們，直靠晚才回府。」

問：「王爺什麼時候出房來的？」

說：「王爺進房去，隔了約莫一個時辰才出房來。」

問：「王爺在房裏的時候，可聽得房裏有叫喊的聲音嗎？」

說：「王爺一進院子，便吩咐婢子們出去，不奉呼喚，不許進上房來。因此，那時婢子們離上房很遠，有沒有喊的聲音，不但婢子不曾聽得，便是闔府裏的姐姐媽媽們，都不曾聽得。」

問：「王爺進房去的時候，寅格在什麼地方？妳可知道麼？」

說：「不知道，大概在大福晉房裏，因爲寅格姐姐終年在大福晉房裏伺候著大福晉的。」

問：「王爺走出上房來，身上還穿著褂子嗎？」

說：「還穿著。」

問：「妳怎麼知道還穿著褂子？」

說：「王爺從上房裏出來，回到書房來，叫外面爺們傳話進來，說叫拿衣服去換。婢子立刻去捧了一包衣服，交給那爺們；過了一會，那爺們又捧著一包衣服進來，交給婢子。婢子打開來看時，見裏面包著一套出門去穿的袍褂；再看時，那衣襟上缺少了一粒金扣兒，又拉破了一條。婢子肚子裏正疑惑，問又不敢去問；若不去問，又怕過幾天王爺穿時，查問起來，婢子又當不起這個罪。如今這一粒金扣兒，卻不料落在老王爺手裏；謝謝老王爺，婢子給老王爺磕響頭。求老王爺賞還了婢子罷。免得咱們王爺查問時，婢子受罪。」說著，她真的磕下頭去。

隆格親王用好話安慰著喜子說：「這粒金扣子，暫借給我一周；妳家王爺查問時，有我呢！」又把

那天服侍王爺換衣服的小廝傳來，問：「那天王爺脫下褂子來的時候，你可曾留心，那件褂子上的金扣有缺少沒有？」

那小廝回說：「小的也曾留心看過，衣襟上缺少一粒扣子，那衣褂還被拉破一條縫，好似新近硬拉下來的。當時小的也不敢響，便把衣服送進上房去了。」

接著又把那件作傳上來，問：「這一粒金扣子，從什麼地方拾得的？」

那件作回說：「是在死人手掌中撿出來的；那死人手掌捏得很緊，不像是死過以後再塞在手掌裏的。」

隆格親王聽了這一番口供，心中已十分明白。隆格親王拿了這件褂子，親自到書房裏去見豫親王；一見面便問：「這扣子可是王爺自己的？」

豫親王當時雖丟了扣子，自己卻還不知道；見隆格親王問時，便答道：「這副扣子，還是那年皇太后萬壽，我進宮去拜壽，太后親自賞的，所以扣子上刻著我的名字；同時惇親王、端親王也照樣得了一副。我因爲是太后賞的，格外尊重些，把它配在這件褂子上，王爺如今忽然問起這扣子來，是什麼意思？」

隆格親王說道：「如今王爺丟了一粒扣子，你自己知道嗎？」

豫王聽了，瞪著眼睛在那裏想。
接著隆格又說道：「如今我卻替你找到了。」
豫王便問：「找到了麼？在什麼地方找到的？」
隆格說道：「卻不料在那死丫頭寅格手掌中找到的。」
豫親王聽了這句話，不禁臉上漲得通紅。當他強姦寅格的時候，被寅格拉去了一粒扣子，他也糊糊塗塗，一時記不清楚；如今被隆格親王一語道破，便頓時言語支吾、手腳侷促起來。
隆格親王一眼看出他是犯了罪了，便喝一聲：「抓！」當時上來十多個番役，扶著豫親王出府去。

第五十八回　蘇州格格

道光帝被皇后殺死他最寵愛的蕊香妃子以後，心中正不舒服；忽然宗人府奏稱，豫親王淫逼侍女寅格致死，便不覺大怒起來，立刻提起筆來，在摺子上批著「賜死」兩字。

虧得豫王福晉和道光后十分要好，暗地裏放了一個風聲；那福晉帶了公子趕進宮來，跪在皇帝皇后跟前，替她丈夫求命。皇后也替豫王福晉說了許多好話，接著又是惇親王、端親王看在弟兄面上，約著一齊進宮來，替豫王求饒；那豫王福晉又到隆格親王府裏去哀求，總算把皇帝的氣寬了下來，交宗人府會同刑部大臣擬罪。

後來定下罪來，裕興著革去王爵，發交宗人府圈禁三年，期滿回家，不許出外惹禍。豫王福晉爲了丈夫這樁案件，東奔西走，花去了三十萬銀子，才得保全豫王一條性命；但是這三年工夫，福晉冷清清的住在府裏，十分淒涼。道光后知道她的苦處，便常常把她喚進宮去閒談；有時叫把大公子也帶進宮去。皇后看看那大公子長得面貌清秀，性情和順，便替他求著皇帝，把豫王的爵位賞給了大公子；大家

便叫他小豫親王。

看看那小豫親王也到了年紀了，皇后便指婚，把福郡王的格格配給小豫親王振德；到大婚的這一天，也是皇后替他在皇帝跟前求了，把裕興從宗人府裏赦了出來，放回家去。從此豫親王一家人，都感激皇后的恩德。那豫王福晉一心想爬高，見道光帝的大公主面貌長得不錯，性情也十分豪爽；福晉每一次進宮去，這大公主便拉著她問長問短，十分親熱。

清宮裏的規矩，公主一生下地來，便和她父母分離，交給保母；不是萬壽生節，一家人不得見面。一個公主生下地來，直到下嫁，祇和她父母見上十幾面兒；終身在保母身邊過活，因此常常受保母的欺侮，保母的威權很大。

那公主和親生父母十分生疏，便見了父母的面，也不敢把自己的苦楚說出來；祇有這大公主，因道光后寵愛她，她從小養在宮裏，身邊有二十個侍女、八個保母服侍她。這公主雖說是女孩兒，卻有男孩兒的心性，終日大說大笑，愛騎馬射箭。豫王福晉一心想替她說媒，說給自己的弟弟名叫符珍的。

講到那符珍，年紀也有二十歲，卻是男孩兒有女孩兒心性；白嫩臉面，俊俏身材，雖讀得一肚子的詩書，卻是十分軟弱，生平怕見生人，說一句話，便要臉紅。豫王福晉便替他向皇后求親去。

皇后問女兒：「可願意嗎？」大公主聽說男孩兒十分柔順，心中早願意了；皇后和皇帝說知，便把大公主指婚給符珍，另造了一座駙馬府。到了吉期，大公主辭別了父母，到府行過大禮；接著公婆來朝見過媳婦，便把這位公主冷清清關在內院裏，不得和駙馬見一面兒，大公主心中十分詫異。

有時豫王福晉來看望她，大公主背地裏問她：「怎麼不見駙馬？」

豫王福晉便勸她說道：「這是本朝的規矩，妳耐著些兒罷。」公主聽了，越發弄得莫名其妙。

那符珍自從娶了公主，這公主面長面圓，也不曾見過；終日關在外院書房裏，要進去也不能，心中十分懊悔。

看看過了五個月，他夫妻兩人還不得見一面兒；大公主是一個直爽的人，她忍不得了，便吩咐侍女，把駙馬去宣召進來。誰知被保母上來攔住了，說道：「這是使不得的；被外人傳出去，說公主不愛廉恥。」大公主也沒法，祇得耐住。

再隔三個月，公主又要去宣召駙馬，又被保母攔住了；說道：「公主倘一定要宣召駙馬進來，須得要花幾個遮羞錢。」大公主便賞個一百兩銀子來，保母說不夠；又添了一百兩，也說不夠，直添到五百兩銀子，保母終是說不夠。說道：「宮裏打發我到府中來照顧公主，倘要宣召駙馬，須是我替公主擔干係的。」公主一氣，便也罷了。

直到了正月初一，大公主進宮去拜歲；見了她父皇便問道：「父皇究竟將臣女嫁與何人？」

道光帝聽了十分詫異，說道：「那符珍不是妳的丈夫嗎？」

大公主問道：「什麼符珍？符珍是怎麼樣的人？臣女嫁了一年，卻不曾見過他一面。」

道光帝問道：「妳兩人爲什麼不見面？」

大公主說道：「保母不許臣女和他見面，臣女如何得見？」

道光帝說道：「妳夫妻的事情，保母如何管得？」

大公主又問道：「父皇不是派保母到府中來管臣女的嗎？」

道光帝說道：「全沒有這件事。」

大公主聽在肚子裏，回府去，先把保母喚到跟前來訓斥了一頓，趕出府去；又把駙馬召進內院去，夫妻兩人一屋子住著。從此後，一連生了八個兒女。

自從清朝二百年來，公主生兒女的，祇有這位大公主；從來清朝的公主，都是不得和駙馬見面，害相思病死的。這都是那班保母故意作弄，因爲清宮的規矩，公主死了，便把駙馬趕出府去；除房屋繳還內務府外，那公主的器用衣飾，全被這班保母吞沒。這班保母因貪得公主的衣飾，硬想出法子來逼死公主。有人說那保母的虐待公主，好似鴇母的虐待妓女；這且不去說他。

如今再說道光帝被皇后束縛在宮裏，時時有皇后的心腹在暗地裏監督著，心中十分懊悶。他沒有什麼事消遣，自幼原練得好弓馬；便每天帶著一班皇子，在御花園中練習騎射。

清宮的規矩，皇子落下地來，便有保母抱出宮去，交給奶媽子；一個皇子照例須八個保母、八個奶媽、八個針線上人、八個漿洗上人、四個燈火上人、四個鍋灶上人。到二歲斷乳以後，便除去奶媽，添八個太監，名叫諳達；教他飲食，教他說話，教他走路，教他行禮。到六歲時候，穿著小袍褂、小靴帽，領著他，跟著大臣們站班當差；每天五更起來，一樣穿著朝服進乾清門。過高門檻，便有太監抱著他進門；回頭向兩面一看，踱著方步，到御座前，跟著親王們上朝。朝罷，送到上書房去上學。

到十二歲，有滿文諳達教他讀滿文；十四歲教他學習騎射。宮中喚皇子稱做阿哥；皇子住的地方，稱做阿哥所，又稱青宮。直到父皇駕崩，才得帶著生母、妻子出宮去住著。做皇子的，一生和父皇除上朝的時候，祇見得十幾面；見面的時候，又不得說話。因此做皇子的和皇帝之間，感情十分冷淡。

祇有這道光帝，卻常常把皇子召進宮去帶在身邊，一塊兒遊玩；後來，皇帝因御花園裏地方太小，便索性帶了御林軍，到木蘭打圍去。道光帝最愛的是四皇子奕詝、六皇子奕訢；此番出巡，便把這兩個皇子帶在身旁。

那穆彰阿見皇帝寵愛奕訢勝過奕詝；便暗暗的和奕訢結交，常常送些禮物，又對奕訢說：「皇上是一位聰明英武的聖主，六阿哥須在父皇跟前格外獻些本領；使父皇看了歡喜，那皇帝的位置便穩穩是你

得的了。」

奕訢聽了穆相國的話，便終日習練武藝；每到騎射的時候，總是他得的賞賜獨多，道光帝心中，也漸漸有點偏愛奕訢起來了。奕詝在一旁冷眼看著，知道父皇獨寵那六皇子；那六皇子得了父皇的寵愛，對著他又做出許多驕傲的樣子來，心中實在有些難受，便和他師傅杜受田來商量。

那杜受田是翰林出身，胸中很有計謀；當下便指教他如此這般的法子。奕詝記在肚子裏，隔了幾天，熱河地方落下大雪來；皇帝吩咐，明天在西山設下圍場打獵去。當時把許多親王貝勒召齊了，各人帶了兵馬，預備明天打圍去。第二天，皇帝出門，身邊有七個皇子跟著；到了西山，大家動起手來，獨有那四皇子奕詝勒住了馬，跟定了父皇不動，便是他手下的兵士們，也各自按兵不動。

道光帝看了十分詫異，便問：「我兒爲什麼不打獵去？」

那奕詝在馬上，躬身回答道：「臣子心想，如今時當春令，鳥獸正好孕育；臣子不忍多傷生命，以違天和，且也不忍以弓長之長，與諸弟競爭呢。」

奕詝冠冕堂皇的說了這幾句話，倒不覺把個道光帝聽怔了。半晌，嘆道：「吾兒真有人君之度！」說著，便傳令收場。那班王爺正殺得起勁，忽然聽說傳旨收場，大家都覺得奇怪；但是皇命不敢不遵，一場掃興，個個偃旗息鼓回來。

這一晚，皇帝回到寢殿裏，想起日間四皇子的一番說話，覺得他仁慈寬大；便打定主意傳位給奕詝，把他的名字暗暗的寫下了。

道光帝雖罷了這圍獵的事情，但他因住在行宮裏十分自由，一時裏不想回京；他這時祇把一個靜妃博爾濟錦氏帶在身旁。那靜妃生著嬌小身材，俊俏面龐，又是一副伶牙俐齒，終日有說有笑；她陪伴著皇帝，卻也不覺得寂寞。

這一天，皇帝要一個人出去打獵，靜妃說也要去，那五皇子奕誴說也要去。那奕誴是靜妃親生的兒子，自幼長得十分頑皮；祇因他弓馬嫻熟，每逢皇上出去圍獵，總帶著他去的。今天他父子夫妻三人，帶了一大隊神機兵去打圍獵，卻十分快樂。那靜妃穿著一身獵裝，愈顯得柳腰一搦，婀娜之中，帶著剛健。

皇帝帶著她母子二人在林中亂闖，東奔西跑；皇帝的馬快，早和那班兵士離得遠了，看看身後祇留下幾個貼身太監和御前侍衛，瞥見一頭小獐兒，在皇帝馬前跑過；皇帝抽箭射去，那獐兒帶著箭，逃出林子去了。皇帝吩咐眾人站住，他自己匹馬趕出林子去；四面一看，不見那獐兒，卻遠遠的見那面一株大樹下面有一個男子，在那裏上吊。

看他拿帶子在樹枝兒套著一個圈子，把頸子湊上去吊住，兩腳騰空，臨風擺動著。道光帝起了一片憐惜之心，便在箭壺裏抽出一枝箭來，「颼」的一聲射去，不偏不倚，把那帶子射斷了。那男子落下地來，十分詫異；急向四面看時，道光帝隱身在樹林裏，他見沒有人，便拾起帶子來，又要上吊。道光帝拍馬過去，把他的帶子奪了下來。

這時道光帝穿的是獵裝，那男子不知道他是皇帝，便恨恨的說道：「我好好的尋死，你開什麼玩笑？」

道光帝問他：「你爲什麼好好的人不做，卻要尋死？」

那男子說道：「我活著挨凍受餓，不尋死卻怎麼？」說著大哭起來。

道光帝喝住他的哭，問他：「你怎麼到這地方來的？」

那男子抹著淚說道：「我原是四川人，得了一個小小的功名，進京來考銓選，考中了第二名；心想不久便有差使了，便把家眷接到京裏來住著守著。誰知一等三年，那考第三名、第四名、直至第十名的，都得了差使出去了，獨有我永得不到差使。住在京裏吃盡當光；老婆替人家縫衣裳，女兒替人家繡花，賺幾個工錢過日子。

看看實在支撐不下了，便想到部裏去問一個信；卻被那差役們攔住了，不得進去。於是我氣憤極了，打聽得皇上在熱河出巡，便瞞著家裏人，悄悄的趕到這地方來尋死；我也不想別的，祇望萬歲爺知道了，可憐我這客地幽魂，便大發慈悲，打發幾個盤纏，使我家裏妻女搬著我的棺材回四川去。這個恩德，便是我做了鬼也不忘記的。」說著，又忍不住大哭起來。

道光帝生長在帝王家，卻想不到世間又有如此苦惱的人，便怔怔的看著他哭；那人哭過了，又從身邊掏出一本奏摺來，交給道光帝。道光帝也不看，便從身邊掏出一個白玉鼻煙壺來，交給這男子，叮囑他道：「你拿這個到吏部大堂去，不怕沒有差使給你。你快快離了這地方，這裏是皇上家的禁地，被御林軍捉住了要砍腦袋的呢。」道光帝說著，拍馬轉身走了。

這裏，這個男子拿了一個鼻煙壺，心中將信將疑；又看看這個鼻煙壺玉色光潤，知道是珍貴東西；心想便得不到差使，把這煙壺賣去，也能過得幾天。他想到這裏，把死的念頭也打消了；便趕進京去，穿著一身破舊的袍褂，大著膽，踱進吏部大堂去。

那班差役認做他是瘋了，便上前攔住他，他大嚷起來，頓時驚動了裏面的堂官，便打發人出來問；他卻不肯說，一定要見了堂官才說。那堂官聽了也詫異起來，便親自出來問時；他才把那白玉鼻煙壺拿出來。那堂官看了也莫名其妙，拿進去給尚書看。

這時吏部尚書是滿人，名叫毓明；一看，認得是皇上隨身用的東西，忙去供在大堂上，大家對它朝拜著。又出來，把這男子迎接進去；問他：「這鼻煙壺從什麼地方得來的？」那男子便把遇見道光帝救命的情形，一一說了出來。

毓明告訴他：「你遇見的，便是當今皇上。」

那男子聽了，嚇得忙趴下地去，對那鼻煙壺磕著頭，磕個不住。

毓明叫人把他扶起來，問他：「要什麼？」

那男子伸手拍拍自己的額角，說道：「我想湖北黃坡縣令的缺分，想了十多年了。」

他一句話不曾說完，那毓明便吩咐快寫札子；那堂官立刻把委他做黃坡縣令的札子寫好，交給他自己；那人得了札子，雙手捧著，連連打躬作揖，走出衙門去。

到了道光帝回京來，見了毓明，毓明便把這白玉煙壺奉還；皇上便問：「那窮漢得了什麼差使去了？」

毓明回奏說：「委他個黃坡縣令去了。」

道光帝笑著說道：「這個人也太薄福了，這一點點小官，也值得拿性命去拚。」

後來那人到了任，因爲他是皇上特意提拔的，上司便另眼看待他；他在任上狠狠的刮了幾年地皮，上司也不敢去參革他。六年工夫，整整的刮了五十多萬兩；倘然給道光帝知道了，又不知怎麼說法？

如今再說當時的道光皇后，原是侍衛頤齡的女兒，姓鈕鈷祿氏；頤齡曾出任外官，到蘇州去做過將軍，這鈕鈷祿氏也隨任在蘇州。蘇州的女孩兒都是聰明伶俐的，那頤齡平日也和地方上的紳士來往，那紳士也常常帶著他的妻女，到將軍衙門裏來玩耍。鈕鈷祿氏和那班紳士的女兒要好，女伴兒們學著許多閨房裏的玩意兒；什麼繡花兒呢，唱曲兒呢，打牙牌呢，排七巧板兒呢，作詩寫字呢，樣樣都會，樣樣都精。

後來選進宮去，道光帝因她才貌雙全，封她做了全妃；過了幾年，又封爲皇貴妃，後來皇后佟佳氏死了，這鈕鈷祿氏便冊立補陞了皇后。這位皇后仗著自己伶俐聰明，便事事要爭勝；她又因自己統率六宮，便擺出皇后的身分來，監察著皇帝，不許皇帝隨意召幸。因此皇帝和皇后的感情，一天壞似一天。此番皇帝帶著博爾濟錦氏，到熱河去住了多時，皇后心中越發不自然了；待到回宮來，見了靜妃的面，不免有些冷言冷語。那博爾濟錦氏也是一個厲害角色，況且正在得寵的時候，如何肯讓？但是一個是妃子，一個是皇后，在名位勢力上，是不能對敵的；她便用暗箭傷人的法子，先到皇太后跟前去，獻些小殷勤。

這時皇太后因皇帝崇尚節儉，住在慈寧宮裏十分清苦；靜妃便趁著太后不周不備的地方，送些禮物，皇太后心中也很感激她，又看她是得寵的妃子，便也假以辭色。那靜妃看看皇太后和她走了一條路，便慢慢的在言裏語裏，說了許多皇后的壞話。

那皇太后見皇后事事賣弄聰明，心性高傲，本來也不喜歡她；從前的皇后佟佳氏，原是皇太后的內親，如今見鈕鈷祿氏是由貴妃陞做皇后的，也有幾分瞧她不起，再加靜妃常常在皇太后跟前言三語四，她婆媳兩人的感情，便愈鬧愈惡。

那皇后也有幾分覺得，又打聽得是靜妃在中間鼓弄，從此皇后見了靜妃，便不給她好臉嘴看。靜妃在面子上，總是十分敬重皇后；每到皇帝召幸她的時候，便一邊哭著，一邊訴說皇后如何虐待她，如何嫉妒她。女人的眼淚，原是很有力量的；況且是寵妃的眼淚，力量越發大了。再加皇后事事要制伏著皇帝，皇帝心中原也有些恨著皇后；如今聽了靜妃的話，越發把皇后冷淡起來了。

他三個人走了一條路，正在那裏用全副精神，擺佈著一個皇后的時候，偏偏那五皇子不爭氣，鬧出亂子來，幾乎叫靜妃失了寵。那五皇子奕誴是靜妃的親生兒子；和四皇子奕詝同年同月同日生，祇時辰上差了一點。據清宮裏的人傳出來說，原是五皇子先落地，四皇子遲生一個時辰；後來被全妃花了銀錢，故意遲報，因此四皇子做了哥哥，五皇子反做了弟弟。

這奕誴生下地來，自小兒生性粗暴，膽大妄爲，最不愛讀書；住在阿哥所裏，祇因他氣力大，那班弟兄人人吃他的虧，因此人人懷恨在心，卻又怕他動蠻，便也無可奈何他。但是這個五皇子，仗著他母親正在得寵的當兒，小小年紀已經封了淳郡王；這位郡王爺名位雖高，但他卻依舊不愛讀書。

第五十九回　后妃鬥爭

淳郡王這時跟著兄弟們，在上書房讀書，師傅是大學士徐鴻逵，卻是一位極嚴正的老先生；皇子們都見了他害怕，獨有這奕誴不怕他，非但不怕，有時還拿先生開胃。他拿一個橘子，放在先生坐的椅子上；先生一不小心坐下去，便在屁股上黏著一大灘水。這把戲是他在夏天常玩的。又捉著一隻青蛙，去悶在先生的墨匣子裏；待先生去揭開硯蓋來，青蛙帶著墨汁，滿桌子跳著，書本兒上弄得一塌糊塗，這也是他常玩的把戲。

徐鴻逵雖心中憤恨，卻也無可奈何。有一天，上書房裏的阿哥們忽然吵嚷起來，說五皇子不見了；師傅便打發許多太監，滿院子找尋，直找了兩三個時辰，卻找尋不到。後來奕誴忽然在正大光明殿的柱子上溜了下來。這正大光明殿上設著寶座；宮裏規矩，無論什麼人走過殿前，必須繞著路，非有大事行禮，不能在殿上行走。如今這五皇子卻犯了大不敬的罪，師傅便請出祖訓來，把五皇子的手心打了三下；五皇子從此含恨在心，時時想報這個恨。

這時正在夏天，徐學士身體肥胖，常常飲茶；師傅飲茶，有一定茶杯的。這時師傅正在那裏講書，那皇子們一齊站著聽講；徐學士講到口渴的時候，拿起茶杯一喝便乾。不知什麼時候，那奕詝悄悄的又去倒了一杯茶來，擱在桌上；這時大家不曾留心，祇有四皇子冷眼看著。

過了一會，師傅又拿起茶杯來，才喝了一口，便「哇」的一聲吐了出來；氣得他滿面怒容，瞪著眼，大聲問道：「誰撒尿在這裏面？」那班皇子頓時嚇得不敢作聲。

這時四皇子卻忍不住了，便上去說道：「我看見五弟拿過這杯子來。」

奕詝聽說，正要抵賴；師傅大喝一聲，上去拉住他，奕詝便大嚷起來。

正在這個當兒，道光帝恰巧從裏面踱出來；見了這樣子，問道：「怎麼了?敢是五阿哥背不出書來嗎?」

徐鴻逵見了皇帝，便上去迎接，說道：「五阿哥賜臣茶一杯，茶中頗有異味，請陛下一嗅便知。」

道光帝正拿起茶杯來嗅時，那五皇子看看事情不妙，急拔腳溜出門去。

皇帝大怒，喝一聲：「抓進來！」便有兩個太監上去，揪著奕詝進來。道光帝氣憤極了，拔下佩刀來，向奕詝砍去；虧得徐鴻逵上去跪下來攔住，替五皇子討饒。

道光帝見師傅跪下了，便把氣放寬，忙上去扶師傅起來；徐鴻逵又說了許多好話，奕詝趁這時也跪下地來，連連磕著頭求命。皇帝抬起腿來，兜心一腳，把五皇子踢倒在地；又拿了一根大板子，遞給師傅，督看著師傅在他大腿上打了十板。

道光帝想起五皇子是靜妃生的，如今五皇子做了這種狂妄的事情來，他母親也該有罪，便氣憤憤的走進宮去；誰知那靜妃早已得到信息，忙拔去了簪子，披著頭髮，手裏捧著妃子的冠帶冊書，跪在宮門口。見皇帝進來，她便連連磕著頭；口稱：「臣妾教子無方，上觸聖怒，罪該萬死！如今情願將冊封冠帶納還，求皇上大發慈悲，賜妾一死。」說著，那眼眶子裏的眼淚，便如潮水一般的奔湧出來。

道光帝進來的時候，原是有氣的；如今見靜妃做出這可憐的樣子來，早已把心腸軟了下來。便伸過手去，把靜妃扶了起來，說道：「放心罷，妳是沒罪的；祇是這逆子須得好好的辦他一辦。」說著，靜妃上來把皇帝扶進宮去；在沒人的時候，靜妃又替五皇子悄悄的求著。

第二天，皇帝傳諭出去，把奕誴淳郡王的爵位革了，在青宮裏幽閉三年，不許出外。

道光帝雖把五皇子從輕發落，卻把這靜妃格外的寵愛起來。五皇子是靜妃的親生兒子，母子之間關乎天性；她仗著自己手中有錢，便買通青宮太監，常常送些衣服食物去，又叫人安慰著五皇子，叫他耐心守著。過了皇上氣惱的時候，便替他求著皇上，救他的罪。

這個消息傳到皇后耳朵裏，說她私通外監，交結青宮；便在皇帝跟前，上了一本。說靜妃不安本

分，須嚴加管束；皇帝正在迷戀靜妃的時候，看了這奏本，便也付之一笑。因此那靜妃和皇后的感情，便一天壞似一天起來。

靜妃時時刻刻在那裏想計策要中傷皇后，她原是和皇太后身邊的侍女打成一片的，便叫那侍女天天在太后跟前，說皇后許多壞話；又說皇后在宮中沒人的時候，咒詛著太后，說太后在世一天，她做皇后的，總沒有出頭的日子，祇願太后早早死去，她便可以在宮中大行威權了。

太后年紀老了，老年人總不十分明理的。如今聽了她們的饞言，心中已是將信將疑的了；後來有慈寧宮的宮女到皇后宮裏去遊玩的，拾得一個紙剪的人兒，上面刺著七枝繡花針兒。那宮女看了很奇怪，她原是貼身服侍太后的，便悄悄的拿著紙人去給太后看。

太后一看，上面還寫著生辰八字，再仔細一算，這八字正是太后的年庚。這一來，太后便大怒起來；連連追問：這紙人兒從什麼地方拾得的？那宮女見太后生氣，也十分害怕起來；便把如何到皇后宮中去遊玩，如何在中寢宮門外拾得這紙人，一一說了。

那太后聽了越發生氣，說道：「我的年庚八字，除皇后以外，沒有人知道的；如今這紙人，一定是這賤人在那裏鬧的鬼把戲。這賤人原天天咒詛我死，她看我不死，便想出這壓魔法子來，活逼死我；這真叫做天網恢恢，如今這紙人巧巧落在咱們自己人手裏。好好！我親自問這賤人去。」

太后氣得渾身打顫，一邊拿著紙人，一邊站起身來，顫魏魏的走出寢宮來；嘴裏一疊連聲嚷道：「快打我的軟轎來！到翊坤宮裏，請問這賤人去。」

那侍女慌了，這紙人是她拾來的，這一鬧下來，怕禍水惹到她身上去；忙跪下來，攔住太后的駕，說道：「太后莫動氣，這件事也得在暗地裏查問明白，再去請問也不遲。」

慈寧宮裏許多宮女見太后從來沒有發過這樣的大怒，個個嚇怔了。正在慌張的時候，恰巧靜妃進宮來，見了這樣子，也幫著跪下來，勸著太后回房去。悄悄問時，太后才把這紙人的事情說了出來；靜妃也一口咬定說是皇后鬧的鬼，又說：「太后若去請問她，這種沒憑沒據的事情，她原可以抵賴的；太后如要報仇，臣妾倒有一個好法子。」

太后忙問她：「什麼法子？」靜妃湊進身來，在太后耳邊低低的說了幾句；太后連連點著頭。當時便吩咐那侍女，叫她傳話出去給宮女們：今天的事情，在外面一字也不許提起；誰敢多嘴，便取她的性命。那宮女們聽了這個話，誰還敢多說？從此慈寧宮和翊坤宮兩面的人，頓時安靜起來；便有時鈕鈷祿后來朝見太后，太后也絕不露聲色，仍是好言好語的看待她。

皇后以為太后回心轉意了，心中十分快活；看看又到皇太后萬壽的日子，穆相國依舊獻上一班女戲子，在宮中演戲祝壽。皇帝見了這班女戲子，便想起從前蕊香妃子死得可憐，他原打算自己上臺去扮老

萊子祝壽的；到了這時候，他滿肚子淒涼，便也懶得扮演，吩咐四皇子奕許代他扮演。

皇帝趁人不留心的時候，便溜出席來，回到宮裏；後面祇有一個小太監跟著。他看皇帝走進寢殿，拿出一幅蕊香妃子的畫像來，掛在床前；點上一爐香，作下揖去，喚了一聲妃子，說道：「是朕害了妳了！如今妳同伴姊妹們，又在那裏演戲了，妃子卻在什麼地方？朕每在睡夢中想著妳，妳如何不來看看我？」

這幾句話說得淒涼婉轉；小太監聽了，也不覺掉下淚來。皇帝祝贊過了，便靜悄悄的對著那畫像坐一回；吩咐小太監收去了畫像，又回去聽戲。這時戲臺上，正是四皇子扮著老萊子，手裏拿著小博浪鼓搖著，倒在地上滾著唱曲子。皇帝看了，也不覺笑顏逐開；祇有太后心中有事，坐在上面不說不笑。

皇后見她自已的兒子在臺上唱戲，格外討好，便即做了四首絕句，祝皇太后萬壽的，上去獻與太后；太后看了，連聲說好，又吩咐快賞酒。靜妃早已預備好了，聽得說一聲賞酒，忙捧著一個酒壺上來；宮女在一旁捧著一個金盤，盤中放著三隻黃金酒杯兒。靜妃滿滿的斟了三杯酒，皇后見婆婆賞酒，忙跪下來，直著脖子，把三杯酒喝下肚去；祇覺得一股熱氣，直攢到丹田裏，當下謝了賞起來。

這時四皇子戲也唱完了，太后把他喚進身來，親自拿一掛多寶串，替他掛在衣襟上。四皇子謝過了賞，下去。太后吩咐著道：「唱曲子吸了冷氣在肚子裏不受用的，快喝一杯熱酒下去暖著些兒。」四皇子答應了一聲，入席去了。這裏太后坐了一會，說腰痛，支撐不住了；便散了席，回慈寧宮去。皇后和許多福晉見太后散了，大家也散了。

皇后回宮，因她本不會吃酒的，多吃了酒，便覺得頭腦重沉沉的，渾身不舒服，便早早睡下；睡了一夜，越發渾身發燒，神志昏沉起來。內務府忙傳太醫院裏御醫請診，一連看了三個大夫，也識不出是什麼症候；到了第二天，那氣象越發壞了。

皇帝因皇后平日嫉妒心太重，夫妻之間本來感情淡薄的，如今得了這個消息，祇傳諭四皇子進宮來，叩請母后的聖安。那皇后見了自己兒子，略清醒些，祇是拉著四皇子的手大哭，說不出一句話來。正哭時，祇見皇后兩眼直視，大喊一聲，兩手向胸前亂抓；衣襟撕破，露出乳頭來，宮女上去替她掩住。又聽得皇后大喊一聲，從床上直跳下地來，赤著腳，在屋子裏亂轉；一邊走著，一邊嚷著，一邊又把身上的衣服統統拉下來，丟滿一地。看皇后胸前，祇掩了一幅繡花的肚兜，下身穿著一條紅緞褲子。她把宮女推開，竟要闖出房去。

四皇子見了，上前竭力抱住。這時皇后不知什麼地方來的氣力，四皇子也算有氣力的了，她只把臂兒一伸，把四皇子推倒在地，一腳搶出房去了。屋子裏宮女們發一聲喊，外面的一群宮女也趕進來，把皇后抱住，擁進房裏去。這皇后兩眼發赤，見人便打，見物便摔；祇聽得屋子裏一片宮女號哭、器物破

碎的聲音。

那四皇子也嚇得逃出宮去，一邊哭著，一邊告訴父皇。道光帝聽了，也進宮去隔著窗兒望了一望，出來又傳御醫進宮去，請御醫進宮去請脈。看看皇后赤身露體，癡癡癲癲的樣子，那御醫如何敢進去請脈，也無法去下藥。

大家束手無策，祇得關起宮門來，一任她叫著跳著，直瘋了兩天三夜；後來精神也疲倦了，嗓子也喊啞了，倒在床上動不得了，祇是直著喉嚨叫著。宮女替她身上遮蓋好了，御醫才敢進來診脈下藥；吃下藥去，依舊好似石沉大海，毫無效驗。

到了後半夜，那皇后的喊聲越發奇怪了，直好似鬼叫；許多宮女在後宮陪伴著。到第二天，皇太后知道了，也來看她；靜妃也陪著進來的。這時皇后睡在床上，昏沉沉的已不知人事了；宮女扶她從床上坐起來接駕。

靜妃在一旁，見宮女遞上一杯藥來；她急上去接過來，吹著，看溫涼了，便自己先嘗一口；又從頭上拔下金針來，在藥裏攪一攪勻，端上去服侍皇后吃下。又坐了一會，便退出宮來。又隔上三天，宮裏傳出諭旨來，說鈕鈷祿后薨逝了；內務府忙著辦喪事，禮部忙著擬禮節，獨有皇太后和靜妃，在暗地裏十分遂意。

原來這皇后的性命，是活活被她兩人逼死的。這是靜妃出的主意，她和太后預先約定了，在萬壽這一天，故意賞皇后吃酒；靜妃在篩酒的時候，悄悄的換了一隻酒壺。那酒裏和著七粒阿蘇肌丸，丸藥泡烊了，皇后吃下肚去，不知不覺作起怪來。

這阿蘇肌丸，原是喇嘛僧秘製的一種靈藥；藥性極熱，人到害病的時候，祇服一丸下去，便可以立刻痊癒。那丸藥祇和綠豆一般大，硃砂色，藥力卻極大；倘若多吃了一粒，反要成病，多吃到三粒以上，人便要發狂。從前睿親王多爾袞因爲好色，府中養了許多姬妾，便全靠這阿蘇肌丸支撐精神；那多爾袞把喇嘛僧供養在府中，專門製煉這丸藥。

據說製煉這丸藥，是十分神秘的；最初煉藥，須有一粒雌丸、一粒雄丸做種；清宮裏煉這丸藥，第一次是打發人特意到西域去取來的。喇嘛僧拿了這兩粒丸藥，封在淨瓶裏，供在淨室裏；喇嘛每天一清早起來，走進淨室去，對著淨瓶上香念咒，供至第四十九日時，把瓶取上來，揭開瓶蓋看時，那丸藥已有滿滿一瓶了。待這瓶裏的藥快吃完祇剩下兩粒時，再如法製煉，又是一滿瓶了。因此吃這丸藥時，當時時留心瓶裏，不能使它斷種；倘吃得一粒不剩，便無法再製煉了。

清宮祇有喇嘛僧藏著這藥，能治百病，也能送人的性命。從前康熙皇帝太子胤礽，也被雍正皇帝買通了大國師，拿阿蘇肌丸去給太子吃下；後來胤礽到底因爲發癡廢了。如今，這道光后也因中了阿蘇肌

丸藥的毒，送去了性命。

道光帝明知道皇后的病來得古怪，但他和皇后早已沒有情愛了，便也不去細心考察它。一轉眼，皇后出了喪，好似拔去一支眼中釘；他自己知道年紀也老了，便也不繼續立皇后，祇把這博爾濟錦氏冊立了貴妃，從此一雙兩好，在宮中過起歡樂的歲月來。

這道光帝自從死了蕊香妃子以後，心灰意懶，人早已不把朝政放在心上；他是信任穆彰阿的，所有一切事務，都交給他一個人去辦。這穆相國又是祇圖錢財，不管事情的人；那英國人在廣東鬧得天翻地覆，他總是把消息瞞著，不給皇帝知道。

那兩廣總督奕山，原是穆相國的心腹；他到了廣東，忽然帶了水兵去打英國的兵船，反被英國炮船上開過炮來，打得片甲不留。還說中國人擅自開釁，便趕上岸來，把廣東沿海的各炮臺都拆毀了。奕山急得走投無路，忙去和英國人講和；後來因爲中國不肯割讓香港，英國水兵便直闖到福建、廈門地方，大炮小炮一陣子亂放；廈門總督顏肅一點也沒有預防，被英國打進內池地方。另外有幾隻外國炮船，又打到寧波、定海地方。

當時浙閩總督飛調定海鎮總兵葛雲飛、處州鎮總兵鄭國鴻、壽春鎮總兵王錫明，分三路把守。誰知鄭王兩總兵到了定海，卻按兵不動；眼看著葛雲飛被英國兵四面圍逼著，竹山失守，炮彈打穿胸膛，死在荒山腳下。英國人把他的屍首拖到營裏去藏著。

這葛總兵原隨營帶著一個愛妾在身邊的，如今聽說她老爺陣亡了，可憐她哭得死去活來；哭罷了，向她手下的婢女兵士們跪下來，連連磕著頭。那兵士們見了，也忙跪下來還禮不迭。這位如夫人哭著求著，求大家幫她到英國兵營裏，去把老爺的屍首偷回來；他手下人見這位姨太太如此忠烈，便人人感動，齊口答應，願替主母效死。

當夜月黑星高，英國的兵營駐紮在海邊上；這位姨太太領著頭兒，悄悄的掩進英國營盤裏去，居然被她把葛總兵的屍首偷了回來，到家去，依舊開弔發喪。後人有一篇「葛將軍妾歌」做得好，道：

舟山潮與東溟接，戰血模糊留雉堞；廢壘猶傳諸葛營，行人尚說張巡妾。共道名姓越國生，苧蘿村畔早知名；自從嫁得浮雲婿，到處相隨印月營。清油幕底紅燈下，緩帶輕裘人雋雅；月明細柳善談兵，日暖長堤看走馬。一朝開府海門東，歌舞聲傳畫角中；不問孤懸軍渤海，但思長劍倚蠻峒。新聲休唱丁都護，金盒牙旗多內助；虎幄方吹少女風，鯨波忽起蚩尤霧。一軍如雪陣雲高，獨鑿凶門入怒濤；誰使孝侯空按劍，可憐光弼竟抽刀！淒涼東嶽宮前路，消息傳來淚如注；三千鐵甲盡倉皇，十二金釵齊縞素。繡旗素鉞雪紛紛，報主從來豈顧

動；已誓此身拚一死，頓教作氣動三軍。馬蹄濕盡胭脂血，戰苦綠沉槍欲折；歸元先軫面如生，殺賊龐娥心似鐵。一從巾幗戰場中，雌霓翻成貫日明；不負將軍能報國，居然女子也知兵。歸來腸斷軍門柳，犀鎧龍旗亦何有？不作孤城李侃妻，尚留遺恨韓家婦。還鄉著取舊時裳，粉黛弓刀盡可傷；風雨曹娥江上住，夜深還夢故沙場！

自從葛總兵死了以後，那王鄭兩總兵也相繼陣亡；這事都壞在將軍裕謙手裏。他帶著兵馬見死不救，待那三路兵馬死的死，散的散，英國兵直打到裕謙營盤裏來；裕謙且戰且退，直到退無可退，他也跳在洋池內自盡。

這時穆相國知道事情越鬧越大，接著又是寧波失守、上海失守、福建被圍的消息，接二連三的報來；再也瞞不住了，衹得報與皇帝知道。道光帝久矇在鼓裏，如今聽說大局敗壞至此，也急得他左右爲難；但他依舊是聽信穆彰阿說的話，起用耆英。

那時英國戰船已直逼江寧，耆英無可奈何，便和英人講和；割讓香港，賠償鴉片損失六百萬，軍費一千二百萬元，又開闢廣州、廈門、福州、寧波、上海五處爲通商口岸。這一戰，名叫「鴉片之戰」；這回訂的和約，名叫「江寧條約」，是中國外交史上，第一次最大的失敗。

第六十回　天兄天妹

自從中國吃了英國這個大虧以後，全國上下越發把這穆相國恨入切骨；說他奸臣誤國，又說他仗著自己是滿人，欺侮漢人，把漢人的疆土亂送給外人。因此，觸惱了廣西花縣地方的一位學究，姓洪，名秀全；他見天下紛紛，人心思亂，便造出一個上帝教來。

這上帝教的名目，原是學著西洋來的耶穌教，所以他也說，教主是天父，名耶和華；生下四個兒子，一個女兒，都落在人世，救人災難。長子便是耶穌，因救人被釘死在十字架上；第二個兒子便是他自己；一個女兒，便是他妹妹洪宣嬌。如今他兄妹兩人，知道天下將要大亂，特立這個上帝教，度人苦厄。

洪秀全自稱天弟，洪宣嬌自稱天妹，他兄妹兩人，到處勸人入教；入教的人，每年納銀五兩，便可免一生災難。當時百姓被那些貪官強盜鬧得地方上實在不得安枕，終日擔驚受怕，啼飢號寒。聽洪秀全說可以保他一生平安，便大家都去入他的教；不多幾天，便有教徒幾萬。

洪秀全打聽得金田村裏有一個楊秀清，是個足智多謀的，在地方上有點名氣；他便假說楊秀清是天父的第三個兒子，特意跑去拜訪他。那兩人見了面，談了一夜，十分投機；便勾結了他朋友馮雲山、朱九濤，在各村傳授，說人欲升天，須迎天弟。

那時信教的人越來越多，楊秀清是有口才的，他便假辦團練爲名，邀集了各村的紳董，演說一番；投入他的教裏的，居然有六十二村。他們便在金田村立一個總部，大做起來。楊秀清有兩個朋友也是十分有才幹的：一個是桂平的韋昌輝，一個是貴縣的石達開。楊秀清也去說服他入了夥，這勢力越發強大起來。

洪秀全看看時機已到，便想就此起事；他有一個同學友，名王綸干的，善於卜卦。他便悄悄的去請他卜一卦，那卦上有「定有九五之尊」六個字；洪秀全不覺大喜。王綸干又自己卜了一個卦，有「定爲我君師」五個字，兩人相對大笑。從此洪秀全便聘請王綸干充當軍師，那王綸干扮了一個算命先生，到四處去游說，勸人投降洪秀全。

那邊洪秀全和楊秀清已在金田起事；沿著西江打下去，得了貴縣，又得潯州，聲勢一天盛似一天。洪秀全在大黃江，自稱太平王；分兵去占住紫荊山一帶，又攻得永安州，建立太平天國。洪秀全加封天王，封楊秀清爲東王，蕭朝貴爲西王，馮雲山爲南王，韋昌輝爲北王，石達開爲翼王，洪大全爲天德王；此外封秦日綱、羅亞旺、范連德、胡以晃等四十八個夥伴，有做丞相的，有做軍師的，有做參謀的，又把有功的大小將官八百人，都加封了官職。便發出上諭去，說道：

天王詔令：凡軍中大小兵將，各宜認真奉行大道。吾等宜知天父上主皇上帝，乃是真神；真神以外，皆非神。天父上主皇上帝，無所不知，無所不能，無所不在，又無一人非其所生所養；故天父上主皇上帝以外，皆不得僭稱上，僭稱帝。自今眾兵將，可呼朕為主，不可稱上以冒天父；天父稱天聖父，天兄稱救世聖主，天父天兄得稱聖。自今眾兵將呼朕為主，不可稱聖，以冒天父天兄。天父，神爺也，又魂爺也。從前左輔右弼前導後設之軍師，朕命為王爺，此乃姑從不正之例；若據真道論之，有冒犯之嫌。今特封左輪正軍師為東王，管治東方各國；封右弼又右正軍師為西王，管治西方各國；封前導副軍師為南王，管治南方各國；封後護又副軍師為北王，管治北方各國。又封石達開為翼王，使羽翼天朝。以上所封各王，俱受東王節制。別詔稱后宮為娘娘，貴妃為王娘。欽此。

天王這一天發下上諭以後，便把各王爺邀集在宮中，開了一個大宴會。吃酒中間，天皇自己說道：

「朕七歲時候，在鄉村中讀書；早夜進出，那路上看見的牛馬，都站起來向朕供爪兒。到十八歲時候，精通各種學問，史學文學都是很有名氣的。因爲家裏貧窮，在村裏開一學塾，訓蒙餬口；後來父母都死了，滿孝以後，到府城裏去趕考。在路上遇到一個算命先生，十分靈驗；他替朕算過命來，說朕不是功名中人，但將來貴不可言。

有一天，朕走到雄鎮街上，遇到兩個老道，送朕九本天書；從此朕在家中，早晚熟讀天書。到了讀完天書，朕便害起病來。這一場病害得很古怪，睡在床上，四十天不吃飯，做了一個夢。先見一條龍、一隻老虎、一隻雞走進屋子來；後面跟著許多人，都穿著十分漂亮的衣服。吹打著，把朕迎接出去，坐上轎，抬著到一處地方；看見許多穿著古裝的男女，見了朕，都上來行禮。

裏面有一個老婆婆走上前來，猛把朕一推，翻身跌入河心裏；洗過了澡，又把朕推進一座殿裏。有人拿刀來，把朕的肚子破開，挖出心來，換上一個，祇是不覺得十分痛苦。那殿子裏堆著許多小冊子，朕上去隨手拿來翻看，書上面都是講的行兵法子。朕自換過心肝以後，心中異常靈敏，一看便是一本；看得很快，記得很牢。

看完了書，他們把朕領進一座別殿裏去；殿上坐著一個白鬚老者，相貌十分威嚴，穿著黑色衣服。見了朕，便掉下淚來，對朕說道：『世界上的人類，都是我辛苦造成的；如今大劫將至，非你不能救他們。』當時賜朕一方印，一柄劍；又給朕吃一枚黃色果子，朕吃下肚去，便不覺飢餓；一覺醒來，已隔了四十日。

當時朕起床來，那夢中看的兵書，一個字也不曾忘記；如今我們能夠旗開得勝，馬到成功，都是朕依著那兵書上的法子。我們大家都該感激這位老者。」

說著，便吩咐天妹宣嬌，畫一幅老人的像供在當殿；大家學著老人的樣子，一齊把頭髮留起來，當時百姓背地裏都喚他長毛。

外面已經鬧得一塌糊塗，裏面穆相國還要瞞著消息。道光帝這時常常害病，精神也不濟事；朝廷的事情，越發不去過問。這時獨急壞了一個四皇子。

這四皇子奕詝，是一個精細人；他見外面奸臣弄權，裏面父皇老病，再加英美德法西洋各國，天天拿兵力來欺侮中國，中國自己又到處鬧著教匪。那信息一天壞似一天，他自己是做皇子的，又因祖宗成法，不許干預國家；看看父皇的病一天重似一天，他祇是終日在宮中守候著，看望父皇的疾病。

那道光帝到了這時，自己也知道不濟了，便立刻宣召宗人府宗令載銓、御前大臣載垣、端華、僧格林沁、軍機大臣穆彰阿、賽尙阿、何汝霖、陳孚恩、季芝昌、總管內務府大臣文慶，一班親信官員進宮來，囑託了一番後事。

這時奕詝、奕訢、奕誴、奕譞一班皇子，都站在御榻兩旁；聽了父皇的說話，一齊掉下眼淚來。道光帝把後事吩咐過了，便令穆彰阿和文慶兩人，到正大光明殿去，把金盒拿下來，當著眾大臣宣讀詔書，把皇位傳給四皇子奕詝。這奕詝奉了詔書，向父皇謝過了恩。道光帝便在這時候兩眼一翻，長辭人世了。

眾大臣一面把奕詝擁上大和殿去，鳴鐘擊鼓，受了百官朝賀，做了咸豐皇帝；一面由內務行文各省，爲道光帝發喪。這咸豐帝一做了皇帝，便放出手段來，整理朝綱；他第一道諭旨，便把軍機大臣穆彰阿革了職，把兩廣總督耆英，降做了五品員外郎候補。

這穆彰阿原是三朝元老，威權烜赫的；但到了這時，年紀也老了，家財也富足了，見皇上格外開恩，不抄他的家，他也樂做個乖人兒，趁此收篷，回家享福去了。他在家裏十分信奉喇嘛教；他自己說修行的工夫，已到了可以成佛成仙的地步。

他又愛喝酒，常常請了許多客人，在家裏大開筵席。有許多御史官，見他是革職的人員還不知罪，一味行樂；便氣他不過，又上了一本奏摺，請皇上從嚴查辦。便有一個穆彰阿的親戚，悄悄的去報信；那穆彰阿聽了，大笑，說道：「我明天便要回去了，還怕他怎的？他說我不該行樂，我明天還要大開筵宴呢。」

到了第二天，穆彰阿真的備下盛筵，到各處親戚朋友、門生故吏家裏去下帖子；帖子上寫明：「某日某時辭世，望屈一別。」那班人看了這帖子，十分詫異；到了時候，便一齊趕到穆彰阿家裏去。那穆彰阿見了客人，一樣的迎接談笑；看他也一點沒有死樣兒。

這一天，客人來的很多，在大廳上擺下四十桌酒，擠滿了一屋子；穆彰阿一一和他們把盞，吃到一半，他看看日影，說道：「是時候了！且請諸位稍待！」說著，便進去沐浴更衣，穿上朝衣蟒袍，先在內院和妻妾兒女話別；又走出外院來，向家人一拱手，說了一句：「少陪少陪！」便盤腿兒坐在炕上，閉上眼睛，一會兒便斷氣死了。

穆彰阿死了以後，接著便有御史奏參戶部尚書覺麟偷盜庫銀一案。朝旨下來，把覺麟革職，發往新疆效力。講到偷盜庫銀這件事情，是歷任官員所不能免了；祇因覺麟是穆彰阿的親戚，他偷銀子竟偷到二十萬兩，也太多了。

那時戶部銀庫郎中，原是一個美缺；補這個缺的，大都是滿員，三年一任。任滿以後，貪心的，可以得到二十多萬兩銀子的好處，不貪心的，也可以得十多萬兩銀子。不說別的，祇說那庫兵，每一任也賺到幾萬兩銀子。

庫兵也是三年一任，都是滿人充當，沒有漢人的；便是漢人，也須冒了滿人的名字進去。每一庫兵

到點派的時候，都要送孝敬銀子六七千兩，給滿尚書和銀庫郎中以下各職司；點派定了，庫兵出衙門去，必須請鑣師保護。

京城裏有許多無賴，常常邀集黨羽，到戶部衙門外面去候著；見有庫兵出來便擄去，鎖禁在秘密屋子裏。一面打發人到庫兵家裏去報信，勒令他拿一二千銀子出來贖回，倘不去贖回，他便把庫兵關過卯期，才放出來。那庫兵誤了卯期，衙門裏便除去名字，另行點派；那庫兵非但誤了他三年發財的機會，且又白丟了這六七千兩孝敬銀子，因此那庫兵家裏，總願意拿出銀子來贖回的。

每三年點派一次，每次點庫兵四十名。每月開庫堂期九次，又有加班開庫堂期五六次；開庫的時候，有把銀子搬出來的，也有搬進去的。那班庫兵便是專爲搬銀子用的。每搬一次進出，總在一千萬以上。每一庫兵不能每期都輪到，大約每月輪班四五期，每期進出庫門，多則七八次，少亦三四次；每一次來偷銀子，最少有五十兩。

銀庫訂下規矩，祇防庫兵偷銀，所以每逢開庫，不論冬夏，那班庫兵都須把衣服脫得赤條條的，由堂官一一點名，在公案前走過；走進庫房，再穿上官製的衣褲。庫房裏沒有桌椅，倘到乏力的時候，便可以出來息力，但依舊須脫得精赤，走到公案前，擺開腿兒，向地下一蹲，兩條臂兒向上一抬，張著嘴喊一聲，才許出去。

但庫兵偷銀，每次便在這出來的時候；那銀子是塞在肛門裏的，每一次，有本領的，便能塞十隻江西圓錠，每一隻圓錠便是十兩銀子。離庫門一箭之地，有小屋一間，門戶緊閉，窗外圍著木柵，便是庫兵脫衣卸贓的地方。

北京地方遍地灰沙，每逢開庫的時候，便有清道夫挑著水桶，到庫裏來灑水；庫兵便和清道夫打通一氣，那水桶都有夾底的，庫兵便悄悄的把銀子藏在水桶夾底裏，待銀子搬完，庫門封鎖，堂官散出以後，才慢慢的把水桶挑出去。

後來有一位祁世長做戶部尚書的時候，他是一位清官；有一次開庫，他親自去督看著，見一個清道夫挑著水桶走過他跟前，那桶底忽然脫落，滾出許多銀錠來。祁世長大怒，立刻命把清道夫拿下，打算第二天提奏查辦。

後來，他有一個貼心的師爺，勸他把清道夫釋放了，把這事隱下了，莫興大獄；倘然皇上知道了，徹底查察辦起來，那歷來的滿尚書都該砍腦袋，大人的腦袋，怕也要被仇家來割去了。祁世長聽了害怕，便也把這樁大案消滅不提了。這是後話。

如今再說那班做庫兵的，都是世代傳下來的專門職業，在年輕的時候，便要找尋那有大陽具的人，常常雞姦他們，再用雞蛋塗著油麻，塞進肛門去打練；再慢慢換用鴨蛋、鵝蛋，又換用鐵蛋，直練到肛門中能塞十兩重的鐵彈十粒，便算成功了。那平常庫兵的本領，祗能塞到六七粒，因此那班庫兵到年老時候，都害脫肛、痔漏等病的。他們辛辛苦苦做著這偷盜的事情，那做戶部尚書的，卻安享著他們的孝敬。

那時他們參去了一個覺麟，接著又參去一個滿大學士，名叫譽德的；因他是穆彰阿的親家，這時牆倒眾人推，凡是穆彰阿的親戚故舊，便是沒有罪，也是有罪的。何況那譽德原是個貪官！御史便參他某年盤查六庫的時候，犯了偷盜庫寶的罪。

什麼叫做六庫？那六庫，便在大和門的左面，原是明朝遺留下來的；有金庫、銀庫、古玩庫、皮張庫、衣服庫、藥庫。裏面藏的也有十分珍貴的東西，不說別樣，單說衣服庫裏，有一頂明朝皇后用的珍珠帳，寬長有八尺，全是用珍珠穿成的，四圍用紅綠寶石鑲邊。那珍珠小的如綠豆一般，大的竟如桂圓一般。

祗因年月太久，那線索都枯斷了，每一次盤查，便有許多珍珠落下來；那班司員假裝做拾起來，用紙裹著、封著、加上印，貼著籤條。實在那紙裹裏面，都換下假的了；那真的，早落了司員們的腰包了。裏面還有明朝妃嬪穿的繡鞋十多箱，弓鞋瘦小，鞋尖兒上嵌著明珠；那珠子都是十分名貴的，早已換上假的了。還有皮張庫，都換上沒有毛的皮板，好的皮毛已被司員們偷去。

這都是歷來盤查大臣和司員們作的弊，如今他們因參那譽德，便統統把罪名推在譽德一人身上，說都是他做盤查大臣的時候偷盜出去的。原來清宮規矩，每年要派兩個滿大臣盤查六庫一次；恰巧譽德當過最後的一次盤查大臣，所以他們便用這個罪名陷害他，鬧得譽德因此丟了官，抄了家，還充軍到黑龍江去。那時凡是穆彰阿的同黨，都被他們參的參、革的革，趕得乾乾淨淨。

咸豐帝也一意謹慎，整頓朝綱。宮裏一位孝貞皇后也十分勤儉端正，管教著許多妃嬪。咸豐帝的皇后，原是穆彰阿的女兒，在正宮不多幾年便死了；孝貞皇后姓鈕鈷祿，原是貴妃，因她容貌美麗，舉動端莊，咸豐帝十分寵愛。那穆彰阿后死了以後，便把鈕鈷祿妃陞做皇后，宮中都稱她東后。

這位東后十分儉樸，平日在宮裏總穿布衣；那簾幕幃帳都不繡花的。她平生最恨用洋貨，說它好看不中用。自己穿的繡鞋和妃嬪穿的，都督率著宮女們做；自己每年必親手做一雙皇帝的鞋子。外面有進貢來的衣服首飾，她都叫宮女拿出去退還。她常對一班妃嬪說道：「臣子多一分貢獻，便是百姓多費一分錢財；倘然收了他們的貢獻，便是暗暗的教他們做貪官去。因此萬萬收不得。」

孝貞后一舉一動都識禮節，她在大熱天氣，從不肯赤身露體的，便是洗澡，也不要人伺候。她每一次見皇上，總是穿著禮服；她最恨那輕狂的樣兒。

有一個榮妃，身材十分嬌小，打扮也十分俊俏，她穿著空心靴底，刻著梅花瓣兒，裏面裝著香粉；

走一步，那梅花粉印兒便印在地上。給孝貞后看見了便大怒，說她有意勾引皇帝，立刻把榮妃傳來打了一頓，去關在冷宮裏。

這咸豐帝原也是愛風流的，見這皇后如此嚴正，卻也十分敬重；便取她一個綽號，喚她女聖人。

第六十一回　南國風暴

咸豐時候，清宮裏還有一位孝穆皇太后，也是十分賢德的。這孝穆皇太后，原是道光帝的寵妃；那時因靜妃長得標緻，雖召幸靜妃的時候多，但靜妃常常仗著皇帝的寵幸，十分驕傲，總沒有孝穆后性情溫柔，心地慈悲。道光帝在日，也常到孝穆宮裏去和她談談說說，孝穆后百般承順；道光帝常說他如對名花，叫人忘倦。因此道光帝有什麼正經事，都去和孝穆后商量；靜妃那裏，不過玩笑取樂罷了。

那時道光皇后被皇太后謀害死，丟下這四皇子，孤苦零丁，無人撫養；道光帝便把四皇子託給孝穆后，吩咐她好生撫養。凡是四皇子的冷暖飢飽，孝穆后時時在意。孝穆后原有兒子的，便是那六皇子奕訢；但是孝穆后看待六皇子，反不如看待四皇子。她說：「四皇子是沒了母親的孤兒，原該多疼他些。」因此四皇子也十分依戀這孝穆后，平日總喚她媽媽；後來道光帝要立太子，也曾私地裏和孝穆后商量過。

道光皇帝平日原很愛六皇子的，因他精神強幹，性格和自己相像；後來聽了四皇子奕詝打獵時候幾句仁慈的話，心裏便打不定主意，回宮來和孝穆后商量。孝穆后這時一味要得好名氣，便竭力保舉四皇子；道光皇帝卻有立六皇子的意思。孝穆后再三推辭，說：「這是萬萬使不得的。不說別的，那四皇子原是正宮生的，也強過他兄弟萬倍。」

道光帝聽了孝穆后的話，便立四皇子做太子；從此心裏越發敬重她。道光帝臨死的時候，把這孝穆妃再三託給咸豐帝，咸豐帝即了位，知道自己的皇位是全靠孝穆后幫的忙，便立刻晉封孝穆后做皇太后，請她住在慈寧宮裏，自己天天去叩問聖安，和自己親生母親一般看待；又封六皇子做恭忠親王。

清宮裏規矩，父皇死了，除做太子的以外，別的皇子不許進宮來；獨有咸豐帝格外開恩，許恭忠親王隨時進宮來謁見太后。因此她母子二人十分感激咸豐帝；但是後來孝穆皇太后年紀老了，卻慢慢的後悔起來。她想：如今自己的親生兒子遠隔在宮外，自己年紀又老了，倘然早晚有個不測，也沒有一個送終的親人，悔那時不把他立做太子。

她想到這地方，便十分怨恨著咸豐帝；每遇咸豐帝朝見的時候，總不給他好臉嘴看。咸豐帝常常挨罵，卻仍是和顏悅色的孝敬著皇太后；後來皇太后病重，恭忠親王雖常進宮來問候，但終因恪於宮禁，不能夠在宮中住宿，祇有咸豐帝，早晚在皇太后病床前料理湯藥，常常和孝貞皇后兩人輪班看守著。看看那太后病勢一天重似一天，已經昏迷過去幾回；那咸豐帝越發守候在太后床前，不肯走開。

有一天，太后從睡夢裏醒來，天色已晚，祇見床前有一個人坐著，她錯認是奕訢；便伸手過去，拉住他的手，說道：「我的兒，你母親早晚便要去世了；受當今皇上孝養了幾年，便死了也值得。祇恨當年先皇要立我兒做太子的時候，被我再三辭去；這個念頭一錯，便害了我兒從此低頭在別人手下過著日子。」太后說著，便掉下淚來。

誰知那床前坐著的，並不是恭忠親王，卻是那咸豐皇帝；皇帝聽了非但不惱，反勸太后好好養病，不可胡思亂想。那太后忽然清醒過來，知道說錯了話，心中萬分懊悔，一陣咳嗽，痰湧上來，便死去了。咸豐帝依舊十分敬重太后；當時下詔發喪，行著皇太后的喪禮，始終拿好心看待恭忠親王，親王也十分忠心辦理國家的事情。

這時，南方洪秀全正鬧得厲害，在永安地方建立太平天國；咸豐帝下詔，先起復林則徐帶兵到廣西勦匪，誰知林則徐到得潮州便一病身亡。又下詔派向榮、張必祿兩人帶兵堵截；那太平天國的兵馬卻十分活動，便避去向、張兩人，去打得桂平、貴武、宣平一帶州縣，又取得泉州。

朝廷見官兵人馬單薄，便委兩江總督李星沅會同大學士賽尚阿，率領都統巴清、副都統洪阿，帶

著京中精兵去圍攻泉州，打退了楊秀清；誰知那班長髮兵見西面不能得手，便轉身東向，打進湖南地界去，得了全州又得道州，接連得桂彬、揚州，渡河奪得安仁、醴陵。咸豐二年七月打到長沙，圍城七十多天，打不進去；洪秀全在長沙南門外，得到一顆玉璽，從此越發有併吞天下，稱霸稱王的意思。

那時，太平天國西王蕭朝貴戰死在長沙；九月，又轉向常德，得了常德，又得益陽，捉得小船幾千隻，渡洞庭湖，直攻進岳州城，得了許多兵器；是康熙年間，清兵討吳三桂時留下的。洪秀全見得了兵器，越發膽大，沿著長沙下來；占據漢陽、武昌，接著陷九江，陷安慶，陷蕪湖、太平，都在一個月以內。

那時官兵見了長髮軍，人人害怕，望風而逃；那戰敗失守的信息，一天十幾次報到京裏，把個咸豐帝急得走投無路，天天下聖旨調兵遣將，也是無用。到了咸豐三年二月初十這一天，洪秀全打進南京城，殺死城中滿兵男女二萬多人，把屍首拋在長江裏。從此洪秀全在南京城裏大興土木，造起宮殿來，自稱太平天皇；居然也立起三宮六院來。

他那班妃嬪，都有位號；天皇的正妻，也稱皇后；有嬪娘一人、愛娘二人、姑娘二人、寵娘二人、娛娘二人，伺候著皇后，算是上等女官。此外有妃子二十四人，每一妃子，有 女四人、詫女四人、娃女四人、沈女四人、給女四人伺候著，算是一品到五品的女官。又有元女十人、妖女十人，也有伺候后妃的，算是六七品女官。

雖說是女官，卻人人被天皇姦淫過的；因爲天皇最愛的是十三四歲的處女，那些女官又專選那年幼有色的，便沒有一個人免得這個羞恥。便是在十歲左右的女孩兒，也一一被天皇的太子強姦死的。

洪秀全又把自己的弟兄親戚封做親王，親王府中除王妃一人以外，有好女四人、妙女八人、姣女十六人、姱女二十人、妍女二十四人、姼女二十八人、媌女三十二人、娟女三十六人、媚女四十人，分著一品到九品的官階。

天皇的太子，稱做幼主；幼主的宮中除王妃一人以外，有美人四人、麗人八人、佳人十二人、豔人十六人，是一品到四品的女官。管皇帝事務的，又有女司，是二品女官；每二十個女司，上面有一個女掌率，是一品女宮。所以走到天皇宮裏，除天皇一人以外，見不到一個男子，也不用一個太監；來來去去的都是女人。洪秀全住在宮裏，何等快樂？

講到他皇宮裏，一樣也是象廊畫檻，繡幕珠簾，金碧輝煌，十分美麗。天王駕到，那后妃宮嬪都要跪著迎接。天王身穿黃緞盤繡、五爪金龍的長袍，頭戴四角垂旒的平天冠；披著長髮，濃眉長鬚，身材矮小，坐著一肩十六人抬的軒轎，一樣也是朱傘黃幄。

宮裏有一座高臺，名叫瑤臺；周圍有二十畝地，臺上種著花木，造著池館，和在平地上一般。臺是六角的，造著六座白石臺階，嵌著五色花崗石，十分美麗；宮中人喚它「白玉天梯」。臺上有正殿一座，別殿四座；殿的四角，又接造著三座院子，合起來，卻巧著是十二座院子。管正殿的是一位徐妃，別殿四座又有四個妃子管看；又分派淑娥才人管看十二院。

天皇每夜總在正殿住宿，祇有徐妃能得長夜的恩寵。那龍床上掛著各妃嬪的鳳頭銅牌，天皇睡到高興的時候，便隨手拿下一塊銅牌來，丟出帳門去；床外自有女司拾起牌來，按著牌上的名字，去傳喚妃子。那妃子見了鳳頭牌，便拔下簪子，披著髮，便有大力的元女，拿一幅繡鳳的軟披，向妃子兜頭一裹，抱著送到正殿去。

正殿上的女司見妃子來了，便在殿中間掛一幅繡幔，把正妃請出來，坐在繡幔外面。左面站著一隊婢女，手捧巾盆香爐嗽盂，稱做文班；右面站著一隊侍衛，身上披著甲冑，手裏拿著弓劍，稱做武班。這兩班人，非有正妃的號令不得行動。

一班少年男子對著一班年輕女子站著，耳中聽著繡幔裏面調笑狎昵的聲音，大家便垂著臉皮，板著臉，笑也不敢笑。那天皇玩到高興的時候，便又丟出幾塊銅牌來，叫人把牌上的妃子喚來，走進繡幔去，名叫賞春。那班妃子在一旁須拍手歡笑，助著興。

講到那徐妃，原是天皇宮中的第一位美人；洪秀全雖好色，卻不喜小腳女子。他選妃子不重面貌，獨重身材；如有長身玉立的美人，他便十分歡喜。他常對人說：「所謂美人者，腰欲其直，肩欲其削，胸欲其平，身欲其高；因爲婦女身長肩削的，性必風騷。」

宮中有一支量美尺，凡得到一個女人，先要拿量美尺去量過；夠得上尺寸的，再看她的面貌皮膚。倘然嬌小的女人，便是面貌十分美麗，他也不要。他看婦女的腳，又要揀那天然纖小，在五寸以內的；因此他在女館中選妃子，四五千女子裏，也選不出一個正妃來。

天皇心中十分懊悶，後來他手下的採芳使，在浙州地方尋到這徐氏；身材長短，腳寸大小，都能及格。徐氏進宮來的時候，洪天皇正在瑤臺上看花，四個詫女扶著她走上瑤臺來；看她腰肢嬝娜，臨風若仙，這一天，天皇便在瑤臺上召幸了。封她稱臺第一妃，後來又封爲皇后。

那東王楊秀清，原是一個好色之徒，他打聽得徐皇后長得標緻，便假託說皇后是上帝的女兒。太平皇宮裏原有一座承天堂，是東王講道的地方；宮中每七日，便請東王楊秀清在堂中講天主道理。楊秀清說自己是代上帝降生到世界上來傳道的，那徐皇后是上帝的女兒，也便是東王的女兒；他便要傳見徐皇后。那洪天王無法，祇得把徐皇后打扮著出來拜見東王。那東王見了這樣一個絕色美人，早已把他樂得魂靈兒飛去半天；從此以後，他便常常借著上帝的名義，把徐皇后接進東王府去。

這上帝教是太平天國的國教，便是洪天皇也不敢反對；那東王又是執掌教權的，勢力很大，便是天皇也不敢奈何他。後來還是徐皇后想出一條計策來，說：「東王身邊有一個女書記官，名傅善祥的，長的天姿國色，東王十分寵愛；陛下可假說宮中欲抄寫秘密文件，把那傅善祥去宣召進宮來。」

天皇聽了，便有了主意；從此以後，每逢東王來請徐皇后，天皇便也把傅善祥宣召進宮來。洪秀全一班人起事的時候，原說定鼓吹社會主義，戀愛可以自由，妻子可以公共的；因此東王祇怕失了傅善祥，從此便也不敢來請徐皇后了。

講到這傅善祥，原是金陵地方好人家女兒，自幼知書識字，精通文墨，又長得一副閉月羞花的容貌。太平天國在金陵地方做了京城，便廣搜民間女子，安頓在女館裏；見有才貌雙全的女子，便假說請去做女書記，送進宮去。這時傅善祥年紀祇十七歲，被東王楊秀清見了，請進府去，安置在多寶樓中，執掌府中文書。

那多寶樓在王府花園紫霞塢東南，樓外花木環繞，魚鳥羅列；樓中陳設珠寶，四壁俱滿。傅善祥又愛古董字畫，東府便吩咐手下的兵丁，到各處大戶人家去擄掠來，凡是古玉鐘鼎，都搜集在樓中。傅善祥終日焚香讀書，卻也十分閒雅。東王心中雖十分寵愛她，便也不敢十分纏擾她；祇和那洪天皇的妹子洪宣嬌，終日在花園西南角上洞天春裏尋歡作樂。

這洞天春，是拿湖石疊成的，玲瓏剔透，裏面地上鋪著絨毯，四壁掛著繡幕，在石壁四角裏裝著迴光燈，照耀得好似白晝；到夏天，四處開著天窗，微風襲襲，十分涼爽；到冬天，洞門嚴閉，地下燒著火炕，十分溫暖。那石洞又造得迴環曲折，走在裏面，好似進了迷魂洞。洪宣嬌每進府來，東王便和她攜手進洞，尋歡作樂，無所不爲。

講到這洪宣嬌，原是人間的尤物；她和洪天皇是異母兄妹，後來洪秀全的父親死了，他母親丟下宣嬌，改嫁別人去了。洪秀全自幼愛結交朋友，在江湖上來來去去，行蹤不定。他又可憐妹子孤苦無依，便把宣嬌交託給他哥哥洪仁發。

這宣嬌自幼長得眉清目秀，生性豪爽，愛學著男孩兒打扮；十歲的時候，見鄰舍有人懂得武藝的，看他踢打縱跳好玩，便也跟著去學。年深日久，宣嬌不但能縱跳如飛，且也舞得一手好刀劍；正在這時候，洪仁發家裏忽然被火燒了，宣嬌無家可歸，便跟了人走江湖去了。這時洪秀全正和馮雲山、朱九濤信奉上帝會，朱九濤死了，洪秀全做了會首；回家來看望妹子，已不知去向了。

這時武宣地方有一個姓蕭的，是一家大財主；洪秀全在桂平地方，正苦沒有銀錢，這個會怕不得發達，打算去勸那姓蕭的入會，向他借錢。便把會中弟兄都搬到武宣地方的鵬化山裏駐紮，自己天天到蕭家去勸蕭朝奉進上帝會。這蕭朝奉原是愛做善事的，聽說上帝會是救人苦厄的，便也有幾分相信；無奈

他兒子蕭朝貴，是一個漂亮少年，性情豪爽，武藝高強，見了洪秀全那種鬼鬼祟祟的樣子，便掉頭不顧。

蕭朝奉祇有這個兒子，十分寵愛的；他見兒子不信，他也不肯拿出錢來幫助洪秀全了。洪秀全正在無可如何的時候，那蕭朝貴忽然得到一樁意外良緣。

原來蕭朝貴終日在大街小巷閒闖，有一天，忽然見圍場上擠著許多人看賣解兒的；朝貴也湊身去看，大家認得他是蕭百萬家的大公子，便讓他站在前面。祇見一個黑臉大漢站在場口，說過幾句開場白；一棒鑼響，跳出一個嬌小玲瓏的女孩兒來。

看她臉上凝脂擁豔，春色橫眉，向大眾微微一笑；朝貴便忍不住喝了一聲采。接著那女孩兒搬弄著各樣武藝，件件精通；朝貴忍不住喝一聲：「好一位女英雄！」那女孩兒聽得了，暗地裏向他瞟了一眼；朝貴是一個血性男兒，如何忍得？早被她這一眼勾了魂靈去。

待她收場的時候，朝貴便上去對那大漢說，要買這女孩兒。那大漢依這女孩兒爲活的，如何肯賣？朝貴見他不肯，情急智生，他明仗自己是當地的富豪，又生成一副銅筋鐵骨；便一橫眉，大喝一聲說道：「大膽的囚囊！敢在光天化日之下拐帶人口麼？你依便依，不依時，送你到縣太爺那裏去！你可要試試你蕭太爺的手段？」

說著，便上去抓住那大漢的手臂；那大漢見他聲勢烜赫，力大無窮，早把他嚇矮了一大截。忙悄悄的拉他到一家小茶館裏，講妥了，朝貴拿出二百兩銀子來，把這女孩兒買回家去。誰知當夜朝貴和這女孩兒睡時，那女孩兒已經破過身了；朝貴問時，那女孩兒說是被那大漢恃強姦污的。朝貴大怒，第二天懷著刺刀，悄悄的去找那大漢；那大漢還住在客店裏，朝貴闖進門去，劈胸一刀，那大漢倒在地下死了。

朝貴抽身逃去，回到家裏，把這情形告訴他父親；蕭朝奉聽說兒子殺人，早嚇得手忙腳亂。便對朝貴說道：「事已至此，連往鵬化山中去求洪教主；他手下的人多，可以救你。」朝貴聽了父親的話，便帶了這女孩兒連夜投鵬化山中來。

洪秀全一見了那女孩兒，認得便是他妹子洪宣嬌，宣嬌也認得她哥哥；當下兄妹二人抱頭痛哭。秀全問起情由，宣嬌便拿過去的事說了。

第六十二回　天生尤物

當時洪宣嬌便把如何被那大漢姦拐，流落在江湖上，如何遇見蕭朝貴，蕭朝貴又如何替她報仇，殺死了人，亡命出來，一一說了。

洪秀全這時正想利用蕭氏的家財；如今聽了他妹子的話，正合了他的心意。當下便勸朝貴入了上帝教，拜過教主。秀全又說：朝貴始得入道，祇怕他心志不堅，且朝貴正是年當力強，會中要借重他的地方很多，常常要打發他出外辦事去；暫時不能成親，須待三年以後，夫妻方可團圓。便把蕭朝奉接上山來，叫洪宣嬌跟著公公一塊兒住著；卻打發朝貴出門勸道去。

後來蕭朝奉因住在山上不便，洪秀全便安頓他在桂平縣大黃江地方；那地方沿江都是高山，山上樹木茂盛。有一個山主姓楊，名嗣龍，卻是少年英俊；他手下養著四五千工人，每日在山上砍樹燒炭。那工人個個多是兇橫多力，楊嗣龍仗著人多有勢，便獨霸一方；他又十分好色，凡是山下周圍十里地方的年輕婦女，個個被他糟蹋。那桂平地方的婦女原是不愛廉恥的，被楊嗣龍姦污過的，還覺得十分榮耀，

逢人就說。

這時洪宣嬌跟蕭朝奉住著，悽涼寂寞，自傷薄命；她雖也常常想起朝貴，但這時朝貴遠在他鄉，遠水救不得近火，便也在每日傍晚時分，站在門口賣弄風騷。幾次照在楊嗣龍眼裏，他如何肯放過，便百般勾引成了姦，慢慢的把宣嬌肚子弄大了；宣嬌心中害怕，跟著嗣龍，連夜逃到福建地界。

此事爲洪秀全知道了，他打聽得楊氏手下人多，便打發人去勸他入會，不追究他姦拐之罪；楊嗣龍大喜，帶了他手下的工人，投奔到鵬化山來。楊嗣龍感激洪秀全一片好心，兩人便結拜爲兄弟，改名秀清；又情願把宣嬌奉還蕭朝貴。這時朝貴正從別處回來，得知他妻子被楊秀清姦污了，便拔出刀來，要和他拚命。

洪秀全從中勸解，說：「我弟兄正圖大事，何必爲區區兒女之私，傷了和氣？他日大功告成，天下美人，盡是我弟兄們享用的；區區一宣嬌，何足介意？便是我的家眷，也可以奉送與諸位弟兄的。我們祇知道同心救世，不問其他小事。」說著，便把自己那三個小老婆喚出來，替眾人勸酒；大家一桌坐著，說說笑笑，也忘了方才的仇恨了。從此宣嬌以百戰之身，常常在蕭楊兩人間周旋著。

後來馮雲山受洪秀全的命令，到仙游縣去傳道；不知怎麼被官裏捉了去，又逼著雲山寫信，把洪秀全去騙來捉住，一齊關在死囚牢裏。信息傳到鵬化山上，急得楊秀清、蕭朝貴兩人無法可想。後來打聽得那仙游地方，有一個土豪名黃玉崑的，他在地方上結黨營私，包攬詞訟；他仗著叔父在京中做官，凡是地方官都要聽他的說話。任你犯了殺人放火的死罪，祇叫你肯花錢去求黃玉崑，他便可以替你去打通牢頭禁子，把別的死罪犯去替換出來。

如今見馮雲山到他地方上來傳道，又不曾去打他的招呼；打聽得他們在桂平、宣武一帶地方大做，便悄悄的到衙門裏去告密。知縣官聽了，忙調集統班捕快，在深夜裏，去把馮雲山一班人捉來；又逼著他寫信去把洪秀全騙來。一問，是上帝會的教主；這洪秀全原是各省上司衙門海捕的要犯，如今仙游知縣無意中捉到了，如何不快活？他立刻去稟告上司，打算就地正法。

楊秀清便想得了一條計策，帶了一百名燒炭工匠，打扮作各種走江湖的；三三兩兩的混進仙游城去，打算候著洪秀全、馮雲山兩人押出牢監來的時候，上去搶劫。那洪宣嬌依舊打扮做賣藝兒的，蕭朝貴打著小鑼，揀那空曠地方立起場子來；一棒鑼響，洪宣嬌打扮得窄窄的腰兒，紅紅的粉腮，在場上搬弄著刀槍。那班看熱鬧的人，早被宣嬌一副勾魂攝魄的眉眼吸住身體，再也走不開了。

耍到一半的時候，忽然人堆裏擠進一個高大漢子來，遍身綾羅，身後跟著四個家丁，其中一個家丁走上前來，對朝貴說道：「我家相公請你家姑娘，到府中玩耍去。」

朝貴問他：「你家相公是誰？」

那家丁一手指著那大漢，伸著一個大姆指道：「黃相公，黃玉崑，這一百里方圓誰人不知道？」洪宣嬌聽是黃玉崑，正中下懷，忙對朝貴丟一個眼色，走上前去，向那大漢深深道一個萬福。那大漢吩咐打轎，便來了一肩小轎，宣嬌坐著，抬進府去；黃玉崑和她兩人在書房裏，立刻擺上筵席來。宣嬌有意勾引他，上去勸酒勸茶；把個黃玉崑弄得心癢癢的，一刻等不得一刻了，便拿出三百兩白銀來，要宣嬌伴他睡一夜。宣嬌含羞不肯，後來玉崑再三求著，她才點頭答應。

這時是七月下旬，天氣還熱，玉崑拉著宣嬌的手走進臥房去，親自服侍她脫去上下衣裳，露出一身豬油似白膩的皮肉來，早把玉崑一雙眼看迷糊了。那宣嬌回眸一笑，橫陳在湘妃榻上，卻是覆轉身體睡著的；玉崑一縱身，走上榻，攀著玉臂，握住腰兒，任你如何擺弄，用盡平生的氣力，也休想移動得她分毫。從下午直到傍晚，玉崑弄得滿頭是汗；宣嬌撲在榻上，祇是嘻嘻的笑，連腿兒都不曾鬆一鬆。

玉崑越看越愛，他真真急了，便在榻前跪下求著；宣嬌趁這機會，便說出兩樁事情來，要他依從。玉崑到了這時候，莫說兩樁事，便是二百樁事，也是肯依的了。

當時宣嬌便說道：「第一件，要你入了咱們的上帝會，我才肯拿你當親人一般看待。」

玉崑聽了，連連答應。

宣嬌說道：「口說無憑，須立下親筆的願書來。」

玉崑這時被美色迷住了，如何顧得將來的利害；宣嬌身邊原帶著現成的願書，拿出來，黃玉崑塡上名姓年歲月日，宣嬌收好了。

再說：「第二件，須在兩天以內，把我哥哥洪秀全、道友馮雲山放出監來。」

玉崑聽了便說：「這事包在我身上，在兩天以內，我親自送出城來。」

宣嬌見他都答應了，又有憑據落在自己手裏，不怕他逃遁到什麼地方去，當下便和他成就了好事。

宣嬌歡歡喜喜的走出府來，玉崑送她出府，約定第二天午牌時分，在東門外七里橋上相會。宣嬌回到下處，把這消息報告給眾弟兄知道；到了時候，大家在七里橋守候，果然見黃玉崑送著洪秀全、馮雲山兩人走來。見了眾人，洪秀全稱讚黃玉崑如何義氣，又勸他入夥。

宣嬌聽了「嗤」的一笑，說道：「哪用哥哥費心？這條毒龍，早已被我制伏住了！」

當時黃玉崑也捨不下洪宣嬌，便跟著一齊上鵬化山去，洪秀全便保舉黃玉崑做一個副教主。玉崑覷空便去和宣嬌尋歡，他兩人說不盡的恩情厚愛！因此越發肯忠心辦會裏的事。

那上帝會這時聲勢愈盛，黨羽愈眾，要花錢的地方也愈多；洪秀全雖搜括了幾處錢財，總是不夠使用。後來打聽貴縣有一家富戶，姓韋，足有八百萬家財。

那韋家主人年已五十多，膝下祇有一個兒子，名韋昌輝，出落得面如冠玉，倜儻風流。那貴縣地方

的娼家小戶，見這美貌男子，家財又富，便搶著勾引他；因此韋昌輝在十六歲時便沉迷色慾，直到二十歲還不曾娶媳婦兒。他父母十分憂愁，常常對他提起婚姻的事情；韋昌輝總說，要娶一個絕色的女子。他父母也答應他，若見有絕色的女子，便來對父母說知，當即託人說媒去。從此，韋昌輝便天天在外面留意。

有一天，他忽然嘻嘻笑笑的趕回家來，對他父親說道：「如今被我找到一個絕色的女子了！」

他父親問他：「在什麼地方？」

韋昌輝說：「在咱前門旁，小屋餅舖子裏。」

他父親聽了很生氣，說：「像我們這種大戶人家，去娶一個餅攤上的丫頭做媳婦麼？給人說出去，連你父親的臉也丟盡了。」便不許他娶這女子。

但是那女子實在長得標緻，韋昌輝在睡夢裏也想著；他便沒事，每天也要在餅舖子門外走過幾趟。兩人眉來眼去，卻暗暗裏成就了好事。

韋昌輝將整包的銀錢捧去給那女子，每天也在餅舖子裏住宿；韋家老太爺四處打發人找尋，也找他不到。忽然那餅舖子裏的女子，自己找上門來；對韋昌輝的父親說道：「我便是天妹洪宣嬌，是上帝的貴女！如今世界大難將到，你兒子和我有緣，我特來救他。如今我已將你兒子送上鵬化山去了，你若見機，快快收拾，也跟我上山去；你若不去，官裏知道你私通上帝教，也要捉你到監裏去。那時弄得家破人亡，後悔莫及。」

韋老頭兒聽了她的話，嚇得目瞪口呆。那時貴縣地方也有許多信上帝教的，連衙門裏的差役，也是洪秀全的徒黨。韋老頭兒知道已落在洪宣嬌的圈套裏，無可逃遁的了，便跟著她上鵬化山去，見了洪秀全；那時他兒子韋昌輝已封爲北王。韋老頭兒祇得把全部家產捐在會裏，洪秀全帶了大眾，便在金田村起事。

這裏，洪宣嬌暗暗的在蕭楊黃韋四人間周旋著；他四人感激洪宣嬌的恩情，越發奮力爭先。後來蕭朝貴在長沙地方被炮火打死，洪宣嬌便做了寡婦；因爲沒有丈夫管束，越發淫蕩了。那時東王楊秀清勢力很大，洪宣嬌便公然和東王同起同睡；黃玉崑醋勁大發，便和東王爭鬥，東王去告訴洪天皇，天皇把玉崑傳進宮去，打了二十大棍，玉崑氣憤極了，便投水而死。

洪宣嬌是天生尤物，她見祇有韋、楊兩人，頓覺寂寞；這時太平諸王既好女色，又愛男色。洪天皇有一個變童，名蒙得恩，長得蛾眉白淨；東王府裏有一個男子，名侯裕寬，長得風流飄逸。洪宣嬌都去搜羅在家裏，一床兒睡宿，一車兒出遊。後來洪宣嬌越老越淫，手下的面首竟有二十六個，每夜八人，分班兒伺候她。如今在下且暫把太平天國宮中的事情擱起，再掉過筆頭兒來，說清宮的風流天子。

那咸豐皇帝不是說很聖明的麼？又有孝貞那樣賢德的皇后輔助著，便該把朝政一天一天的弄興旺起來。誰知這時，天下被道光帝信用的穆彰阿弄壞了，弄得天怒人怨，便出了這個洪秀全，打進南京，建立了太平天國；半個天下，已不是滿清皇帝的了。

咸豐皇帝看看大勢已去，索性每天躲在宮裏醇酒婦人，竭力尋快樂去。日子久了，宮裏這幾個妃嬪，他已漸漸的玩厭了；便有總管太監獻計，向八旗官宦人家挑選秀女去。揀有姿色出眾的，便獻與皇帝臨幸。這個旨意一下，那京中的八旗人家頓時慌亂起來；你想，誰家肯把好好的女兒，葬送到永世不見天日的深宮裏去？便有許多人家把女兒藏起來。

但是那班太監們耳目十分多的，誰家有幾個女孩兒，誰家的女孩兒多少年紀，他們平日都打聽在肚子裏。如今聽說一聽宮中要挑秀女，那班有女孩兒的人家，早已被太監們看守住了；你便要逃避也不能了。到這時候，幾個有錢的人家，便在暗地裏送幾百兩銀子給管事的，他便放妳過去；你若沒有銀子，那女孩兒便免不了要和她父母生離死別了。

那時有一個姓喜塔臘的，當了一名驍騎校小武官，年老無子，膝下祇有一個女兒，名愛姑；因她長得聰明伶俐，相貌美麗，父母自幼拿她當男孩兒看待的，一樣的給她讀書識字。愛姑肚子裏讀得很通，很懂得大義；她又做得一手好針線活計，家中貧寒，便靠她做些針線，又在家中設一個學堂，教幾個蒙童，換幾個銀錢養著父母。

這一年，宮中挑選秀女，也把愛姑的名字寫在冊子上了；愛姑知道了，哭得死去活來，打算帶了父母逃走，又被官裏看管著，行動不得自由了。沒奈何，到了日子，跟著太監進宮去，在坤寧宮門外甬道上，排班兒伺候著。這時宮門外面女孩兒有一百多個，個個嚇得玉容失色，珠淚雙流；給太監們看見了，還要吆喝著不許啼哭。稍稍倔強，太監手中的鞭子，便向嫩皮膚上拍下來；愛姑看在眼裏，已是十分怨憤。

誰知她們從天色微明進宮去站班，直站到日光西斜，還不見皇帝出來；這時正是大冷天氣，宮門外地方又空曠，北風又大，刮得這班女孩兒個個皮色青紫，渾身索索打顫。她們肚子又餓，又私急了；有幾個女孩兒忍不住「哇」的一聲哭了出來。管事太監大怒，拿著皮鞭，便惡狠狠的打上去。

愛姑到這時耐不住了，便搶出去，抱住太監手中的鞭子，響響亮亮的說道：「我們離了家門，拋了父母，到這地方來；倘然選上了，便終身幽閉在深宮裏不見天日。想到這地方，哪得叫我們不哭？」

正喧鬧的時候，忽然唵唵幾聲，咸豐帝出來了，大家頓時肅靜無聲。皇帝這時臉上有憤怒的氣色，大家嚇得越發不敢作聲；獨有這愛姑，嘴裏還是嘰哩咕嚕，說個不休。太監暗暗拉她的袖子，她也不睬。

過了一會，皇帝的軟轎已走到她跟前，問她：「說些什麼？」太監推她上去。

愛姑便跪下來說道：「如今廣西教匪直鬧到南京，半壁江山已屬他人，不聞皇帝訪求將帥，保祖宗大業；反迷戀女色，強奪民間女兒，幽閉在宮中。皇帝祇圖縱慾，不思保全社稷；眼見這滿清天下，都要給皇帝送去！小女子既到這地方來，早已置生死於度外，刀斧我都不怕，祇爲皇上不取呢！」

這咸豐帝正氣憤頭裏，聽了愛姑這一番正大光明的說話，不覺把氣平了下去；怔怔的向愛姑臉上看了一會，冷笑了一聲，一甩袖子說道：「好好！都帶她們出去罷。我也不選秀女了。」

總管太監聽了皇帝的吩咐，祇得把這班女孩兒一一送還家去；從此京城裏的人，都知道愛姑是個才貌雙全的女孩兒，大家搶著來求親。後來愛姑到底嫁了一個滿尚書的公子，一雙兩好的過日子去。

挑選秀女這一天，皇帝正和皇后在宮裏吵嘴，皇后勸皇帝罷了這選秀女的事情，說：「如今南方大亂，皇上每天辦理軍務還不得空閒，哪有這工夫去挑選秀女？」

一句話觸惱了皇帝，便大怒起來，說皇后有意吃醋；皇后是最賢德的，平生最怕這吃醋的名氣，如今聽皇帝說她，真是一肚皮冤屈沒有訴處，不免和皇帝爭辯了幾句。他兩人從上午直爭吵到下午，所以那班女孩兒在宮門外直站了一天。皇帝出宮來，聽了愛姑幾句話，一肚子沒好氣，便把選秀女的事情作罷。

咸豐帝天生有一種古怪脾氣，他在宮中玩妃嬪玩得厭了，說滿洲女子粗蠢笨直，沒有那漢人的婦女好玩；他宮裏雖有幾個漢女，卻都是姿色平平，又是就近山東直隸地方人，高大身體，天然大腳。皇帝是愛小腳的，又愛南方的女人；他說南方女人嬌小溫柔，裙下雙鉤尤是尖瘦動人。因此咸豐帝在沒人的時候，常常問太監：京城裏可有南方的窯姐兒嗎？

其中有一個太監，名崔三的，卻生得十分狡猾；他見皇上有尋花問柳的意思，平日便在外面各處閒逛，京城地面上的情形，他打聽的十分明白。這時見皇上問他，他便悄悄的回奏道：「皇上貴體，想那煙花賤質，如何配伺候皇上？莫說京城地面，那蘇杭地方的窯姐兒很少；便是有，那些齷齪地方，皇上也是去不得的。」

皇帝說道：「朕如今想南方的女子想得很切，你有什麼法子領朕出去玩玩？便是好人家女兒，朕去見一回，和她說幾句話兒，也是有趣的。」

崔三見皇帝急了，便說道：「這裏宣武門外面，住的都是南方紳宦人家；奴才有時打宣武門外走過，見靠晚時候，那些牆門口，都站著些小腳娘兒們。個個都長得粉妝玉琢似的，嬌聲滴滴說著蘇杭話，煞是好看。」

原來蘇杭地方的婦女，都有站門口的習氣；每到夕陽西下，姊妹們在深閨繡倦，便拉著手到大門口

閒站去。那些油滑少年，都在這時候打扮著大街小巷閒逛，飽他的眼福。

當時咸豐帝聽了崔三的話，也心癢癢的，巴不得到宣武門外閒逛去；他和崔三說通了，兩人改扮著，悄悄的溜出宮去，騎兩匹白馬，直跑出宣武門外。到大街上，買些紙張筆墨等物，自已稱是四川的陳貢生；又上館子去吃點心，延挨到傍晚，兩人便上馬，慢慢的在街頭巷尾閒走著。

果然見兩旁牆門口站著許多婦女；蠢的、俏的、老的、少的，個個打扮得花枝招展似的，露著半面，向門外探頭兒。越是小腳兒，卻故意把裙幅兒掛得高高的，露出尖尖的一雙紅菱似的小鞋幫兒來；還有那長得俊俏的，卻故意躲在人背後，露出一點粉臉來，偷看街上的男子。見有人走來，就故意把身體縮進去，把門遮住臉；待那男子走過了，再伸出頭來，看著男子的背影，低聲俏氣的批評著。

這咸豐帝自幼兒生長在深宮，不曾到外面來逛過；如今他第一次出來遊街坊，見了大街上的熱鬧情形，又見了許多美貌的婦女，把他眼也看花了，祇是騎在馬上，笑得嘴合不攏來。

第六十三回　僧格林沁

咸豐帝跟著崔總管，常常在宣武門外閒逛；見了許多美貌娘兒們，樂得他心花怒放，恨不得闖進人家去，摟抱一會。還是崔總管悄悄的勸住，奏說：「皇上且耐著心兒，容奴才打聽去；有可以遊玩的人家，再奉皇上遊玩去。」

有一天，咸豐帝也騎著馬，走過一家門口；見有許多浮頭少年在這人家門口，踅來踅去，嘴裏唱著那男女私情的歌兒。再看時，那牆門口一簇兒站著四個姑娘，個個都長得芙蓉如面，楊柳似腰；裏面站著的一個年紀最小的，望去大約十五六歲，長得尤其是嬌小嫵媚。那一雙眼波溜來溜去，真是勾魂攝魄；看她下面一雙小腳兒又尖又瘦，穿著紅緞繡花鞋兒，貼在地下，祇有二寸許長。咸豐帝看了，也不覺喝一聲好。

這四個姑娘前面，還站著一個半老佳人；她邊對那班浮頭少年低低的罵著，叫他們走開，不許他們看她的女兒，一邊卻對他們搔首弄姿，那種風騷的樣兒，不覺把個皇帝也看怔了。咸豐騎在馬上，在她

門口踅來踅去，繞了三遍；她娘兒五個人，被他們看得害起羞來，便砰的關上大門，進去了。

這裏咸豐帝回到宮裏，禁不住眠思夢想；他也曾在那家門口去跑過幾次，無奈總不能和她們再見一面，便吩咐崔總管打聽去。那崔總管一連去打聽了三天，才興匆匆的跑進宮來，對皇帝說道：「陛下可知道，宣武門有一個美人兒，名叫小腳蘭花的麼？」

咸豐帝說道：「朕卻不知道。誰是小腳蘭花？小腳蘭花是怎麼樣的？」

崔總管奏說：「陛下那天看見的四個姑娘，奴才已去打聽得，她們是張家的女兒，原是蘇州人；她父親張芸臺，在刑部做過侍郎，家裏原有妻子的。到京裏來，便娶了一個窯姐兒竺氏做太太；生下這四個女兒，便一病死了。竺氏守著寡，祇有四個年頭，家裏已窮得過不得日子了；虧得她四個女兒，都已長大成人，且長得個個都是美人胚子似的。竺氏便仗著她女兒做幌子，招惹幾個游蜂浪蝶進去，抽頭聚賭，過著日子。

竺氏陪伴著一班客人，那班客人愛她長得風騷，卻人人喜歡她。因此京城裏一班紈褲子弟，都在她家遊玩；他們個個歡喜她家的女兒，竺氏卻管束得很嚴，沒有一個人上得手的。那班富家公子，見越不得上手，越肯花錢，卻越不給他上手。到如今竺氏也賺下上萬家財了，她的門戶也越緊了，非是王公大臣，她是不接待的。她四個女兒，大女兒名荷兒，第二個名桂兒，第三個名蓉兒，最小的名蘭兒。因蘭兒長得最是嬌小動人，又是一雙二吋許長的小腳，滿京城人都嚷著小腳蘭花。」

咸豐帝聽了，便問道：「可是那天朕在她家門口看見，站她姊妹背後，臉上擦著鮮紅的胭脂，一雙水盈盈的秋波向人亂轉的嗎？」

崔總管回說：「正是她。」

咸豐帝不禁把手在腿上一拍，說道：「好一個美人兒！真是名不虛傳！朕怎麼得也玩玩去？」

崔總管奏說道：「陛下莫性急，奴才聽得前門大街福記金店的掌櫃老胡，是竺氏的舊相好；奴才便託他說去。」

咸豐帝聽到這裏，忙問道：「你敢是說，朕要到她家逛去嗎？」

崔總管搖著手說：「不，不。奴才推說，有一位江西木客進京來；他是富商，打聽得張家有四個女兒，他要去見識見識，求你做一個嚮導。那掌櫃聽了，便去和竺氏商量。第二天回話出來，說竺氏說的：『那客人既愛我家女兒，叫他每一個姑娘，拿出五萬兩銀子見面錢來；那蘭兒另外要十萬兩銀子遮羞錢，老身也要五萬兩銀子，共是三十五萬兩銀子，少一兩不得。』那金店掌櫃也受五萬兩銀子。」

咸豐帝聽了，一算，要四十萬兩銀子，不覺伸了一伸舌頭；但是，他想一想那四個姑娘的面貌，便

頓時高興起來，立刻催著崔總管到庫上去提銀子，送至福記金店裏去。這一回，崔總管自己整整賺了十二萬兩銀子，分三萬兩銀子給金店裏的老胡；那竺氏淨到手了二十五萬兩銀子。這竺氏自出娘胎也不曾見過這許多銀子，便笑得合不上嘴；一面把她女兒打扮起來。

到了第三天，崔總管悄悄的僱一輛車，把皇帝藏在車廂裏，外面用布圍著，自己跨著轅兒，悄悄的趕出宣武門去。到張家門口，把皇帝扶下車來，竺氏接進院子去。皇帝看竺氏臉上一樣的膩粉紅脂，眉彎入鬢；便笑說道：「徐娘韻姿，風騷可愛！」

那竺氏聽了，一溜眼，伸手輕輕的在皇帝肩上一拍，掩著嘴笑說道：「打你這個油嘴！」

皇帝哈哈大笑，走進堂屋去；祇見上面紅燭高燒，繡氈貼地。崔總管扶著皇帝，向南坐下。過了一會，那四個女孩兒打扮得好似四枝牡丹花，嬝嬝婷婷的走了出來；四個小丫鬟在一旁扶著，向皇帝深深的拜了一拜。

皇帝這時忍不住上去拉近身來，細細的認識一番；祇見她們秀眉星眼，配著瓊鼻櫻唇，處處是好。又看她們膚似摘粉，臉若凝脂；握著她們的纖手，真是玲瓏豐軟。皇帝說一聲：「妙！」拿出四個翠玉指環來，親自替她們套在小指兒上。

過了一會，擺下筵席來，四個姑娘輪流把盞。皇帝左擁右抱，醉眼看花，愈看愈醉；他最愛的是蘭兒，便把蘭兒摟在懷裏。竺氏上來把盞，皇帝也把竺氏拉住了，叫她坐一旁陪伴著。五個人一杯一杯的，把個皇帝灌得爛醉如泥。

竺氏在前面引著燭，四個姊妹在前後左右攙著皇帝進房去，服侍他脫去鞋帽袍褂；忽然在臂膀下面露出一顆小印來，拿黃帶子絡住在手臂上。那蘭兒原是認識字，見印上刻著「傳國印璽」四個小篆字，不覺嚇了一跳；忙悄悄的告訴她母親。

竺氏急出去問崔總管時，他起初還不肯說；竺氏急了，說道：「如今南方大亂，京城裏禁令森嚴，像這種來歷不明的客人，任你錢多，便家中也不敢接待。扶送他出去罷！」

崔總管才悄悄的告訴她說道：「這實是當今的萬歲爺，妳母女好好的伺候著，管教妳一世享福不盡呢。」

竺氏聽了，心中又歡喜又害怕；回進房去，悄悄的告訴她女兒。那皇帝見了竺氏，便拉住了不放她出房去；皇帝一玩三天，兀自不肯回宮去。被步軍統領衙門和九門提督知道了，忙派了三千御林軍，在張家圍牆外面把守著，打更吹號，通夜不息。

後來一班大臣也都知道了，便趕到宣武門外來接駕；張家院子裏，擠滿了王公大臣。其中有一位侍讀學士杜受田，直闖進內院去，切實勸諫；還有一位御史沈葆楨，他上了一本參摺，是參崔總管，說他

不該引導皇上作狎遊，請皇上交內務府立行杖斃。

誰知這位風流天子，一任你們如何勸諫著，他總是迷戀著這母女五人，不肯回宮去。後來崔總管急了，悄悄的去勸著皇帝，說：「請皇上作速回宮去，這四位姑娘交給奴才，奴才能在三天以內，把她們安頓到圓明園裏去。那時皇上早晚臨幸著，有誰敢來說話？」

皇帝聽了，忙搖著手，說道：「莫送她們到園裏去，園裏醋罐子多呢。沒得叫她們姊妹吃虧去。」

崔總管聽了，略思索了一會，碰著頭說：「奴才又有一處極幽的地方，離圓明園不遠；送她姊妹四人去住下，三天以內，待奴才安頓停當，便再請皇上去團聚。現在務求皇上先回宮去，皇上倘再不回宮去，奴才的腦袋便不保了！」

皇帝看他求得可憐，便答應回宮去。外面擺齊鑾駕，皇帝臨走的時候還依依不捨，和她姊妹四人分別著出來；外面文武百官接著，擁上鑾輿。

皇帝忽然又想起一句話來，忙喚崔總管到鑾輿跟前，低低的吩咐他道：「你安頓她姊妹四人，卻不要忘了那竺氏。她也是一個妙人兒呢！」說著，哈哈大笑。三十二個人抬著一肩鑾輿，回宮去了。

到了宮裏，那孝貞皇后祇怕犯嫉妒的名兒，便一句話也不敢勸諫；倒是那班妃嬪見了皇上，不免有怨恨的氣色，咸豐帝也不去理睬她們。

過了三天，皇上又到圓明園去，園裏自然有一班妃嬪伺候著；皇帝正和那班妃嬪說笑著，忽然那崔總管上來，悄悄的把皇帝的龍袖一拉，皇帝便跟著走出藻園門來。向西繞過一個牆角，見一座高大的叢林，崔總管領著，繞過佛殿，走進西側門，是一座竹園；穿過竹林，一帶粉牆，露出一個月洞門來。

走進洞門，裏面一帶湘簾，隱著六間精舍；簾外架上的鸚哥見有人來，便喚道：「客來了！客來了！」屋裏面的人聽了，掀著簾子出來。皇帝留神看時，認得是竺氏；便撲向前去，拉著竺氏的手，並肩兒走進屋子去。那荷、桂、蓉、蘭四姊妹，也迎出屋子來；圍定了皇帝，請下安去。

皇帝一手一個，拉著坐上匟去；問崔總管：「這裏是什麼地方？」

崔總管回奏說：「這裏名千佛寺。原是前朝的王府，後來因爲這位王爺沒有兒子，便把這府第捨做佛寺；如今奴才把寺裏的喇嘛和尚都趕到別處去，從園裏調二十名太監來伺候著，又把這四位姑娘接來安頓在此地，皇上早晚臨幸著，豈不便利！」

皇帝聽了點點頭，說道：「難爲你費心！賞你一萬兩銀子罷。」崔總管謝了賞，退出去，庫上領銀子去。這裏皇帝和張家姊妹四人早夜尋歡，也不進園去了。

那時南方髮匪的勢力，一天大似一天；那洪天皇既得了南京，便打發第一支兵馬，攻打鎮江。鎮江

的滿洲兵，不發一箭，便棄城逃走；接著長髮兵又得了揚州。那時統帶長髮兵的將軍，名叫林鳳祥，十分驍勇；他接連攻得安徽的鳳陽、河南的歸德，又渡黃河，占領懷慶。他忽然轉向，打進山西省，奪得平陽；又從山西打進直隸奪得平野，又占領藁城，接著攻陷深州，沿運河上去，攻得靜海獨流一帶地方。另一支兵馬，取得念祖連鎮皇城一帶地方。

匪勢離京城一天近似一天，全城的官員和文武大臣得了這個消息，個個害怕起來；接著南方奏報失陷城池的文書，雪片似的送進京來。那軍機處接了文書，連夜封送進宮去；無奈這時皇帝正深入溫柔鄉裏，不理朝政，祇把一班大臣急得走投無路，天天在午門外候旨，卻總不見皇上聖旨下來。

那洪天皇看看北伐的第一軍得了勝利，接著派遣戰將吉文元、李開方兩人，統帶第二軍，也向北方打去。他第一步打進了安慶、桐城、舒城一帶繁華的州縣；又攻取廬州。安徽巡撫江忠源，在廬州戰死。第二軍軍聲大震，接著又陷六合，陷臨清州、高唐州；山東巡撫接連飛馬快報，報進京去。

這時宮裏不見皇帝的蹤跡，已有五六天了；宮中頓時擾亂起來。孝貞皇后一面禁住眾人，一面把崔總管傳來，說道：「崔三總知道皇上的下落。」喝叫綁起來，送交內務府去拷問；說從前皇上出宮去遊玩，是他引誘的，如今一定也是他把皇上藏過了。崔總管熬刑不過，祇得招出來，說皇上住在千佛寺裏。內務府差役押著他，到千佛寺裏，果然找到了皇上。

皇帝問：「什麼事情？」崔總管把娘娘發怒，把他送交內務府拷打的情形說了。皇帝聽說皇后動怒，知道她姊妹四人不能再留下了；便一道打道回宮去，一面把崔總管放了，悄悄的吩咐他，把她們姊妹送到禁城外安頓去。

這孝貞皇后見皇帝回宮來，便又跪下來勸諫；說：「如今軍務變亂，皇上宵旰憂勤，還恐不及；如何可以把朝政擱置，自己一味尋樂去？」

皇帝聽了，笑笑說道：「朕因國事憂愁，在宮中悶得慌，出宮去打了幾天圍獵；卿亦何必如此慌張？」說著，踱出坤寧宮，到御書房裏。見案上奏本堆積如山，隨手一翻，見都是各處州縣失陷的緊報。咸豐帝看了，不覺嚇一大跳；忙召集了許多王公大臣開御前會議。足足開了四個時辰，才決定辦法。立刻傳旨下去，派兵部尙書勝保親統大兵，去擋平野一路的髮匪；又派蒙古科爾沁親王僧格林沁，統領騎兵，去擋連鎭一路的匪兵。這兩位都是戰將，奉了聖旨，奮勇殺賊；不多幾天，勝保果然戰敗髮兵，收復葉城一帶；僧王也收復皇城一帶。

僧王還用了那道員晉祥的計策，決運河的水，淹斃馮官屯的匪兵；髮兵將軍李開方，到僧王大營中來投降，僧王拿囚籠關住他，押進京來。咸豐帝下諭，綁送西校場正法。從此長髮兵第一、第二路人

馬，一齊逃回南京去。

皇帝看看眼前太平，便又想出宮遊玩去；私地裏喚崔總管來問：「她姊妹還在嗎？」

崔總管搖著頭，說：「自從皇上吩咐奴才送出禁城外去，不多幾天，她們各自嫁了京中大官，做如夫人去了。」皇帝聽了，也祇嘆了一口氣。

崔總管知道皇上心中不樂，隔了幾天，他忽然興匆匆的跑到皇帝跟前來，悄悄的說道：「奴才近日又打聽得城南有一個美人兒，名叫冰花，又稱做蓋南城。」

皇帝聽了詫異，便問：「怎麼她的名字叫冰花呢？」

崔總管回說：「因爲那美人長得如花朵兒一般，但性格卻冷得和冰一樣，終日扳著一張臉兒，沒有人敢去招惹她的；倘有浮頭浪子去調戲，便要被她冷語辱罵，因此人人取她綽號叫冰花。」

皇帝聽了點點頭；又問：「爲什麼要叫蓋南城呢？」

崔總管奏說：「因她面貌長得實在美麗，可以蓋過城南一帶地方的娘兒們。」

皇帝聽了，直跳起來道：「有這樣的美人兒？待朕親自去看來。」

崔總管攔住，說道：「皇上須謹慎些，她是有夫之婦；況她家開著一爿釘鞋舖，在熱鬧街上，怕等閒下不得手。」

皇帝說道：「朕卻不信，待朕去看看；包叫她冰花化成桃花，弄她進宮來，陪伴朕過快樂日子呢。」說著，催崔總管快備馬去。

皇帝改了裝，扮做富家公子模樣，悄悄的出了宮門，跳上馬，和崔總管兩人一前一後，跑出商城去。一看，見一家小小釘鞋舖子，有一個男子，禿著頭，滿臉落腮鬍子，趴在凳上，正在那裏工作，卻不見那女人。他兩人故意在店門口繞來繞去，終不見那女人出來。皇帝沒奈何，祇得敗興回來。

到第二天，再去，依舊是不見；打聽得那禿髮的男子便是那女子的丈夫。皇帝嘆一口氣說道：「好一朵冰花，插在牛糞裏！」

到了第三天，皇帝又去，果然看到了。這一天，她丈夫不在店中，祇見一個年輕女人蓬著頭，在櫃身裏面洗衣服。皇帝和崔總管兩人跳下馬來，一腳跨進店堂去；祇見滿地爛泥，一陣一陣臭味送進鼻管裏來。皇帝生平不曾到過這種齷齪地方，如今祇得看在這女子面上，暫時忍受著。

那女人見有買主來了，忙丟下衣服，拿著水淋淋的一雙手；她一邊拿衣角兒拭著，一邊上來招呼。皇帝看她的臉時，果然長眉雪膚，望去好似一尊活觀音；又看她手時，玲瓏白潤，雖終日操作著，卻沒有凍裂粗糙的紋路；又打量她身材時，真可以稱得肥瘦得中，長短合度。把這個風流天子，看得酥呆了半截。

那崔總管假裝做買她的釘靴，和她論量價錢；皇帝站在一旁，怔怔的向那女人臉上打量著。到這時，他實在忍不住了，便開口低低的向那女人問道：「前幾天我也曾看望妳，妳卻不在店裏，妳到什麼地方去了？」

那女人好似不曾聽得一般，祇是低著頭做她的買賣。

接著，皇帝又問道：「妳家那禿了的丈夫，今天到什麼地方去了？」

這女人聽了，滿臉怒容，轉過臉去不睬他。皇帝到這時，膽子慢慢的大起來，隔著櫃身，伸手去捏她的手兒；那女人這才大怒起來，拿著手裏的釘靴，直向皇帝的臉上打過去。虧得崔總管的手快，忙去奪住了。那女人倒豎柳眉，十分氣憤；大聲哭嚷起街坊鄰舍來，頓時在店門口擠了許多人。

大家說：「青天白日，在大街上調戲女人，真正豈有此理？咱們打這個囚囊！」一個人說打，大家都接著喝打。

崔總管看看不妙，忙從身旁拔出劍來，站在店門口攔住眾人；眾人看他拔劍，越發生氣，一片聲嚷道：「這死囚囊！拿刀動杖的，敢是沒有王法了麼？咱們打上去，打打打！」各人手裏拿著棍棒，擁進店門來。

皇帝看看事情危急了，他便縱身一跳，跳到櫃臺上，隨手在櫥架上抓住釘鞋釘靴，向眾人擲去；許多人被皇帝拿著的釘靴打得頭破血流，大家越發憤恨了，便拾著釘靴回擲皇帝。皇帝自幼練過武藝，知道躲避的法子，一時裏，滿街的東西飛來飛去；崔總管的頭也被他們打破了，淌著鮮血，他還拿著劍尖兒戳人。那許多人見劍鋒銳利，到底是怕死的人多，沒有一個人敢衝進店去。

正在危急的時候，忽聽得開鑼喝道的聲音；大家說道：「好了好了！巡城御史來了。」頓時肅靜起來。

那御史官見許多人打得頭破血流，跪在轎前告狀；又是滿街拋著釘靴棍棒，御史官看了大怒，喝聲：「拿來！」便有差役擁進店去，要抓皇帝；皇帝高高的站在櫃臺上，只是暗笑。

那崔總管見差役進來，便跟著他一塊兒走到御史官轎前去；那御史官認識他是宮裏的總管，崔總管又湊近身去，和御史官咬著耳朵，慌得那御史官走出轎來，趕到店中，便在櫃身前拜倒在地上。那些街坊見了這情形，知道惹了禍；慌得一個一個溜回去躲著，不敢出來。

第六十四回　香消玉殞

咸豐帝為了看冰花，幾乎惹出一場大禍來。虧得巡城御史走過，把皇帝送上自己的轎子，抬著回宮去；一面向崔總管打聽情由。崔總管便把皇帝如何聽聞冰花美貌的名氣，親自來賞鑑，說了幾句戲話，觸惱了那位美人；街坊上人幫著冰花，大鬧起來。

這位巡城御史，十年不曾陞官；如今聽了崔總管的話，心想：我陞官的機會到了。他一面安慰著崔總管，又拍著胸脯，說：「大爺放心，這件事包在下官身上，包你三天之內，讓皇上如意。」接著，又悄悄的對崔總管說道：「大爺進宮去，在皇上跟前須替下官好言一二。」崔總管聽了點點頭，拱一拱手，走了。

這裏，御史官便裝腔作勢的喝叫：「把那釘靴舖子的夫妻兩人，抓回衙門去審問。」

這時，那冰花的丈夫恰恰從外面回店來，聽說御史官要抓他到衙門裏去，嚇得他衹是嗦嗦的發抖，哭著求著不肯去；還是那冰花一點也不害怕，說道：「去便去，我們又不曾犯什麼王法。」他夫妻兩人

便把店堂託給街坊代爲照料，便跟著差役到御史衙門裏去。

那御史官照例問過一堂，也不定罪，也不釋放，把他夫妻兩人分別監禁起來。監禁到第三日時，忽然來了兩個婆婆，把冰花一領，領到一間密室；給她香湯沐浴，拿出一套錦繡衣裳來，給冰花換上。

冰花詫異起來，問：「什麼事？」

那婆婆說：「皇上知道妳是一個貞潔的女人，吩咐賞妳一套衣服，給妳洗澡穿上，便要送妳回店去。」冰花聽了歡喜，便重新梳粧起來；居然容光煥發，旖旎動人。

兩個婆子在一旁讚嘆，說道：「這樣一個美人兒，老身是女人身，見了也要動心，莫怪望天子見了要動手動腳了。」

冰花聽了，不覺臉上起了一陣紅暈，說道：「休得取笑。」

過了一會，轎子抬進院子來，婆子扶她上轎，放下簾子，四周遮著綢幔，坐在轎子裏，黑漆漆的，一絲也看不見外面的情形。

轎子走了半天才停下來，依舊兩個婆婆上來，打起轎簾，扶她出轎來。冰花抬眼看時，祇見眼前圍著一班旗裝女人，滿身打扮得花花綠綠，個個把兩隻眼注定在自己臉上打量著，卻靜悄悄的不說一句話；又看那院子時，十分闊大；一帶黃牆接著抄手游廊，正北一座金碧輝煌的宮殿。

冰花滿腹狐疑，忙問道：「這裏是什麼地方？妳說送我回店去，怎麼送我到這個地方來？」那婆婆聽了，哄著她說道：「娘子莫慌，這裏是宮裏；皇后聽說娘子長得貌美，特把娘子接進宮來見一見，立刻送娘子回店去呢。」

冰花聽了，便沒得話說；婆婆扶著她，從甬道走進屋子去。祇見裏面繡幕重重，落地花窗上，糊著粉紅色西紗，屋子裏一色硃紅桌椅，床上掛著葵花色羅帳，床裏疊著五色繡花錦被，鋪著狐皮褥子；一面瓶花鏡臺，一面仕女畫屏，打扮得豪華富麗。兩個婆婆扶她在床前椅子坐下，接著許多宮女上來送茶送水。

冰花到了此時，忽然發覺自己是被她們騙進宮來做妃子了，霍地站起身來說道：「我回去了。」左右宮女忙上前攔住。

接著那皇帝已踱進屋子來，搶上去，握住她的手，嘴裏連聲喚著：「美人美人！耐心些。」

那冰花知道自己落了他們的圈套，便趁眾人不防頭的時候，猛向床檻上撞去；一溜鮮血直從眉心裏流出。

皇帝看了，連說：「可憐！」自己忙退出屋子去，吩咐管事媽媽：「好生看護著，養著傷，朕過幾天再來看她。」

冰花這一撞，早已暈倒；大家把她扶到床上睡著，包著傷口，許多宮女在床前伺候著。過了一會，冰花才從床上清醒過來。

管事媽媽在一旁勸著，說：「天生娘子這一副美貌，須得嫁一個富貴兒郎，享一世繁華，受一世富貴，才不辱沒了；如今難得聖天子多情，把娘子接進宮來，百般的疼愛著；又怕娘子生氣，還不敢和娘子親近。這正是娘子受富貴享榮華的時候，又得這位多情的萬歲寵愛著，豈不強似那在店舖子裏挨凍受餓，辛苦一生呢？」

這幾句話，管家婆子天天勸著；起初冰花不去理她，後來日子久了，冰花的戒心也一天天卸下去了。聽聽管家婆子的話，覺得也很有情理，便和管家婆子說定，須得把丈夫喚進宮來見一面兒；丈夫許她轉嫁，她便轉嫁，丈夫不許她轉嫁，她便抵死也不肯失節的。

管家婆把她的話去奏明皇上，皇帝准把她丈夫喚進宮來見面。那時冰花的丈夫，早已在宮裏補了鑾衛儀的侍衛官；進宮來的時候，冰花見他衣帽整潔，翎頂輝煌。她見了丈夫，祇是哭泣；她丈夫卻不哭，對冰花說道：「我夫妻緣盡於此了！妳在宮裏，好生伺候著皇上罷。」

冰花聽了，嘆了一口氣說道：「你也好生做你的官罷！」便在這一天夜裏，皇帝到冰花宮中來臨幸了；第二天，封她做貴人。從此皇帝被冰花一人迷住，一連十多天不理朝政。

外面文書十分緊急；那太平天國在南京定都，已佔據了八省地方。朝中文武大臣個個提心吊膽，沒了主意；孝貞皇后沒法，祇得親自跑到皇帝寢宮門外去背祖訓，皇帝看看實在延挨不過了，祇得出去坐一回朝，辦幾件公事，潦潦草草。一轉眼，又溜進冰花宮中去了；任你那班大臣如何勸諫，他總當做耳邊風，不去理睬它。

那邊太平天國，卻一天興旺似一天起來。他朝中用的官員，年紀沒有在四十歲以上的；洪天皇又花了六百萬銀兩，在南京造起一座極高大的宮殿來。忠王李秀成和洪天皇，自己在殿上題著對聯；他正殿上有幾副對聯，寫得十分堂皇。第一副對聯道：

惟皇大德日生，用夏變夷，待驅歐美非澳四洲人，歸我版圖一乃統；於文止戈為武，撥亂反正，盡沒藍白黃八旗籍，列諸藩朋千斯年。

第二副對聯道：

先主本仁慈，恨茲污吏貪官，斷送六七王統緒！藐躬實慚德，仗爾謀臣戰將，重新十八省

江山。

第三副對聯道：

獨手擎天。重整大明新氣象；丹心報國，掃除異族舊衣冠。

第四副對聯道：

虎貫三千，直掃幽燕之地；龍飛九五，重開堯舜之天。

那寢殿上，也有一副對聯道：

馬上得之，馬上治之，造億萬年太平天國於弓刀鋒鏑之間，斯誠健者！東面而征，南面而征，救廿一省無罪順民，於水火倒懸之會，是謂仁人。

同時各王也都造起王府來，王府外有轅門兩座，大門三座；高有數丈，門牆壁垣上，都用五彩畫著龍虎。走進府門，中間一條甬道；甬道中間，造著一座高臺，兩旁掛著幾十面金鑼。外面有事，便鳴鑼傳報；府門裏面不許男人進去。天皇的宮門大門上，掛著「榮光門」匾額；兩旁有硃紅木柵，木柵裏面有許多匾額，都是臣下讚頌天皇的話。左右用琉璃瓦蓋著兩座亭子。

走進二門，兩旁排列著幾十間朝房；院子西面，有一口五色石欄的御井。那石上雕刻著雙龍，十分精緻。當殿矗著一座牌坊，金柱紅樑，龍飛鳳舞，十分華麗；殿的四壁上，畫著龍虎獅象，正殿的東面，有一帶圍牆；牆裏一座方池，青石砌底，十分清潔。池上一座石船，長十餘丈，天皇常常在石船中開宴賜酒。

天皇十分寵愛小天皇，特意替他在鍾山腳下，蓋一座小天皇府；裏面大樹清泉，樓臺曲折，十分幽勝。那小天皇一樣也是好色之徒，他府中用的全是女官；那女官個個都長得雪膚花貌，小天皇終日和這些女官廝混著，什麼風流事情都做出來。

講到太平朝的女官，她穿的衣帽，和外廷男官大致相同；最大的女官，穿黃緞繡龍袍；紅色、紫色袍次之，青色、藍色、黑色袍又次之。帽子上，三等王，用繡全黃緞中；九品以上官，都用紗帽，九品

和鄉官都用緞紮巾。女官在袍外加上一件背心，髮髻上戴一項垂纓的平天小帽。

天皇定下女官品級，又定女官褲子的格式：上一等的，名叫縫裳，是大褲腳；第二等名叫鈕裳，是褲襠不用線縫，拿鈕子扣住，是為便於解開的意思；第三等名叫開裳；是開檔褲。第四等，名叫散裳；是不穿褲子，祇穿圍裙的。第五等，名叫散袍；是不穿褲子和裙子，下身精赤著，祇穿一件袍子遮住下身。

此外又有一種，名叫遮腿；是女官在夏天乘涼用的。那遮腿，祇有三幅布圍在腰裏；一幅遮住後身，兩幅遮住兩腿。天皇定下這種女官服制，原是另有意思存著；因此在太平朝做女官的，沒有一個能夠免得被玷污。

那小天皇尤其是出奇的刁惡，他在府中玷污女官倒也罷了；他偏歡喜強佔女孩子。他見有十歲左右的女孩子，最合他的心意；在強逼的時候，那女孩子哭求叫喊，他看了十分快樂，直到那女孩子痛極而來，他才罷手。他有時到洪天宮中去叩請父皇聖安，便在父皇宮中和許多妃嬪公主糾纏。

那班妃嬪見小天皇年輕貌美，又是天皇的愛子，如何不奉承他；因此，很有幾個妃子和小天皇結下私情的，甚至他姊妹也有和小天皇結下私情的。因為天皇的上帝教，說男女平等、男女博愛，無論老少母妻，都以姊妹兄弟相稱呼；當著大眾，都可以捏手抱腰，表示親愛。

有時，洪天皇明明見他的兒子和自己的妃嬪親愛著，他也不好說什麼；從此小天皇膽子越弄越大，竟和洪天皇最寵愛的紅妃、宜妃私通起來。那紅妃是揚州人，相貌雖平常，身材卻十分小巧，生性又十分風騷；一雙水盈盈的眼珠，被她溜一眼，管教你掉了魂魄。她又最愛笑，笑得十分嫵媚；洪天皇十分寵幸她，她也仗著寵，時時去欺侮宜妃。那宜妃，原是廣東地方的大家女子，長得白淨美麗，性情又和順，身材又苗條；洪天皇和她多年恩情，也便常到她宮裏宿。

這時，這兩個妃子都愛上了小天皇，心中的醋念越發不能相容；祇因小天皇是洪天皇的愛子，便也不敢到洪天皇跟前去告發，祇是大家在暗地裏鬥法便了。

誰知那宜妃宮中，原藏著一個美男子；那男子原是南京地方窮苦人家的兒子，面貌卻長得白淨漂亮。宜妃跟著天皇進南京城的時候，那男子在路旁站著閒看；宜妃在車子裏望見，不覺心中一動。到了宮中，便打發人，去把那男子偷偷的弄進來，背著天皇，朝朝和他在一處起臥；後來宜妃又結識了小天皇，她一個人輪著伺候兩個小夥子，心中說不出的快樂。

誰知好事多磨，良緣天妒；有一天，宜妃在宮中，正和那美男子白晝幽會，恰到得意的時候，被紅妃進來撞破了，把個宜妃嚇得玉體打顫，把個紅妃羞得粉臉通紅。那美男子也顧不得了，「噗」的跪倒在紅妃腳下磕頭求饒；那紅妃偷眼看時，見那男子長得眉清目秀、一身白肉，不覺一陣心跳，掩住臉，

「嗤」的一笑，轉過脖子去，低低的說道：「這個樣子，羞人答答！」

宜妃在一旁，看出紅妃的心事來，忙對這男子說道：「你好好的在這裏伺候妃子，我去去便來。」說著便轉身出去；這裏紅妃和那男子竟成了好事。從此以後，紅妃常常把那男子留在自己宮裏，不放他回宜妃宮裏去；便是那男子，也覺得紅妃風騷放蕩勝於宜妃，便不覺被迷戀住了。宜妃失了這一個心愛的面首，如何不怨；她便想了一個借刀殺人之計。

這時小天皇也迷戀著紅妃，洪天皇也迷戀著紅妃；她打聽得紅妃正和那男子在陽臺的時候，便悄悄的去對小天皇說了。那小天皇大怒，偷偷的掩到紅妃房門外去，聽時，果然男歡女愛，正扭結在一塊的時候；小天皇一縷酸氣，從腳跟直衝腦門。正要打進房去，心想自己也不是正經路數，須得去報告父皇，才能管得；一轉身，便趕到洪天皇宮中。

那洪天皇正靠在御塌上，看那侍衛和女官，大家在塌前追著，捉著玩兒；聽了他愛子的話，氣得他鬍鬚倒豎，跳起身來，帶了侍衛趕到紅妃宮中。那紅妃驟不及防，衣裙顛倒，釵鬢散亂，和那男子一塊兒被捉出來。天皇看了，也不審問，吩咐便在宮門口斬了；那紅妃臨死的時候，還極口喊冤，說中了宜妃的計，這男子原是宜妃引進宮來的。洪天皇雖聽得這個話，卻不相信她，依舊把這一對癡男女殺了。

洪天皇殺了紅妃以後，宮中缺少一位妃子；立刻傳諭各將領，隨時物色美人。這時右都督部下，有一位樊將軍，在蘇州地方得了一個美貌姑娘；那姑娘名叫明姑，原是蘇州世家小姐，知書達理，又懂得刀劍。太平軍到蘇州的時候，明姑跟著她父母逃到鄉下，又被兵士們捉住；兵士們要殺她的父母，明姑便上前去攔住。那兵士們見了這美貌的姑娘，便也放去了她父母，把明姑捉到營裏去。

兵士便要行非禮之事，明姑說道：「你們若要姦污我，我祇有一死。不如把我獻與你們將軍。那將軍愛我美貌，你們便大大的可得到一筆賞金。」

那兵士聽她話說得有理，真的把她獻與樊將軍；樊將軍見了明姑，便賞兵士五百兩銀子，把明姑留在後帳。到了夜間，樊將軍便進帳來要侵犯她；明姑便拿勸兵士的一番話勸樊將軍，勸他把自己去獻與天皇，便可得高官厚祿。

這時天皇正下旨著令將領物色美人，明姑一句話提醒了他；樊將軍便親自送明姑到天京去。天皇見了明姑十分歡喜，便傳諭賞樊將軍銀十萬兩。明姑長得白淨苗條，第一夜，洪天皇臨幸過，知道還是處女；便格外寵愛，封她做明妃，便補了紅妃的缺分。

洪天皇一連在明妃宮中住了一個月，真是同起同臥，十分恩愛；明妃趁此機會，求著洪天皇，把她父母傳進宮來見一面兒，天皇便依她。明姑見了她父母，禁不住大哭一場；見沒人在跟前，便悄悄的把

自己的心事對父母說了。

她父母知道女兒要行刺天皇，自己的性命終是不保；母女兩人摟抱著又哭了一陣。明妃向天皇要了一面小黃旗，交給她父母；她父母身旁藏著這一面旗，在太平天國便隨處可以去得。明妃悄悄的叮囑她父母，逃到北方去；將來自己鬧出大事來，不致延害父母。

明妃送父母出宮，諸事停當；明妃便在臥房裏擺下一桌酒，請天皇來吃酒，自己也在一旁吃酒陪伴著。吃酒的當兒，有說有笑，又做出許多媚態來，哄洪天皇吃酒；洪天皇吃不多幾杯，早已被明妃的美色醉倒，一手搭在明妃的肩上，要她扶上床睡去。

那明妃看看是時候了，便吩咐宮女收拾筵席，親自扶天皇上床，自己也卸了盛裝。看宮女收拾過桌面出去了，明妃便起身去關上房門；聽聽床上，天皇睡得靜悄悄的，忙去牆上拿下一柄寶劍來，捏在手中，輕輕的掩到床前一看，那床上空空的沒有人，天皇卻不知到什麼地方去了。

明妃正詫異的時候，一回頭，見天皇滿面怒容，竟站在她身後；原來今夜明妃請天皇吃酒，已是犯了天皇的疑。明妃從不吃酒的，今夜忽然吃起酒來，豈不可疑？因此洪天皇假裝酒醉，先去睡在床上，暗暗的覷看明妃的動靜；他見明妃關上房門，轉身向牆上拿劍，便知道她居心不良，便悄悄的從床後面溜下地來，跟在明妃身後。

待到明妃拿著劍，趕到床前去時，天皇已把佩刀抽出來拿在手中；心中一腔怒氣，按捺不住，便趁明妃回過頭來的時候，卡擦一刀，砍下腦袋來。一面打著小鐘，傳喚宮女；吩咐把明妃的頭，掛在宮門外去號令。頓時明妃謀刺天皇的消息傳遍宮中；許多妃嬪和皇后，都趕來叩請聖安。

天皇見殺了明妃，自己不曾遭她的暗算，心中十分快樂；便傳諭宮中，連夜擺起慶祝筵宴來，自己連喝了幾大觥。這時三宮六院的妃嬪都陪坐在左右，一時脂香粉膩，鶯聲燕吒，天皇左擁右抱，調情打趣；到高興的時候，便揀了十個美貌妃子到寢宮去臨幸，又傳十個妃子進帳去賞春，在一旁拍手歡呼助興。洪天皇天天和那班妃嬪女官尋歡作樂，一個人敵著幾十百個少女，身體慢慢的掏虛了；那精神也覺得有些不濟事了。

太平朝諸位王爺，不但是好女色，且又好男色；每一個王府裏，總養著三五個俊俏少年。天皇宮中，竟養著二十多個，一樣的畫眉搽粉，打扮得妖妖嬈嬈，望去幾認不出他是男子來。洪天皇玩女人的本領慢慢差了，便沒日沒夜的玩起相公來；那班王爺都看了他的樣，人人摟著一個男孩子睡覺。凡是玩相公的，都容易害眼病；一時，洪天皇和各王爺都害起眼病來，且下身害起毒瘡來。天皇十分害怕，忙去求醫。

這時有兩位御醫，一個名叫何潮元，一個名叫李俊良。他兩個都是外科能手，當時替王爺們的眼病

都醫好了。何潮元又弄了許多媚藥獻給天皇，天皇用了，果然十分靈驗，便給他做御醫院中的正醫官。李俊良見何潮元得了意，便弄了許多避胎藥，悄悄的去送與各妃嬪和天妹洪宣嬌；那洪宣嬌十分合用，便去對洪天皇說知，把李俊良薦進宮去，替妃嬪治病，做了一位內廷供奉醫官。

那班妃嬪仗著有李俊良的避胎藥，便暗地裏勾引許多美男子進宮來，放膽偷情；大家祇瞞住天皇一個人的耳目，終沒有敗露的日子。便是洪天皇，也仗著有何醫正的媚藥，便沒日沒夜的和那班妃嬪歡樂。一班蕩子妖婦，拚命胡鬧著，宮中便鬧起花柳病來了。

洪天皇和東王眼病復發，何醫正便獻了一個秘方；說要選二十個童男童女，年紀在十四歲的，每天十個人，在清早時候用甘露漱著嘴，替天皇王爺舐眼睛。二十人輪班舐著，不到一個月，果然痊癒了。見那班童男童女有長得俊的，都被天皇和王爺姦污了；留在宮中，不放出來。

天皇又聽了何醫正的話，每天吃兩粒珍珠、一方白玉，調養著身體。他又傳出烹珠煮玉的法子，那珠子須揀精圓、毫無糙瘢的；裹在豆腐中心裏，隔水燉著，煮半天工夫，把豆腐取出，那珠子便漲大三數倍，白嫩如豆腐一般。珠有糙瘢的地方，便僵硬不化，所以一定要揀那精圓珍珠；煮熟的珠子放在嘴裏，一噎氣，便酥化入喉了。

煮玉的法子，須拿上好白玉和地榆樹的根一塊兒煮著；煮二十四小時，不給它出氣，那玉便酥爛可以吃了。吃的時候，調下冰糖去，十分可口；煮酥的玉塊，凝結著如凍一般。倘是有瘢玷，或是下等的玉，便煮不酥。因此天皇御廚房裏，有專管煮玉烹珠的廚子四人；那四人都是珠寶商人，能識得珠玉的真假和好壞。祇因天皇要吃珠玉，那御廚房裏，每月便多添十多萬銀子的開支。

講到洪天皇的御膳，說出來也叫人聽了詫異。洪天皇每次用膳，除十六品副膳外，又有二十四品正膳；那二十四品正膳，稱做二十四牲。便是六樣禽類、六樣獸類、六樣魚類、六樣介類。禽類最愛吃鴿雀雉鷹，祇不吃雞鴨；獸類最愛吃牛羊獐兔，卻不吃豬肉；魚類最愛吃魴鯉鱘鰉；介類最愛吃蝦蟹蛤鱉。每日掉換，不能重出；每一桌御膳，須花錢數千金。

烹調的法子，不論什麼一類，總是整個的。大如牛羊等，都是把全隻擱在大盒子上，橫陳在御席上；最可笑的，那禽類獸類烹熟以後，仍須掌禽獸的毛貼在肉上，望去好似活的一般。直到下箸的時候，女官們才上去替他拿去毛。

天皇又喜怒無常，正在喜笑飲食的時候，倘有小事不如意，便把怒氣出在侍衛身上；喝一聲用刑，便有刑官，把那受刑的侍衛抓去。太平朝宮中有一種極刑，名叫點天燈；那點天燈的法子，是把人上下的衣服剝去，從頭到腳拿棉花紙張裹住，用麻油浸透，外面塗著松油白蠟，活似一支大蠟燈。燒燒的時候，把這人倒豎在地上，拿火燒著；起初裏面的人還能夠叫喊，聲音悽慘得如鬼叫一般。燒到腿上，那叫喚的聲音慢慢的低了，燒到小肚子上，隔著一會，大叫一聲，直至燒到心坎頭，才斷了氣。

第六十五回　咸豐後宮

洪天皇用御醫專製媚藥，果然是一件可笑的事情；但那時的咸豐帝，也常常用媚藥。他年紀雖輕，祇因好色過度，宮中既有許多妃嬪，園裏又住著許多美人；叫他一個血肉之軀，如何抵擋得住？早也慢慢的有些支撐不住了。

那時候，宮中的崔總管原是壞蛋；他時時勾引皇帝去幹那偷香竊玉的事情，他見皇帝精神不濟了，不知從什麼地方，弄來一種極靈驗的媚藥。咸豐帝服了媚藥，得了妙處，便朝朝和那班妃嬪尋歡；仗著藥力，格外玩得厲害。

咸豐帝還有一種極古怪的脾氣，他玩女人不揀地方、不揀時候，也不避人耳目；他懷裏藏著媚藥，不論走到什麼地方，見有中意的宮女，他拉住便幹。幹過了，那剩下的媚藥也不收藏起來，隨處亂丟。有一回，便在御書房裏鬧出一件大笑話來。

這時咸豐帝愛遊玩，常常住在圓明園裏，又常在園裏召見大小臣工；有一天，咸豐帝在園中召見一

位翰林，名丁文誠的。那丁文誠進園來時候過早，皇上還不曾叫起；小太監便領他到御書房去坐著守候。那書房中，擺設得十分精緻；丁文誠在裏面看著消遣，一眼見那小几上的白玉盆中，有一串鮮葡萄，紫果綠葉，約有十數粒，粒粒肥大。

這時五月天氣，什麼地方來的葡萄？丁文誠看了，又是詫異又是心愛；便忍不住伸手去摘下一粒葡萄來，送在嘴裏吃時，覺得十分甜美。正要吃第二粒時，忽然覺得一股熱氣，直攢到小肚子上；那東西忽然脹大起來，長到一尺許。

這時丁文誠穿著紗袍套，那東西隔著衣服都看得出來；嚇得他彎著腰，兩手按著小肚子，不敢走動。心想：如此形狀，等一會皇上起來，如何進見？他情急智生，立刻倒臥在地上，大聲喊痛；那班太監聽得了，一齊趕來問時，丁文誠推說是發急痧，肚子痛得厲害。

他一邊嚷著痛，一邊在地下打滾；太監拿痧藥給他吃也是無用。沒奈何，太監扶著他，走出園旁小門回家去；一面立刻上奏，說是急病不能進見。這丁文誠回到家裡，在床上僵睡了五天，才慢慢的復原。這豈不是一件大笑話嗎？

第二次丁文誠進園去，見了咸豐帝，便勸諫說：「皇上調養玉體，最好每天飲鹿血一杯；燥熱之藥，切不可用。」

咸豐帝道：「飲鹿血有何功效？」

奏說：「鹿血爲壯陽活血之妙品。」

從此咸豐帝吩咐內務府，買花鹿百數十頭，在園中養著；天天取鹿血吃著，果然有效。

這時東南的太平軍，勢力一天強似一天；咸豐帝在宮裏，天天接到打敗仗、失城池的消息，他越發心灰意懶。後來他連文書也不願看了，天天找那班妃嬪玩耍去。皇帝新得了冰花，十分寵愛，十天倒有七八天宿在冰花宮中的；那冰花見皇帝恩情深厚，便也有說有笑，曲意逢迎著。

皇帝最愛摟著妃子在白天睡覺，卻叫那小太監和宮女們，都在龍床前追趕跌撲著玩耍；皇帝看到高興的時候，自己也跳下床來，打在一堆。玩到高興的時候，拉著四個宮女，走到院子裏去，脫了上下衣服，叫她們每人站在一個牆角下面；皇帝自己拿著一架彈弓，站在臺階上，拿鐵彈子向那些宮女打去。那些宮女身上脫去衣服，無可躲避；見皇上要拿彈子打她們，嚇得她們渾身發抖，哀聲求告著。皇帝看了，不禁哈哈大笑。

後來還是冰花上去，把皇帝手中的彈弓接過來，說道：「臣妾代皇上射去。」皇帝便把彈弓交給冰花。那班宮女見冰花替皇帝打彈，便暗暗的罵她：「同是女人身體，怎麼這樣狠心？」

誰知那冰花把彈弓接在手中，卻不射；問皇帝道：「這四個宮女，什麼事冒犯了皇上，卻要拿彈子

打死她？」

那皇帝笑著道：「那宮女原不犯什麼罪，祇是朕看她們長著一身白肉，拿彈子打破她們的皮肉，看雪白的皮膚上，淌著鮮紅的血，豈不有趣？」

冰花聽了，笑說道：「原來如此，臣妾卻有一個法子，能叫宮女身上淌著血，又不打破她們的皮肉。」說著，便吩咐別的宮女，把胭脂水灌在皮紙球裏，把彈子打上去；有打在宮女乳頭上的，有打在小肚子上的，有打在肩窩裏的，也有打在脖子上的。雪也似的皮肉，淌著鮮紅的胭脂水，果然是十分好看。

皇帝看了，不禁拍手歡笑起來；便賞這四個宮女，每人一件繡花旗袍。從此，皇帝拿女人的身體除淫樂以外，又拿她們的身體想出種種玩意兒；倘然觸了皇帝的怒，他便把宮女喚到跟前來跪著，用種種刑罪加在那宮女身上。看她在地上翻騰著，消他的氣惱。

有一天，有一個妃子章佳氏，原也受過皇帝寵愛的；如今皇帝有了冰花，便把她丟在腦後。章佳氏在背地裏，不免有許多怨言，那湊趣的宮女，便把章佳氏的怨言傳給皇帝知道，皇帝便去把章佳氏傳來。那章佳氏忽聽得皇帝宣召，認做是要臨幸她，忙妝扮著走來。

皇帝見了她也不發怒，仍和她有說有笑，吩咐賞妃子三杯酒；章佳氏是不會吃酒的，如今奉著聖旨，衹得直著脖子喝下肚去，頓時臉紅耳熱，心跳眼花。章佳氏最愛打鞦韆，皇帝便說道：「章佳氏打鞦韆的本領，是諸妃嬪所不能及的；現在朕便吩咐她打鞦韆給大家看。」說著，又吩咐把章佳氏身上的衣服脫去了，扶她上鞦韆架。

那章佳氏被酒灌醉了，渾身打顫，如何有氣力打鞦韆？但皇上聖旨不能違背，便懶洋洋的上了鞦韆架。宮女們拉起繩子來，那鞦韆架在空中飛動著；起初飛得低，那章佳氏在上面還支撐得住，後來那宮女越拉越高，竟把個赤條條的章佳氏送在半天裏。她在上面支持不住了，便嬌聲哭喊：「萬歲爺救命！」

那皇帝聽了，非但不叫停止，反吩咐宮女，叫她再拉高些。衹見那章佳氏大喊一聲，一脫手，從半天裏拋下地來；衹聽得「啪」的一聲，把章佳氏摔在地下，早已摔得頭破骨斷，死過去了。宮女們見了，個個回過臉去，不忍看她。皇帝卻微微一笑，吩咐內監，把章佳氏屍身拖出去收殮了；自己一手拉著冰花，走進房去。

從此皇帝越發把冰花寵愛著，那冰花也慢慢的恃寵而嬌，把皇帝霸佔住了，不許他臨幸別的妃嬪。但是，這時皇帝天天玩著冰花，也有些玩厭了，便不免背著冰花，有許多偷偷摸摸的事情；冰花知道了，便和皇帝嘔氣，皇帝也慢慢的有些厭惡起來。

咸豐帝最愛小腳，前回已說過；如今他雖寵愛冰花，但冰花的一雙弓鞋在四寸以上，咸豐帝常對著冰花的腳，嘆說：「美中不足！」聽得崔總管說起揚州女人的小腳，端正尖瘦，在全國中算最美；可惜，那時揚州城失陷在太平天國手裏，不能前去遊幸，便暗暗的吩咐太監，在京城裏留心，有小腳的女人，想法子弄進宮來，便有重賞。後來崔總管依舊在宣武門外，覓到一個小腳女子，名叫瓊兒。

她原來是個揚州的小家女子，祇因避難到京城裏來，住在舅舅家裏；她舅舅是個東大街德興飯館裏跑堂的，家中十分窮苦。瓊兒住在舅舅家裏，他家房屋也淺促，她幫著舅母，每天做些針線。祇因屋子裏又黑暗又齷齪，她便搬一張小杌凳，每天坐在門口，湊著天光做活兒。

她一雙腳，尖小玲瓏的腳，擱在門檻上，穿著紅鞋白襪，十分清潔；有在她家門口走過的人，見了她一雙小腳兒，誰不讚嘆幾句。有幾個好色的男子，見了她一雙小腳，便好似把魂靈兒吊住在她腳尖兒上，每天沒事，也要在她門口輪回了十七八轉，再也丟不下她。無奈這瓊兒面貌雖長得美麗，性情卻十分貞潔；任那班閒蜂浪蝶如何挑逗她，她總是低著脖子不睬。

後來，她的名氣一天大似一天，傳在崔總管耳朵裏，便也前去探視，果然長得不差；她的一雙小腳兒，尤其是纖瘦動人。崔總管打聽得她舅舅是在飯館裏做跑堂的，便去找著她舅舅吳三興，那吳三興正苦得走投無路，聽說宮裏的崔總管來找他，又聽說給他一萬兩銀子，弄他到宮裏，去御廚房裏當一名廚子；吃著每月五十兩銀子的俸祿，祇叫把他外甥女送進宮去，他如何不願意，如何不快活。回家去便和他妻子商量；他妻子便把外甥女瓊兒拉進內房去，再三勸戒，說：「妳性格又高傲，脾氣又愛潔淨，非嫁給大戶人家，不能如妳的心願；但我們這種人家，門當戶對，至多嫁了一個經紀人家，依舊累妳吃苦一世。如今宮裏來要妳，妳好好的進去，得了萬歲爺的寵愛，妳也可以稱了一生的心願，我們也得攀個高枝兒去，豈不是兩全其美？」瓊兒聽她舅母的話說得有理，便也依從了。

第二天，崔總管兌了銀子，悄悄的把瓊兒送進宮去；皇帝在山高水長樓召見，那瓊兒一雙小腳兒貼在地下，祇有二吋多長，尖瘦玲瓏。皇帝看了，不覺先喝了一聲好；兩邊宮女攙扶著，慢慢的走近御座前來，嬝嬝婷婷的拜倒在地，低低的稱著萬歲。

皇帝吩咐，賜她平身；瓊兒站起來，那一搦腰枝，如風擺楊柳似的，搖曳不定。皇帝把她喚近身來，捏著她的手，細細打量一番；祇見她肌膚白膩，眉目清秀，當夜便在樓中臨幸了。第二天，把她安頓在絳雪軒中，寵幸一天一天的深起來。

皇帝祇因瓊兒腳小，終日叫兩個宮女攙扶著她走路；有時在召幸的時候，皇帝自己扶著她走路。偶然放了手，讓她一人站著；她便腰枝搖擺著，好似風吹蓮花。皇帝越看越愛，便在她房中滿地鋪著繡花軟墊，瓊兒穿著白羅襪，在上面走著；瓊兒又歡喜清早起來，在花間小步。

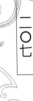

這時冰花那邊，皇帝慢慢的便冷淡她起來；冰花打聽得皇帝新近寵上了一個瓊兒，心中十分妒恨；又打聽得瓊兒十分愛清潔的，她便打發宮女，悄悄的把污穢東西，去塗在花枝兒上。第二天，瓊兒清早起來，扶著一個宮女到花間去小步；忽覺得一陣陣穢惡的氣息，送進鼻管裏來。

瓊兒四面找尋，看時，那花枝上都塗著污穢東西，連她衣袖裙衫上，都染得斑斑點點。急退縮時，腳下踏著一大堆糞；瓊兒哎唷一聲，踉踉蹌蹌的逃去。腳下一不留神，被石子絆住，她小腳兒原站不住的，一個栽蔥，那額角碰在臺階上，早淌出一縷鮮血來。宮女忙上去扶住，走進門，她聞得渾身臭味，便忍不住「哇」的一聲，翻腸倒肺，大嘔起來。宮女服侍她脫去衣裙，香湯沐浴；瓊兒撐不住，便病了。

這一病，整整鬧了一個月；皇帝格外體貼她，她在害病的時候，不叫她侍寢，祇在冰花宮中臨幸。那冰花看看自己的計策靈驗，心中十分快活；後來瓊兒的病慢慢的好了，皇帝又丟下她，臨幸瓊兒去了。冰花心中萬分憤恨，她和宮女們商量，總要想一個斬草除根的法子。

這時慢慢的到了暑天，瓊兒越發愛潔淨；每天要洗五次澡，洗一次頭髮。她洗頭髮總在清晨時候，洗過了頭髮，便披在背上，和宮女兩人搖一隻小艇子，到荷花深處，披散頭髮，給風吹乾；又用荷葉上的露珠漱著口，直待到太陽照在池面上，她才打著槳回宮去。

這個消息傳到冰花耳朵裏去，冰花又有了主意；便打通了太監，悄悄的買了毒藥進宮來，又把毒藥化在水裏，把那藥水暗暗的在夜深時候，去倒在荷葉上。第二天，瓊兒不知道，去把毒藥吃在肚子裏，不到半天工夫，藥性發足；皇帝眼看著她在床上翻騰了一會，兩眼一翻便死去了。

皇帝正在寵愛頭上，禁不住摟著屍身大哭一場；便吩咐用上等棺殮，抬出園去棺殮。從此以後，這咸豐帝想起瓊兒便掉眼淚；一任那班妃嬪在一邊勸著，也是無用。皇帝越想起瓊兒的好處，越是傷心；想得十分厲害，便生起相思病來。崔總管看看皇帝的病，不是醫藥可以治得的；便在外面暗暗的物色，居然給他找到了一個和瓊兒一模一樣的一個美人兒，送進宮來，服侍皇帝的病。

這時皇帝昏昏迷迷的睡在龍床上，見了那美人，以爲是瓊兒轉世過來的；問她名字，她自己說名叫紫瑛。皇帝看紫瑛的聲貌和瓊兒活著一般，他慢慢的便把想念瓊兒的心冷淡下來。皇帝病痊癒以後，把紫瑛封做貴妃。

紫瑛生長在窮苦人家，卻愛讀書，求著皇帝，替她去請一個老先生到園中來教讀；皇上心想：上書房中的侍讀，原是不少，但他們見又納了一個新貴人，便又要鬧什麼勸諫的奏章，實在討厭。如今，不如另外去請一個老先生來，在園中教讀著。皇帝便和崔總管商量；崔總管略一思索，便想起了一個人。

原來這裏大柵欄有一家長安客店，店中有一位姓鄭的舉人；他進京來會試，落腳在客店裡，誰知會試不中，回家去的盤纏又花完了，流落在客店裏，替人寫信、寫門聯，對換幾個錢。崔總管和那長安客店的掌櫃是同鄉，因此常常到他客店裏去閒談；那鄭舉人，崔總管也常見的，年紀已五十歲了，花白鬍子，做人極和氣。如今皇帝要替紫瑛請教書先生，崔總管便想起那鄭舉人來。

和皇帝說明了，便跑到長安客店裏請去。在那鄭舉人，原不認識崔總管是什麼人，以爲他是大戶人家的二太爺；如今聽他說，要請自己去做教書先生，他便認做是到他主人家裏去教公子哥兒的書，便也答應了。

崔總管僱了一輛車，四面拿青布圍住了；鄭舉人坐在裏面，一點也看不見外面的景象。曲曲折折，走了許多路；耳中覺得離熱鬧市街漸漸的遠了，車子在空曠地方又走了一陣，便停住了。揭開車簾一看，見粉牆一帶，牆內露出樓臺屋頂，夾著樹梢；這鄭舉人以爲是大戶人家的花園。但心中十分疑惑，既說是請先生，怎麼不由大門出入，卻走這花園邊門？

走進門去，果然好大一座園林；望去花木扶疏，樓臺層疊。崔總管領著他，在園中彎彎曲曲走著；度過九曲橋，露出一座月洞門來，門上石匾刻著「藻園」兩字。走進月洞門去，見靠西一溜精舍，曲檻紗窗；走廊下，一字兒站著四個書僮，大家上來，蹲身下去，齊聲說：「請師爺安。」上去打起門簾，鄭舉人踱進屋子去，見裏面窗明几淨，圖書滿架。

崔總管請先生坐下，書僮送上茶來；崔總管又拿出聘書來，雙手遞給先生，裏面封著整整二百兩白銀，說：「這是第一月的束脩，先生倘要寄回家去，便交給我，包你不錯。」

鄭舉人看那聘書，下面具名寫著「養心齋主人」，並沒有名姓；便問：「你家主人什麼名字？」書僮回說：「我主人是京城裏第一位王爺，先生不必問，將來總可以知道。如今咱王爺出門了，家中祇有女眷，不便出來招呼先生；先生祇好好的指教學生，咱王爺決不虧待的。」

鄭舉人看著這班下人都是大模大樣的，心中不很高興；但又想到地方精雅，束脩豐厚，也便勉強住下。到了第二天，學生出來拜見先生；鄭舉人看時，原來是一位絕色的美人，有四個艷婢陪伴著。每天讀書，不到兩個時辰便進去了；第二天查問功課，卻都熟讀，沒有遺忘的。

鄭舉人見學生十分聰明，心中也十分快活；每天吃著山珍海味，睡著羅帳錦被，書僮服侍也很周到，祇是行動不得自由。莫說出園門一步，便是在書房附近略略走遠些，便有書僮上來攔住，說：「園裏隨處有女眷遊玩著，先生須迴避的。」

鄭舉人到園中三個月，頗想到大街去遊玩一趟；再三對書僮說了，書僮說：「須去請命主人。」後來鄭舉人忍不住了，自己偷偷的走出園去；祇見園外一片荒涼，莫辨南北，走了幾步又折回來。那書僮已候在門口，說道：「這地方十分荒野，常有狼豹盜賊，傷人性命；如必須出去，須坐著驢車，

派人保護出去。」

那書僮真的去僱了一乘車子來，兩個雄赳赳的大漢，跨著轅兒；鄭舉人坐在車廂裏，外面依舊用青布密密圍住，車子曲曲折折的走著。走有兩三個鐘點，慢慢的才聽得市聲；又在熱鬧街上走了一陣，車子停住，揭開布圍，走下車來看時，依舊在大柵欄長安客店門口。

那客店掌櫃的見了鄭舉人，忙搶出來迎接；又拿出兩封家書來，鄭舉人看時，信上面說：三次匯銀子六百兩，都已收到，家中人口平安。鄭舉人看了，心中十分快活，便拉著這掌櫃上飲館去；吃酒中間，鄭舉人問：「那教書的人家，是什麼功名？主人的姓名是什麼？」

掌櫃聽了，也搖搖頭說：「不知道。」他兩人吃完了酒飯出來，在大街上閒逛了一會；兩個大漢便催他上車回去。

從此每隔兩個月，便出去一趟；那女學生在一年工夫裏，讀的書也不少。鄭舉人年老慈祥，女學生也慢慢的和他親近起來，說長道短；獨有鄭舉人問起她家裏的事情，她絕口不肯說。

過了幾天，看看已是年近歲逼，鄭舉人在客地裏，不覺勾起了思鄉的念頭；正悽涼的時候，那女學生從裏面出來，四個丫鬟扶著她。鄭舉人向她臉上看時，見這女學生紅潮滿頰，頗有酒意；鄭舉人上去問她：「怎麼了？」

那女學生向先生嫣然一笑，便坐在椅子上動不得了；忽然聽得她大喊一聲，兩手按住肚子，說十分疼痛，接著朱唇也褪了色，眼珠也定住了。嚇得這四個丫鬟手忙腳亂，把這女學生抬進內屋去；祇見那班書僮，也慌慌張張的跑來跑去，丟下鄭舉人一個人在書房中，他看了莫名其妙。

直到傍晚時候，崔總管急匆匆的走出來，說道：「可憐！這女學生急病死了。主人吩咐，請先生出園去，這裏有五百兩銀子，先生拿去，回到家裏，千萬莫把這裏的情形對人提起。」說著，一輛驢車已停在園門口；崔總管送先生上了車，闔上園門進去了。

這裏鄭舉人回到客店裏，把這情形告訴掌櫃；又悄悄的問掌櫃：「這到底是什麼人家？」到這時，那掌櫃才告訴他：「你去的地方，便是圓明園；那女學生，便是當今皇上新納的貴人。」原來那女學生便是紫瑛，皇帝因她愛讀書，便吩咐崔總管把這鄭舉人去請來，在園中讀了一年書；紫瑛卻十分聰明，識得的字也不少，皇帝看了十分歡喜。誰知那冰花打聽得皇上又寵上了一個貴人，天天臨幸著，自己這裏頓然冷落起來；懷著一肚子的怨恨，卻故意和紫瑛好，常常暗地裏來往著，又送許多好吃好玩的東西給紫瑛。

紫瑛到底是小孩兒的心性，她哪知道什麼奸計，便也和冰花好；兩人背著皇上，把肺腑裏的話也說出來。後來她們相處得日子久了，冰花看紫瑛慢慢的也有些入港了。

有一天，紫瑛悄悄的告訴冰花說：「皇上服下春藥，十分精神，常常一夜到天明，纏繞不休；我們女人嬌怯怯的身體，如何抵擋得住？」

冰花聽了，心中越發妒忌；便想了一條毒計，暗暗的弄了一小瓶毒藥給紫瑛，說：「這是提神的藥酒，須早晨空肚子喝下去，到夜裏自然有精神了。」

紫瑛聽了她的話，她和皇上正在恩愛頭裏，要討好皇上，便背著人，把這一小瓶毒藥一齊倒下肚子去，點滴不留。她原不會吃酒的，吃了這酒，頓覺臉紅耳熱，心頭亂跳；她便忍耐著，依舊上學去。誰知一到了書房裏，那藥力頓時發作起來。這毒藥發作，先封住喉嚨，所以紫瑛祇說得一聲痛，便說不出第二句話來。

皇帝見自己最愛的美人快死了，急得他把紫瑛摟住在懷裏，連連嚷著召御醫。待御醫召進宮來，這薄命的紫瑛已死在皇帝懷抱裏。皇帝見接連死了兩個美人，都是中毒的樣子；知道她們一定是遭人的毒手，便立刻要搜查宮中。

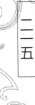

第六十六回　江南美人

咸豐帝見兩個心愛的妃子都中毒死了，心中又悲傷又憤怒；便吩咐太監們在宮中搜查。先從紫瑛手下的宮女查起，又在各妃子的房裏搜查了一遍，都沒有什麼形跡可疑的地方。那冰花做事情十分秘密，她手下的宮女太監，都得了她的好處，誰敢多嘴？皇帝看看查不出憑證，也祇得罷手。祇是想起瓊兒和紫瑛那兩個美人兒，和小鳥依人一般；如今死了，眼前頓覺寂寞起來，想到傷心的地方，不覺掉下淚來。這時，他也不召幸別的妃子，祇是一個人在涵碧山房住宿；左右自有宮女太監們伺候著。那冰花謀死了紫瑛以後，天天望皇帝召幸她，卻終不見聖旨下來；氣得她一樣也是在房裏唉聲嘆氣。

那皇帝因想美人想得厲害，便昏昏沈沈的病了。咸豐帝性子原是躁急的，如今害了病，越是嚴厲了；那班伺候的宮女，常常被打。他在病中喜怒無常，有時把宮女摟在懷裏，有時推下床去，有時胡亂姦淫一回，有時又揪著頭髮，摔到門外去；到十分憤怒的時候，便拔下佩刀來，砍去宮女的腦袋。那班

宮女，真是有苦沒訴處。御醫天天請脈下藥，也沒有效驗。

這消息慢慢的傳到坤寧宮裏，給孝貞后知道了；忙擺動鑾駕，親自到園裏去，把皇帝接回宮來，又親自服侍著皇帝。咸豐帝原是很敬重孝貞皇后的，他如今見了孝貞皇后殷勤侍奉，便也感動了夫妻的情分，那病勢也一天一天的減輕了。

那恭親王奕訢，是咸豐帝的弟弟；兄弟兩人平日十分親愛的，孝貞皇后便去把恭親王請進宮來。那奕訢見了皇帝，便勸諫說：「如今國家多故，正賴皇上振作有爲；皇上宜保重身體，恢復精神，勤勞國事。上保列祖列宗之偉業，下救百姓萬民之大難。」

咸豐帝聽了皇弟的一番話，頓時明白起來；看看病體已大好了，便傳諭坐朝。那滿朝文武許久沒有上朝了，聽說皇上坐朝，大家都歡呼萬歲。皇帝不問國事多日，到此時，才知道南京失守，杭州不保；各路的駐防兵隊不戰自退。接著又是兩廣總督耆英奏報，說英國兵打進了廣州城。咸豐帝聽了，連說：「怎麼辦！怎麼辦！」

那在朝的官員，大家都如封了口的葫蘆一般，一言不發。後來還是戶部尙書肅順，奏道：「我們旗人，都是混蛋！祇知道吃糧，不知道打仗。請陛下下旨，諭在籍侍郎曾國藩，速率鄉團助戰。」這個聖旨一下，那班滿洲統兵大員，都覺得丟臉。

便有向榮從湖北打下來，屯兵在孝陵衛，稱做江南大營；琦善也帶著直隸、陝西、黑龍江馬步諸軍，去攻打揚州，稱做江北大營。這兩路兵馬和太平軍大戰，那東王楊秀清帶領神兵迎戰。什麼是神兵，原來他兵隊前面，先把十二三歲的男孩子，身披五綵，打扮得如天神模樣，綁在竹竿頭上；一手放著煙火，一手舞弄刀槍，弄得隊前煙霧蔽天，稱做天魔陣。天魔陣後面，跟著一隊女兵，打扮得十分妖嬈；有廣東女人蕭三娘，統帶著女兵，寶髻珠冠，蠻靴紫褲。那三娘長得實在美麗，她走在陣前，祇須把寶劍一揮，那些兵士便拚命殺去。

琦善也統領馬軍，死力殺來；他要洗去「旗人都是混蛋」一句話的羞恥，便打得十分勇猛；殺了五陣，得了五次勝仗。洪天皇看看清兵來勢甚勇，便不用力敵而用智取，打發細作，到孝陵衛去，放一把火，燒得江南大兵棄甲而逃。這裏太平軍中，林鳳祥帶兵殺出；江南大營聽得江南大兵吃了敗仗，便也立刻潰散。琦善一時走投無路，心中又十分氣憤，便在馬上拔下佩刀，自刎而死。

從此太平軍勢焰大盛，林鳳祥一支兵馬轉戰江北，楊秀清也帶了二萬兵馬，直攻河南歸德；林鳳祥又擄了煤船，渡過黃河，打進山西省去。接連飛報到京，咸豐帝立刻召集各部大臣，開御前會議；下旨派直隸總督訥爾經爲欽差大臣，專辦河南軍務，一面催曾國藩招募湘勇，在湖北剿辦。曾國藩和張亮基創辦長江水師，才把太平軍制住。

咸豐帝自從聽了恭親王的勸諫以後，便十分親信他。咸豐帝祇因平日好色過甚，身體也掏虛了；這時軍務正忙，皇帝也沒有精神辦理，所有一切軍國大事，都由恭親王在宮中幫同辦理。皇帝怕他進出勞苦，便留恭王在宮中住宿；恭親王一連在宮裏住宿了十多天，誰知他大兒子在家裏，卻鬧出一件風流案件來。

原來恭親王有一個大兒子，名叫載澂的；宮裏的人，都稱呼他澂貝勒。這位貝勒爺，是嫖賭全才；終日和一班京城地面上的混混攪在一起，聲色狗馬，沒有一樣不好。尤其是好色，北京地面上的窯姐兒、私窩子，沒有一個不認識他的；大家都稱他太爺。

這澂大爺，還生成一種下流脾氣，他家裏雖有錢，他玩女人，卻不愛光明正大拿錢出去娶姨太太，也不愛到窯子裏去花錢做大爺，他最愛偷偷摸摸。他玩窯姐兒，最愛跟別人去吃鑲邊酒，趁主人不防頭的時候，便和窯姐兒偷情去。待偷上了手，便肯把銀子整千整萬的花著。

他逛私窩子，也是一樣的脾氣。他又最愛姦佔人家的寡婦處女，打聽得某家有年輕的寡婦，或是處女，他也不問面貌好壞，便出奇的想法子偷去；待到偷上了手，那女人向他要銀子，五百便是五百，一千便是一千。因此有許多窮苦人家的少婦，都把丈夫藏起來，冒充著寡婦去引誘他。

澂貝勒終年在外面無法無天的玩著，花的銀子也不少了；家裏只有一位福晉，卻沒有姨太太。那位福晉也因爲和貝勒不合，終年住在娘家的時候多。澂貝勒天天在外面胡混，慢慢的惹了一身惡瘡，給他父親恭親王知道了，便抓去關在王府裏；一面請醫生替他服藥調理，在王府裏關了半年，惡瘡已平復了，恭親王才放他出來，他卻依舊在外面胡作妄爲。

這時正在六月火熱天氣，北京地方愛遊玩的男女，都到十岔海去遊玩；這十岔海地方十分空曠，四面荷蕩，滿海開著紅白蓮花。沿海都設著茶座子，又搭著茶棚；有許多姑娘，在茶棚裏打鼓唱書。許多遊客，也有看花的，也有聽書的，也有喝茶乘涼的；也有一班男女在這熱鬧地方，做出許多傷風敗俗的事情來的。

這一天，澂貝勒帶著一班浮頭少年，在那海邊揀一處僻靜的地方喝茶；一眼見那欄杆邊，有一個年輕的旗裝少婦坐著，也在那裏喝茶，再看時，那少婦身旁並沒有第二個男子。看那少婦長得眉清目秀，鵝蛋臉兒，嘴唇上點著鮮紅的胭脂，穿一身白羅衫兒；越顯出細細的腰肢、高高的乳頭來。那粉腮兒上配著漆黑的眼珠。

澂貝勒見了這樣一位美人兒，禁不住勾起他的舊病來，便接二連三的飛過眼風去；那婦人見了，不覺微微一笑，也暗地裏遞過眼色來。澂貝勒見了，喜極欲狂；恰巧有一個孩子，揹著竹筐走來，筐子裏裝著蓮藕，過來喊賣。那婦人伸出手來，向那孩子招手兒；澂貝勒見這婦人的手，長得白淨尖細，越發

動了心。

趁她在那裏買蓮蓬的時候，便打發一個小廝過來，替她給了那孩子的錢；說道：「這蓮蓬是我們大爺買著送妳的，我大爺想得妳厲害，要和妳見一面談談心，不知妳可願意嗎？」

那婦人聽了，笑罵道：「想扁了你家大爺的腦袋！誰有空兒會你家大爺去。」這婦人一邊罵著，一邊卻剝著蓮心吃著。

那澂貝勒如何肯干休，再三叫那小廝說去，又解下一方漢玉佩來送過去，求那婦人；那婦人看他求得至誠，便答應了。說道：「我家裏人多眼多，不便領你家大爺進門去；請你家大爺揀一個清靜地方，我們會一面罷。」

澂貝勒聽了這話，歡喜得心花怒放；便站起來，把這婦人領出了十岔海，又領到一家酒樓上。這酒樓名叫長春館，澂貝勒常在他家喝酒的；店小二認得他是貝勒爺，見他帶了一個婦人，忙把他兩人一領，領進一間密室裏。一邊吃著酒，一邊調笑起來。那婦人原是十分風騷的，三杯酒下肚，越發嫵媚動人；澂貝勒實在忍不得了，便把店裏掌櫃的喚來。

這掌櫃原帶著家眷的，澂貝勒給他一張一千兩的銀票，要他把掌櫃奶奶的床鋪讓出來。那掌櫃的見有銀子，又知道這位大爺，是當今皇上嫡親的姪兒，勢力很大，他如何不依；便立刻答應下來。當夜澂貝勒和這婦人，便在長春樓中成其好事；他兩人你歡我愛的過了一夜。第二天，直睡到日上三竿，才懶洋洋的起床來。

澂貝勒下了床，那婦人還盤著腿兒，坐在床沿上，雲鬢半墮，星眼微潤，露著十分春意。澂貝勒越看越愛，向她怔怔的看著；那婦人禁不住「嗤」的一笑，說道：「看什麼？和你睡了一夜，難道還不認識你姑母嗎？」

澂貝勒被她這一說，不覺又詫異，又疑心起來；心想這婦人怪面熟，卻在什麼地方見過？怎麼她自己稱姑母呢？便連連的追問。那婦人祇是抿著嘴笑，不肯說；後來澂貝勒急了，那婦人說道：「你先跪下來見過禮兒，咱們再攀親眷。」

那澂貝勒被她的風騷樣兒迷住了，真的對她跪下；那婦人伸手去把澂貝勒拉起來，說道：「我的乖乖好姪兒，待我告訴你聽罷。你可記得你娶福晉的那年，我曾到你府上來吃過喜酒，你還趕著我喊小蘭姑媽的呢？」

澂貝勒聽到這裏才恍然大悟，說道：「妳的丈夫可是蘭大爺嗎？」那婦人點點頭。

澂貝勒一拍手，說道：「這可了不得了！妳真是我家的姑太太呢！咱們五年不見，怎麼老記不起來？昨天見面的時候，妳又不說。」

那婦人聽了，伸手在澂貝勒的臉上一擰，說道：「我擰下你這張小嘴來！我昨天看你急得厲害，一刻等不得一刻的了；我若說了出來，豈不掃你的興？再者，你那姑丈做了一個窮京官，一個月幾個大的官俸，夠我什麼用？我也要到外邊來找幾個錢活動活動。如今既遇到了你，咱們便宜不出自家門。」說著，便哈哈大笑起來。

澂貝勒雖明知姑母姪子有關名分；但看看那婦人實在迷人迷得厲害，他兩人便依舊戀戀不捨，天天到這酒樓中來私會。後來日子久了，澂貝勒和那婦人商量，要接她回家去住著；那婦人說道：「我家中有婆婆、有丈夫，如何使得？大爺倘真要我，快去在冷僻地方買下房子，買通幾個混混兒，在路上搶我去，住在那房子裏，我和你一雙兩好的住著，豈不甚妙？」

澂貝勒聽了她的話，便在南下窪子地方，買下一所宅院。看看又到了夏天，他姑母依舊一個人到十岔海去喝茶乘涼；正熱鬧時候，忽然人叢中搶出五七個無賴光棍來，攔腰抱住那婦人，搶著便走。那婦人假裝做叫喊著，便有人要上去幫著奪回來。旁邊有人認識那班光棍，是澂貝勒養著的；忙說道：「這是澂貝勒打發來的，誰敢奪去？」那人聽說澂貝勒，也便嚇得縮在一邊，眼看著這婦人被他們搶去。

從此以後，京城地面上沸沸揚揚的傳說，澂貝勒強搶良家婦女；好在這種事情，在那時地方上常常有的，大家聽了，也不以爲奇。

那瀓貝勒和他姑母，真的在那新宅子裏，甜甜蜜蜜的做起人家了；獨丟下那婦人的丈夫，孤孤淒淒的，他官也不做了，終日哭哭啼啼的，滿京城裏找尋他的妻子。找來找去，不見他妻子的蹤跡；蘭大爺想妻子想瘋了，終日披散了頭髮，袒開了胸膛，哭哭啼啼，在大街小巷裏，逢人便告訴他妻子被瀓貝勒搶去了。後來這風聲慢慢的傳到老爺耳朵裏，便一面派人把蘭太爺送到醫院裏去醫治，一面上奏章，參了瀓貝勒一本。

這時，瀓貝勒的父親恭親王奕訢，正在宮裏幫著皇上辦軍務重事；皇帝見了這本奏章，也不說話，遞給恭親王自己看去。恭親王見奏參他兒子姦佔族姑一款，嚇得他忙跪下地來，向皇帝磕頭。皇帝說道：「你也該回家去照看照看了。」

那恭親王帶了奏摺出宮來，趕到瀓貝勒家裏；一問，知道貝勒爺多日不回府了。恭親王一聽，這事情是真的了，便傳齊府中奴僕，一一拷問；有幾個家人熬刑不過，便供出說：「貝勒爺新近在南窪子買了一所宅子住著，爺有沒有荒唐的事情，奴才卻不敢說。」

恭親王聽了，便帶同家役人等，趕到南窪子地方；打門進去，果然雙雙捉住。恭王一看，認得那婦人是同族的妹子，這一氣，把個王爺氣得鬍子根根倒豎，一揚手，在瀓貝勒臉上打了無數個耳光；親自扭著，送到宗人府裏。一面進宮去，先自己認罪，把瀓貝勒姦佔族姑的情形一一奏明了。

咸豐帝聽了也大怒，下諭革去載澂貝勒功名，打落在宗人府高牆裏，永遠圈禁。那婦人也由宗人府鞭背三百，監禁三年；限滿，交丈夫嚴加管束。

後來恭親王的福晉死了，澂貝勒託人去求孝貞后，放他回家奔母喪去；誰知載澂一出宗人府，便又橫行不法起來。在他府中的丫頭老媽子，都被他姦污到；他有的是錢，那些丫頭、老媽子得了他的錢；便也願意。

府裏有一個趕車的，名叫趙三喜；他娶了一個媳婦，住在府裏，人人喚她喜大嫂，卻是一個爛污不過的女人。府中上上下下的人，都和她有交情；給澂貝勒露了眼，忽然也看中了她，把這媳婦喚進書房去睡了幾夜。誰知這喜大嫂是有毒的，不上一個月，澂貝勒渾身惡瘡大發；暗地裏請醫生醫治，終是無效。

這時候到了夏天，惡瘡潰爛，滿屋子臭味薰蒸；澂貝勒躺在床上，不能行動，終日大聲叫著痛。看看到了秋天，那病勢愈重；醫生說不中用了，澂貝勒自己也知道不中用了，求著人去把他父親請來，要見一面兒。那恭親王聽說兒子害病，反十分歡喜，天天望他快死；後來澂貝勒打發人去請，恭親王不願去見他兒子，連請幾次，他總不去。

不知怎麼，給孝貞后知道了；便勸他姑念父子一場，去送一送終也是應該的。恭親王看在皇后面上，便到他兒子家裏，去看望瀓貝勒。這時瀓貝勒直挺挺的睡在床上，祇剩一口氣；恭親王掩著鼻子，走進屋子去一看，見載瀓穿著一身黑綢衫褲，用白絲線，遍身繡著百蝶圖。恭親王見了，連罵：「該死！該死！」一轉身，便走出屋子去；那瀓貝勒不久便死了。那班王爺們知道了，都說他自作孽。

這時英法聯軍在廣東鬧得十分厲害；太平軍趁此機會，沿長江，占領太平、蕪湖、池州、安慶一帶地方。南京的李忠王，又帶兵打進杭州一帶。

咸豐帝起初原打起精神管理軍國大事，後來看看大局一天糟似一天，便又心灰意懶起來，慢慢兒也不高興坐朝了；在宮中，祇和那班妃嬪宮女們玩笑解悶。咸豐帝是最愛南方女子的，他見宮中一班滿洲婦女，總是粗蠢可厭，便暗暗的囑託崔總管，在外面物色江南女子。

圓明園裏雖也有一個冰花，但他也因日久生厭了；不多幾天，崔總管居然弄了四個江南美人到園子裏來住著。這四個美人，皇帝特賜她四個名字：一個名叫杏花春，一個名作陀羅春，一個名叫海棠春，一個名叫牡丹春。這四春在園中分住四處，杏花春住杏花村館，陀羅春住武林春色，海棠春住天然圖畫樓，牡丹春住央鏡鳴琴室。她們住的地方，都是十分清幽。咸豐帝在四處輪流臨幸著，十分快樂，越發把國事丟在腦後了。

講到這四春裏面，要算牡丹春的面貌最是濃艷。這牡丹春，是蘇州山塘上小戶人家的女兒；她家門

口是來往虎邱的要道，凡是豪商富紳，每天車馬在她門口走過的很多。那牡丹春閒著無事，又愛站門口；這時有一個姓郭的，原是揚州鹽商，十分豪富；他跟了許多朋友到虎邱來遊玩，見了這女孩兒，便十分喜歡，立刻到她家去，願意拿出一千塊來，買她回家去做姨太太。

這時，牡丹春有一個老母，聽說有一千塊錢，十分願意；祇有牡丹春不願意。後來那姓郭的再三挽人來勸說；牡丹春說，定要揀日子和那姓郭的拜過天地做夫妻，才肯嫁他。後來，那姓郭的想牡丹春實在想得厲害，便也答應她；日子揀在八月十二。誰知到了七月時候，太平軍攻破揚州城，那姓郭的逃到蘇州來，趁便把牡丹春母女二人，帶著逃進京去。

沿路牡丹春避著姓郭的，不肯和他同房；直到了京裏，這時崔總管正在那裏打聽江南來的人家，可有美貌婦女。後來聽說姓郭的家裏有一個美人，崔總管和姓郭的去商量，願意拿六千兩銀子，把牡丹春買進宮去；又答應給姓郭的五品京堂功名。那牡丹春聽說進宮去，她十分不願意；無奈這姓郭的因貪圖功名，便把牡丹春哄進園去。

祇見裏面池館清幽，水木明瑟；曲曲折折，到了一座大院子裏。有兩個旗裝女人上來攙扶她，走進屋子去；見一個男子，方盤大臉，坐在榻上。那男子身後，也站著許多旗裝女人，那男子的衣服是渾身黃色的；許多男人穿著袍褂，大家都喚坐在榻上的那男子叫佛爺。

牡丹春進了屋子，便有老媽媽上來，領他到榻前跪下見禮；對她說：「這位便是當今的萬歲爺。」牡丹春到了這時，也便無可奈何，祇得暫時依順著；皇帝卻十分寵愛她。

同時進園來的有五六個漢女，其中有一個揚州女子，年紀祇有十五歲，卻十分活潑；她進宮來不多幾天，覺得厭悶，便常常嚷著要出去。牡丹春勸她耐心守候，她不聽；有一天夜裏，她趁宮女不防備的時候，溜出園去，被園外的侍衛捉住了，送進園來。皇帝知道了大怒，立刻發給管事媽媽，拿白羅帶絞死。從此江南來的美人見了都害怕，死心塌地的住在園中了。

講到那海棠春，原是大同地方的一個女戲子，小名玉喜；常常到天津戲園子裏來唱戲，唱青衫子，面貌又標緻，嗓子也清亮，又能彈琵琶，吹羌笛。那王孫公子天天替她捧場，在她身上花的錢，也整千整萬了，卻一個也看不上玉喜的眼。

其中有一個窮讀書人，名叫金宮蟾的，也迷戀著玉喜的美色，天天到她戲園子裏去聽戲；每去，總是坐在臺口，仰著脖子，目不轉睛的看著聽著；雖是颳風下雨的天氣，他總不間斷的。這金宮蟾原也長得眉清目秀，白淨臉兒；天天玉喜在臺上唱戲，也看見臺下有這麼一個人，在那裏癡癡的看著她。起初玉喜還不覺得，後來日子久了，玉喜也不覺詫異起來。

這時候正是大熱天氣，平日那班捧場的王孫公子都怕熱，不來聽戲；池子裏賣座很少，獨有這金宮

蟾，依舊恭恭正正的坐在臺口。臉上淌下汗來，他連扇子也不帶。玉喜在臺上一邊唱戲，心中不覺感動起來；因此臺上唱的越發有精神，臺下聽的越發有趣味，別人都不曾領會這意思。待玉喜唱完了戲，卸了裝，便悄悄的走下池子來，在金宮蟾身旁陪坐著。

這金宮蟾幾年來一片至誠，如今竟得美人屈駕，真是喜出望外；但是，他雖是想玉喜想得厲害，到底他是一個書呆子，在這眾人之下，見了這位美人兒，不覺怕起羞來，一時裏，找不出話來和她攀談。後來還是玉喜先開口，問他尊姓大名；這是她們唱戲的，對於老看客的老規矩。

那池子裏四面的看客，也不看臺上了；大家把眼光注定在他兩人身上，嘴裏嘖嘖稱羨，說這客人豔福不淺。金宮蟾被眾人的眼光逼住了，越發說不出話來，除告訴了她名姓以後，漲得滿臉通紅，再也找不出第二句話來問她。玉喜看他怕羞怕得厲害，心中越發愛他；悄悄的告訴他，家住在某街某某胡同，對他嫣然一笑，便轉身去了。

這金宮蟾待玉喜走了半晌，才把飛去的魂靈收回腔子裏來；正要站起身來出園去，忽然想到自己原是一個窮讀書人，進京趕考，銀錢原帶得不多，偶然到園子裏來聽戲，卻被她的美貌迷住了，每天買戲票的錢，還是典質得來的。如今已把皮袍質了錢，在這客地裏，借無可借，當無可當，兩手空空，如何去見得我那美人？

第六十七回　命宮魔蠍

金宮蟾迷戀玉喜，又苦得沒有銀錢，祇站在戲園門口發怔。心中想：不去呢，又捨不得丟下這美人兒；要去呢，又苦得囊中空空。後來發了一個狠，把身上穿的紗大褂子脫下來，到長生庫中去典了幾吊錢；穿換了一件夏布大褂子，踱到玉喜院子裏去。

玉喜見了，滿面堆下笑來迎接著；她師傅見了這樣一個窮書生，連眼角兒也不去看他。玉喜見房裏人看他不起，便替他說道：「他是六王爺家裏的師傅，很有勢力的；你們倘然怠慢了他，能叫我們立刻存不住身。」她家裏的人聽了也害怕。

過了一會，擺上酒來，玉喜陪著他在房裏；兩人密密切切的一邊談著心，一邊喝著酒。金宮蟾這時候，快活得好似登了天一般。

吃完了酒，金宮蟾從袖子裏抖出幾吊錢來，放在桌上，轉身便要告辭出去；玉喜一把抓住他的袖子，笑說道：「你真是一個傻子！誰要你的錢來？再者，你既到了我這裏，也由不得你回去了。」說

著，便把他捺在椅子上。

這原是金宮蟾求之不得了，便樂得嘻開了一張嘴，再也合不攏來；他兩人在房中調笑了一陣，便雙雙入幃，同圓好夢去了。

第二天清早起來，玉喜自己拿出錢來，替他開發了房中婢女和師傅們，整整花了一千兩銀子。那班下人得了銀錢，便千多萬謝；從此以後，院子裏的人，都拿他當貴客看待。玉喜每天戲園子裏回來，金宮蟾便早已恭候在她房裏了；那班王孫公子還矇在鼓裏，還在玉喜身上拚命的花錢。玉喜拿了他們的錢，暗暗的去貼給金宮蟾。

後來玉喜打聽得金宮蟾家裏不曾娶過妻子，便打定主意要嫁他；拿出歷年的私房銀子來，悄悄的交給金宮蟾，在三不管地方買下一所宅子。他兩人天天商量著如何打扮這座屋子，買了許多木器，把個屋子鋪設得簇新；揀了一個吉日，打算第二天，他們成雙作對的搬進新屋去住。

金宮蟾僱了許多婢僕，先一日在新屋子裏住著；到了第二天，僱了一輛車兒，準備趕到玉喜家裏，迎接她進屋去。走進院子去一看，頓覺靜悄悄的不見一個人；走到玉喜房裏去一看，祇見脂粉凌落，幃帳蕭條。祇有一個老婆婆守著空房。

宮蟾急問時，她模模糊糊的說道：「進宮去了。」宮蟾再三問時，也問不出一個細情來；沒奈何，走到戲園子裏去候著，直候到曲終人散，也不見玉喜的影蹤。祇聽得一班看客沸沸揚揚的說：「玉喜昨晚被宮裏拿三萬兩銀子，買去做妃子去了。」

宮蟾聽了，心中一氣，魂靈頓時出了竅。原來玉喜果然被崔總管訪到了，連夜和她老鴇說明了，買進宮去。皇帝看她兩朵粉腮兒紅得如海棠花似的，便取她一個名字，叫海棠春。宮蟾在外面打聽得千真萬真，便悄悄的回到新屋子裏去，一條帶子吊死在床上。那海棠春進得宮去，也因想宮蟾想得厲害，一病不起，抑鬱死了。

在四春裏面，年紀最小，皮膚最白的，要算是杏花春。講到這杏花春，原是好人家女兒；祇因從小死了父母，她叔父拿她賣在一家姓石的大戶人家，做陪房丫頭去。那石家祇有一位小姐，杏花春便終日陪伴著這位石小姐；石小姐的父親進京做官去，把家眷帶在京裏，後來石小姐嫁了一位徐尚書的少爺，杏花春也跟著到徐家去做陪房丫頭。那徐少爺也是一位侍郎，見石小姐長得漂亮，便出奇的寵愛起來；因寵愛，便變成了一個懼內的丈夫。

這時，杏花春年紀也到了十五歲，懂得人事了；長著水盈盈的兩粒眼珠，蘋果似的兩朵粉腮兒，一張櫻桃似的小嘴，嘴邊長著兩個酒窩兒，笑一笑，對人溜一眼，真要叫人丟了魂靈。她小主人石侍郎，想著要調戲她；祇因夫人的醋勁大，又不敢放膽下手，祇得在背地裏動手動腳。那丫頭也因主母寵愛她，一心想要嫁一個如意郎君；任你主人如何調戲她，總是不肯。

後來石侍郎忍不住了，向她夫人跪求，要這個丫頭做姨太太；他夫人聽了大怒，忙把這丫頭藏起來。這時有一位宗室福晉，和石侍郎夫人最說得投機，便把這丫頭去寄存在宗室家裏。那宗室貝勒原是和崔總管通聲氣的，知道那崔總管正在外面物色江南美人，見了這丫頭，便讚不絕口，忙去和崔總管說知。

崔總管到宗室家裏去一看，連聲說妙；貝勒福晉立刻去把侍郎夫人請來，和她說崔總管願拿出二萬銀子來，買這丫頭進宮去。侍郎夫人聽了，滿口答應；心想：「這魚腥擱在家裏，難免被丈夫偷上手；如今送她進宮去，落得眼前乾淨。」

石侍郎便辦了一桌酒，請這丫頭上面坐著，夫妻兩人雙雙跪下，對她拜著；求她見了萬歲爺，替他說些好話，這丫頭也點頭答應。一進宮去，取名杏花春，受皇帝的寵幸；杏花春也常常在皇帝跟前，替石侍郎說許多好話。後來，這石侍郎果然很快的陞了官，不到一年工夫，直放河南布政使。

這杏花春生性善笑，笑的時候，瓢犀微露，星眼也斜；咸豐帝在盛怒時候，見了這杏花春的笑容，也便立刻轉怒爲喜。咸豐帝又愛吃酒，酒醉的時候常常發怒；每到發怒的時候，便有一二個太監或宮女遭殃，輕的被打，重的被皇帝殺死。到酒醒的時候，又十分悔恨，拿出整千萬的銀子來撫卹那遭殃的。

祇有杏花春陪侍皇帝，從不曾吃過虧；每到盛怒時候，祇叫杏花春展齒一笑，倒在皇帝懷裏，皇帝也立刻把怒容收起，滿面堆下笑來，伸手把杏花春摟在懷裏。說道：「這真是朕的如意珠兒呢！」因此別的妃嬪遇到皇帝盛怒時候，便來求著杏花春去替她討饒，皇帝沒有不准的。宮裏上上下下的人，都稱她「歡喜佛」，又稱她「劉海喜」。

杏花春看待那班宮女，也是十分和順。祇有一樣，是杏花春最壞的脾氣；她別的都不愛，祇是愛錢財。她房裏藏著一個大撲滿，有時得了皇上的賞賜，她都拿去藏在撲滿裏；一任同伴無論如何哄騙恐嚇，她總不肯拿出一個錢來。皇上知道她的脾氣，便格外多賞她些；因此杏花春的私藏很富。她祇怕有同伴的妃嬪向她借貸，見了人，便說自己窮得厲害。

她在宮中，終日無非想著弄錢的法子；她仗著皇帝寵愛，有時有別的妃嬪求她去皇帝跟前討饒，她便伸手向那人要錢，一開口便是五百兩、一千兩，缺分文不可，那人爲要保全自己的性命，沒奈何祇得如數給她。任你事情如何急迫，銀錢倘不如她的數，她總不肯去；那人急了，真正沒有錢，也須寫一張借票，她才肯去。票子到了期，她便百般索取，少一文不行的。許多妃嬪便在背地裏怨恨她。

牡丹春原是十分奸刁的，她見杏花春太不講交情，便想出一個法子來捉弄她。知道杏花春是愛賭錢的，便在暗地裏和同伴說通了，哄她入局；起初故意給她得些小便宜，杏花春看自己贏了錢，便十分高

興，從此她在日長無事的時候，便四處拉人入局。後來她慢慢的輸了，起初小輸，她還肯拿出錢來照賠；後來輸得大了，一輸便是幾千，她便不肯拿出現錢來，總是推三阻四，約定了償還的日子，到了期，她又抵賴不認。

有一天，咸豐帝一人在園中閒走，從尋雲榭繞過貽蘭亭後面，祇聽得亭前一片鶯嗔燕叱的聲音，接著又是嬌聲喝打，皇帝悄悄的踅向亭前去。祇見亭前草地上一群宮女圍著，從人叢裏望進去，祇見兩個漢裝妃子，揪住了在草地上打架；一個瘦小的，被一個長大的按在地下，祇見她拿著兩隻小腳兒亂頓，那長大的妃子一幅石榴裙兒，浸在草地上的一汪泥水裏。

正扭結不開的時候，皇帝看了也發笑；忙推開眾人，上去親自扶她們起來。她兩人還各自低著脖子，揪住雲鬟，不肯放手。皇帝看時，認識一個是杏花春，一個便是牡丹春。兩旁的宮女齊聲喊道：「萬歲爺來了！還不放手嗎？」她兩人聽得了，才放了手。

看她們雲鬢蓬鬆，嬌喘吁吁；皇帝問：「爲什麼事？」

牡丹春一邊喘著氣，一邊奏說：「杏花春賭輸了錢，祇是抵賴不還。」

皇帝問杏花春：「輸了多少錢？」

杏花春回奏說：「一共輸欠了六千多兩銀子。」

皇帝聽了，不覺一笑；說道：「朕替妳還了罷，不用鬧了，快陪朕吃酒去。」

牡丹春聽了不服氣，把粉頸兒一側，小嘴兒一撇，說道：「顯見杏花春是佛爺寵愛的，佛爺替她賠賭帳，一賠便是六千兩，我們是趕不上，怪不得一個大錢也不見賞下來。」

皇帝看牡丹春這種嬌嗔模樣，不覺哈哈大笑起來；忙說道：「朕賞妳，朕賞妳；也賞妳六千兩銀子如何？」

旁的妃嬪一聽說皇帝有賞，便齊聲鼓躁起來；妳也要賞，我也要賞，皇帝統統答應。每一位妃嬪賞銀三千兩；每一個宮女，賞銀三百兩。頓時一片嬌聲說：「謝萬歲爺賞！」咸豐帝聽了也快活；一手搭住杏花春的肩頭，一手搭住牡丹春的肩頭，後面跟著一群妃嬪宮女，迤邐向雲錦墅正屋走來。便在屋中開懷暢飲，當夜牡丹春和杏花春兩人同被召幸。

從此以後，杏花春開了例規，凡是自己輸了錢，總求皇帝代還賭帳；那班妃嬪見有皇帝代她還帳，便索性大家串通了騙她的錢。後來杏花春的私房錢越積越多，竟積到十萬多銀子；卻悄悄的叫太監拿出宮去，交給她主母布政使太太替她存放生息。那銀子利上滾利，一天天多起來了。

杏花春祇怕她主母起黑心，謀吞她的銀子，便打發太監去對她主母說，要她主母出一張憑據。她主母聽了十分生氣，立刻要把銀子退回宮去還她。杏花春害怕起來，情願拿一萬銀子孝敬主母，她主母不肯收，杏花春無法可想，便在皇帝跟前，替侍郎的兒子說了，賞他一個小京官才罷。後來外國打進京城來，西太后趁忙亂的時候，叫太監暗地裏去把杏花春勒死了；把她的銀錢統統拿了去。這都是後話。

如今再說那陀羅春進宮時候悲慘的情形。皇帝得了杏花春、牡丹春、海棠春三個美人以後，立意要再去找一個美人來，湊成四春。有一天，皇帝喬扮作客商模樣，出宣武門閒玩去；走過金鎖橋下，遠遠望見對岸一個女孩子，在河埠洗衣服，那女孩面貌長得十分美麗。急過橋去看時，那女孩兒已走進一座黑漆臺門裏面去了。

皇帝在門外守了一回，不見她出來；當日回宮去，便吩咐崔總管，明天多帶幾個侍衛，到她家打聽去。那崔總管奉了聖旨，第二天趕到金鎖橋，先在她四鄰探問；才知道這家姓李，家中祇母女二人，母親是個寡婦，女兒今年十七歲了。崔總管聽說都是女流之輩，諒來總是容易弄到手的，便去金店裏兌了一千兩銀子，分開裝在四隻紅盤裏，叫四個侍衛捧著；崔總管前面領著，打門進去，把銀子擱在廳屋裏，把來意說明了。

那寡婦聽了一口拒絕，說道：「我女兒已說有婆家了；便是沒有婆家，也不願葬送她到深宮裏去。誰稀罕你的銀子來！快拿出去！雖說是皇帝家裏，也要講個理，怎麼可以強逼良家女子做這下賤事情？

快出去！你若不出去，我便到提督衙門告狀去。」

崔總管聽了，不覺大怒，說道：「諒妳一個婦人，怎能跳出咱家萬歲爺的手掌？我如今且去，在這十小時內，管教妳家破人亡。」那寡婦聽了正要說話，還是她女兒走來，把母親拉進屋子去。直待崔總管走遠了，她女兒對母親說道：「孩兒聽說，當今皇上是個色中餓鬼；那班強徒雖暫回宮去，還會再來。孩兒若不避開，便要遭他們的毒手；孩兒不如暫時避到姨母家中去。」她母親聽了女兒的話，便把女兒送去姨母家中藏著。

到了傍晚時候，那崔總管帶了十數個侍衛，洶洶湧湧的打進門來，原打算搶劫她女兒的。後來四處一搜，搜不出她女兒；便揪住了這寡婦，在大街上走去。頓時沸沸揚揚，滿京城都說著。消息傳到她女兒耳朵裏，便要挺身出去救她的母親；後來被她姨母攔住，說道：「妳這一出去，便是自投羅網了。她們便拿妳母親恐嚇著罷了。照我的意思，不如趁此機會，找妳夫婿去；妳兩口子立刻成了親，拉著妳夫婿一塊兒求統領老爺，那老爺見妳是有夫之婦，便也無法可想。便是當今皇上，也不好意思硬拆散妳們夫妻的。」

這女孩兒到了此時也顧不得了，祇得託她姨母找媒人，到婆婆家說去。誰知，她那夫婿已在兩年前到南邊去，還不曾回來；如今落在亂兵手裏，生死還未卜呢。女孩兒聽了這個話，自已想想命苦，悲切

切的哭了一場；到半夜時分，解下腰帶，向床上上吊尋死，被她姨母知道，從床上救活她來。祇怕鬧出人命來，將來宮裏向她要人，又要擔許多干係；便勸女孩兒自己投到尼姑庵裏去削髮爲尼，李小姐也依從了她姨母的話。

她母親原有一個尼姑認識的，名叫月真；是這裏西山上，白衣庵中的住持。當時，李小姐便投奔了她去。那月真接著問起，知道李家太太被宮裏捉去，皇帝要把李小姐娶進宮去；聽了又可憐又可怕，忙勸住李小姐的哭。

照李小姐的意思，便要立刻剃下頭髮來；後來還是月真勸住，說道：「妳既到了庵裏，那官家也決不敢到這來搜查。況且妳那夫婿，生死未卜；妳若剃了頭髮，倘然妳夫婿回來了，叫我如何對答？妳既是借我們這佛地來避避災難的，儘可以帶髮修行；待妳母親放出來了，妳家夫婿也回來了以後，再和他們商量去。他們許妳落髮，妳便落髮，那時老尼也擔不著干係。」

李小姐聽了她一番勸說，便也依了她，暫時帶髮修行；跟著那老尼晨鐘暮鼓，清磬紅魚，度她寂寞的生涯。那宮裏天天搜尋李小姐，兀自不肯罷手；他們打聽得李小姐躲在她姨母家裏，也曾到那姨母家裏去搜尋過，尋不到李小姐的蹤跡，便連她姨母也捉去監裏關著，天天拷問。

可憐那李家寡婦年紀也大了，在牢監裏挨凍受餓，肚子裏又氣，身上又安著刑罰；莫說是一個老年婦人，便是強壯少年，也要給他們磨死了。果然不到幾天，那李寡婦便死在監裏。宮裏明欺李家沒有人，便給她一口薄皮棺材，裝著屍身，抬去義塚地埋下；那姨母卻因她姨丈上下花錢，便放了出來。

李小姐住在庵裏，卻一點都不知道；直待她姨母從牢監裏放出來，悄悄到庵裏去告訴，這一番傷心，直把這位李小姐哭得死去活來。她口口聲聲說，母親的性命是被她害死的；如今願跟著她母親一塊兒死去。

她終日尋死覓活，那月真和庵中的眾位師太，晝夜提防；李小姐看看死不得，便另打了一條主意，求著月真，說自己的命已苦到極地，求師父准她落髮苦修。月真看她心志虔誠，便也答應她；揀了一個好日子，給她剃度。

到了那日，佛座前香花供養著；李小姐跪在當地，有兩個年長的女尼上來，把她頭髮打開，分兩股梳著，披在兩旁。月真上來，唸過一卷經；那女尼拿起快剪，颼颼的剪下去，那李小姐的眼淚到了此時，也不覺撲簌簌的落下來。頭髮剪去，留一圈頂髮披上袈裟；月真給她一串牟尼珠，可憐玉貌花顏女，長伴青燈古佛旁。全個庵裏的女尼們看了，誰不可憐她？

誰知她命宮魔蠍，災星未退。有一天，忽然白衣庵裏來了十數個太監，喝女尼們齊來接駕。那月真

帶領眾徒弟匍匐在地；過了一會，高軒駟馬，果然皇帝到了，眾女尼齊呼「佛爺萬歲！」那皇帝直入內殿裏，拜過佛，便高坐炕上；把庵中女尼一一傳喚過來見過。

太監傳話下去，問：「庵中女尼是否到齊？如有未到的，快快喚出來見駕。若有半個不字，管叫妳白衣庵立刻搗成齏粉。」

月真沒奈何，衹得上前來跪奏說：「還有一個新來徒弟，年輕怕羞，不諳禮節，怕犯了聖駕。」皇帝傳旨下去，叫把那徒弟傳喚出來，恕她無禮。

李小姐這時躲在殿後，原聽得親切，心想吾命休矣！不如趁此自盡了罷。一眼看桌上擱著一柄剪刀，她拿起剪刀，向喉嚨裏刺去；說時遲，那時快，早有三四個太監搶進屋子來，把她的剪刀奪去。不由分說，一個人拉著一條臂膀，後面兩個人推著，橫拖豎拽的推上殿來。這時李家小姐雖已剪去頭髮，但一圈劉漢髮兒，後面襯著粉頸，前面齊著蛾眉；豐容盛鬋，不減從前在金鎖橋下遇見時的一樣風姿。

皇帝看了，禁不住笑逐顏開，說道：「美人！美人！真是踏破鐵鞋無覓處，得來全不費工夫。如今妳好好的跟朕進宮去罷。」那李小姐跪在下面，衹有哭泣的分兒，卻說不出一句話來。

皇帝看她哭得可憐，又被她的美色感動了，便親自走下座來，拿袍袖替她拭乾臉上眼淚；用好言勸慰她，說道：「朕和妳也是前世有緣，自從那天在金鎖橋下見面以後，害得朕眠思夢想，廢寢忘餐；如今來喚妳，也並不是要硬逼妳失身於朕，朕求美人可憐朕一片癡心，早早跟朕進宮去住著，使朕得每日望見美人的顏色，亦已心滿意足了。倘然美人要立志修行，朕也不敢相強。祇是這種齷齪狹小的地方，也不是美人可以住得的。朕圓明園中佛殿很多，美人進園去，愛在什麼地方修行，便在什麼地方。朕便打發幾個宮女伺候美人，絕不相強。」

皇帝這番話說得溫存體貼，左右侍從的太監們，從不曾聽得皇帝說過這種溫柔話，聽了十分詫異。

接著，皇帝問：「外面可曾預備美人坐的車兒？」

大家齊聲答應說：「早已備齊。」皇帝吩咐，把這美人好好的扶出去。

李小姐見太監上來扶她，急得逃到月真跟前，向月真懷裏躲去；那月真到了此時，看看也庇護她不得了，便親親切切的勸慰她一番。又附耳低低的對李小姐說道：「小姐到了這時候，也倔強不得了；皇上一動怒，性命便不保。如今皇上既答應妳宮裏去修行，我看這位皇帝，也還懂得可憐女孩兒；祇叫小姐立定主意，不肯失志，皇上也無可如何了。」

李小姐聽了月真的話，心中便打定了一個死字的念頭，一任他們把她接進宮去。

第六十八回　帝子銷魂

李家小姐自從進了圓明園以後，咸豐帝吩咐把她安頓在西山佛寺裏，又挑選了八個年輕宮女，住在寺裏侍奉她；那李小姐到了佛寺裏，真的謝卻鉛華，長齋禮佛。咸豐帝雖有杏花春、牡丹春一班絕色女子陪侍著，但一般濃脂俗粉，皇帝也看厭了；宮中六千粉黛，總趕不上李小姐這種清麗美妙的神韻。

皇帝想起她來，便親自到佛寺裏去看望；那李小姐把皇帝迎接進寺去，便自顧自跪倒在佛座前，誦讀經卷，一任那班宮女伺候著皇上。待到皇上傳喚她，她走到跟前，匍匐在地下，再也不肯抬起頭來；皇帝忍不住了，自己伸手去攙她，她便哭得十分悽涼，口口聲聲說：「萬歲許賤妾進宮來修行，皇帝聖旨，想來總可以算得數了。」皇帝被她一句話塞住了嘴，一時裏卻也反悔不得，祇得任她去；但是眼看著這樣一個絕色美人不得到手，心中說不出的煩悶。

後來，皇帝賞了她一個「陀羅春」的名字，常常到寺裏來和她談談；陀羅春見皇上沒有逼迫她的意

思，便也不和從前一般的冷淡了。祇是有時說起她母親被官府裏用刑拷打，死得苦，要求皇上辦那官府的罪；咸豐便依她，下諭給吏部，著把那官府革了職，充軍到寧古塔去。陀羅春見報了仇，才把悲傷減輕了些。只是皇帝幾次來召幸她，她總是抵死不去；逼得她緊些，她便尋死覓活，拿刀動剪。咸豐帝也沒奈何她，祇得暫時把這條心擱起。

這時祇因皇帝喜歡小腳漢女，那班大臣要討皇帝的好，便到蘇杭揚州一帶，去搜羅了許多小腳姑娘來；有的尖如束筍，有的小如紅菱，各把裙幅兒高高吊起，露出一雙纖瘦玲瓏的小腳來。一霎時圓明園裏花前廊下，都留著纖纖足印。

講到那弓鞋樣兒，越發的鬥奇競巧；有的用紅綠緞子繡著鮮豔的花朵兒的，有的鞋口兒上掛著小金鈴兒的，有的把腳底兒挖空了，裏面灌著香屑，走起路來，步步生香的。

咸豐帝看在眼裏，真是銷魂動魄；祇苦的宮裏規矩，小腳女子一進宮門便要殺頭。後來還是穆總管想出一個法子來，推說是宮裏太監不夠差遣時，僱用民間婦女在宮中打更；這個消息一傳出去，便有許多窮家小戶的婦女進宮來受僱。宮裏定出兩個條件來，第一要年輕，第二要腳小；又揀那皮膚白淨、面貌標緻的，送去在皇帝寢宮前後打更。

那班女人到夜靜更深的時候，都被皇上傳喚進去，一一臨幸；每夜臨幸三人，臨幸過的，都有珍寶賞賜。揀那格外標緻的，便留在宮裏封做宮嬪：不上半年，那封做宮嬪的漢女，差不多把個圓明園都住滿了。皇帝住在園裏，有許多美人陪伴著，再也不想回宮去了。

照宮裏的規矩，皇帝每年三四月到圓明園，名爲避暑；到八月時侯，到木蘭去打過圍獵回來，便回皇宮。咸豐帝這時候，每年一過了新年，便要搬到園裏去住；直到十月裏，還不回宮，非得孝貞后再三上疏請駕回宮，他才不得已回宮去過年。在這三五十日裏，他想著園裏的一班美人，險些要害起相思病來。

祇因皇帝喜歡漢女，那班小腳女子便頓時威風起來；裏面最得寵的，要算杏花春和牡丹春。這兩人在園裏作威作福，那班滿洲妃嬪，個個都去奉承她們。可憐她們都是皇上挑選秀女的時候，選進宮來的，實指望一朝得寵，門戶生光；誰知道，這時皇上迷戀江南美人，把她們一班滿洲少女一起丟在腦後，門庭冷落，簾幕消沉。大家沒有法兒想，祇得來拍四春的馬屁。

其中祇有一個新選進宮來的秀女，名叫蘭兒的，卻是一個在滿洲婦女中，出類拔萃的人才；講她的年紀，正是荳蔻年華，講她的風姿，更是洛神風韻，輕顰淺笑，嬝娜動人。一進園來，指派在桐蔭深處；從此長門寂寞，冷落紅顏。早晚祇聽得笙歌歡笑傳來隔院，問時，原來是天子正和一班漢女在那裏歌舞作樂。蘭兒聽了，祇得嘆一口氣；從此深閉院門，潛心書畫。不多幾天，居然寫得一手好草書，又

畫得好蘭材。

你們不要看她小小蘭兒，她是一個極聰明的女子，也是一個極有作爲的女子；她一生的事蹟很多，掀波作浪，清朝三四百年天下，也斷送在這宮女手裏。下文要敘述她的事情很多，做書的一枝筆忙不過來；如今趁她在不得意的時候，先把蘭兒的出身敘一敘。

她原是滿洲正黃旗人，姓那拉氏；查起她的祖上來，是葉赫部的子孫。太宗的孝莊皇后，也姓那拉；講到她的門第，卻也不壞。蘭兒是她的小名，她父親名喚惠徵。那拉氏到了惠徵手裏，已是十分貧苦；虧得他祖上傳下一個世襲承恩公的爵位，每年拿些口糧來養活家小。

惠徵從筆帖式出身，六年工夫才巴到了一個司員。他太太佟佳氏，卻是大官府人家的小姐，惠徵靠他太太的腳力，從司員放了安徽蕪湖海關道；在前清時候，那道班裏要算關道最闊了。惠徵得了這個美缺，一跤跌在青雲裏，心中說不出的快活；便帶了家眷走馬上任，到了蕪湖。

講到惠徵的家眷，卻不只妻子佟佳氏、女兒蘭兒兩人；還有他兒子桂祥、小女兒蓉兒，一家五口。在女兒中，要算蘭兒年紀最大，這時也有十二歲了。據佟佳氏太太說：蘭兒出世的時候，曾得到一個奇怪的夢；她夢見一個明晃晃的月亮掉下來，落在佟佳氏肚子上。一嚇醒來，便覺得肚子痛；到天明時候，就生下這個蘭兒來。

他們滿洲人看女孩兒，原比男孩兒重；因爲女孩兒長大起來，有做皇后的希望。所以滿洲人家十分尊敬女兒；平常在家裏起坐，總讓女兒坐上首的。何況，如今佟佳氏得了這個夢，越發把蘭兒當寶貝一般看待了。

偏生這蘭兒的面貌，比起妹子蓉兒來，又格外出落得嬌豔；身材又苗條，性格又溫順，人又聰明，又會打扮。同伴十多個女孩兒，祇有蘭兒家境最苦；別人穿綢著緞，戴金插翠，獨有蘭兒沒得這個。但是她一樣穿一件籃竹布大衫，戴一朵草花，總是十分清潔，十分俏麗；任妳如何富家的女兒，總沒有一個人比得過她的。

祇是她有兩樣壞處，便是到老也改不過來。你道這兩樣是什麼壞處？第一樣，是舉止太輕佻；她掩唇一笑，掠鬢一睞，真要迷煞千萬人。第二樣，是愛唱小曲兒；她幼小的時候，惠徵也指教她讀書識字，她在書本兒上的聰明卻也還有限，獨有這唱小曲兒，卻是前世帶來的聰明。無論是京調崑曲、南北小調，祇給她聽過一遍，她便能一字不遺，照樣的唱出來。

她天生成的一串珠喉，又能自出心裁，減字移腔，唱出來抑揚宛轉，格外動人。她起初還不過是清唱唱罷了；後來，她索性拉著親戚中的旗下姊妹來，弄起笙簫，拉起絃索來。台上她的嬌脆歌喉，煞是動聽。她母親佟佳氏，看看一個女孩兒如此放浪，終不是事情，也曾禁阻她幾回；誰知，那惠徵卻很愛

聽女兒的歌唱。

旗下人的習氣，原是愛哼幾句皮黃的；他見女兒愛唱，索性把自己一肚子的京調詞兒，統統教給她。父女兩人早也哼，晚也哼；家裏無柴無米，他也不管。他父女常常配戲，有時唱三娘教子，蘭兒起三娘，惠徵起老薛保；有時唱汾河灣，有時唱二進宮，把個客堂當做戲臺，拉著佟佳氏當做看客。佟佳氏看看勸說也無用，索性氣出肚皮外，也不去勸他了。這是惠徵未做蕪湖關道以前的話。

後來惠徵一到任，蘭兒隨在任上；那蕪湖地方，原是一個熱鬧所在，西門外正是大江口岸，沿江茶坊酒肆，開得密密層層，茶園戲館，人頭濟濟。蘭兒到底是女孩兒心性，她父親又有錢，便帶了一個丫頭、一個小廝，天天到戲館裏聽戲去。

那戲院子掌櫃的，知道是關道的小姐，便出奇的奉承；那蘭兒聽戲，又有一種古怪脾氣，不喜歡坐在廂樓裏規規矩矩的聽，卻愛坐在戲臺上出場的門口看著聽著。天天聽戲，那班子裏的幾個戲子，她都熟識；院子裏的人，都稱她蘭小姐。

那蘭小姐天天在戲院子裏聽戲，還聽得不夠；每到她父親、母親或哥哥、妹妹的小生日，便要把那戲班子傳進衙門來唱著聽著。這蘭兒在蕪湖地方，除聽戲以外，又愛上館子；她父親衙門裏原有親兵的，惠徵便撥兩名親兵，天天保護著小姐，在外面吃喝遊玩。整個蕪湖地方上的人，誰不知道這是關道的女兒蘭小姐。

講到那位關道，祇因在北京城裏當差，清苦了多年；如今得了這個優缺，便拚命的搜刮，貪贓納賄，無所不爲。一年裏面，被人告發了多次；皆由他丈人在京城裏替他打招呼，把那狀紙按捺下來。到了第二年，他丈人死了；也是惠徵的晦氣星照到了，他在關上扣住了一隻江御史的坐船，說他夾帶私貨，硬生生的敲了他三千兩銀子的竹槓。這位江御史在京裏是很有手面的，許多王爺和他好；他到了京裏，便狠狠的參了惠徵一本。

這時惠徵的丈人死了，京裏也沒有人替他張羅；一道上諭下來，把惠徵撤任調省。惠徵得了這處分，祇得偃旗息鼓，垂頭喪氣的帶了家眷，回到安徽省城安慶地方去住著。照那江御史的意思，還要參他一本，把他押在按察使衙門裏，清理關道任上的公款；後來虧得那安徽巡撫也是同旗的，還彼此關點兒親戚，惠徵又拿出整萬銀子去裏外打點，總算把這個風潮平了下來。

但是他做過官的人，如今閒住在安慶地方，也毫無意味；他夫人佟佳氏，也勸他在巡撫跟前獻些殷勤，謀點差使當當。安徽巡撫鶴山，看他上衙門上得勤，人也精明，說話也漂亮，常常替巡撫出出主意，巡撫便也慢慢的看重他。

這時，安徽北面鬧著水災，佟佳氏勸丈夫趁此機會，拿出萬把銀子來，辦理賑濟的事情；又在巡撫

做生日的時候，暗地裏孝敬了兩萬銀子。這一來，並並刮刮，把他太太的金珠首飾也併在裏面了。鶴山巡撫得人錢財，與人消災；便替惠徵上了一個奏摺，說他精明強幹，勇於爲善；便保舉他會辦全皖賑務的差使。

誰知惠徵運氣真正不佳，鶴山這個摺子一上去，不到三天，疝氣大發，一陣痛，把個安徽巡撫活活的痛死了；遺缺交按察使署理。那按察恰巧是惠徵的對頭人，上諭下來，把山東布政使顏希陶陞任安徽巡撫。那顏希陶一到任，按察使便把惠徵如何貪贓，如何巴結上司，徹底的告訴了一番。這顏希陶是著名的清官，他生平最痛恨的就是貪官污吏；如今聽了按察使的話，從來說的，先入爲主，從此他便厭惡惠徵。

那惠徵一連上了三次衙門，顏巡撫總給他一個不見；惠徵心裏發起急來，一打聽，知道是按察使和他抬槓子。這時惠徵所有的幾個錢，都已孝敬了前任巡撫，眼前度日，已經是慢慢的爲難起來，要想打點幾個錢去孝敬上司，也再沒有這個力量了。沒有法想，祇得老著面皮，天天去上院；那巡撫心裏厭惡他，老不給他傳見。

他也曾備了少數的銀錢，托幾位走紅的司道，替他在巡撫跟前說好話；誰知那巡撫實在把個惠徵恨得厲害，一聽得提起他的名字，便搖頭。那替他說話的人，見了這個樣子，便是要說話也說不出了。

看看惠徵住在安慶地方，一年沒有差使，兩年沒有差使，三年沒有差使。你想，他在關道任上把手勢闊了，吃得好，穿得好，住得好；一個道臺班子進出轎馬，這一點體面又是不可少的，再加這位蘭小姐，又是愛漂亮、愛遊玩的人。

在安慶地方，雖然沒有蕪湖一樣好玩，但是一個省城地方，也有幾條大街、幾座茶館、戲館；這蘭小姐也常常出去遊玩，免不了每天要多花幾個錢。況且這惠徵又吃上了一口煙，不但多費銀錢，那新撫臺又是痛恨抽大煙的，一打聽惠徵有這個嗜好，越發不拿他放在眼裏。祇因他是一位旗籍司員，不好意思去奏參他。

惠徵三年坐守下來，真是坐吃山空，早把幾個大錢花完了；起初還是借貸度日，後來索性典質度日，再到後來，借無可借、典無可典，真是吃盡當光，連一口飯也顧不周全了。蘭兒母子四人，常常挨凍受餓；那蘭兒是愛好繁華的人，如何受得這種淒涼，天天和她父母吵嚷，說要穿好的，要吃好的，又要出去玩耍。

這也怪她不得，女孩兒在十五六歲年紀，正是顧影自憐，愛好打扮的時候；蘭兒一年大似一年，且長得一年俊過一年。她這樣花模樣、玉精神的美人兒，每日叫她蓬頭垢面、藍縷衣裳，一把水、一把泥的操作著，叫她如何不怨？每到傷心的時候，便躲在灶下，悲悲切切的痛哭一場。

佟佳氏看著自己花朵也似的女兒被糟蹋著，如何不心痛？到傷心的時候，便找她丈夫大鬧一場。那惠徵眼看著兒女受苦，又何嘗不心痛；祇因窮苦逼人，也是無可奈何的事情。到了這時候，外而室人交謫，內而饑寒交迫；祇因沒有錢去買大煙，鴉片常常失癮，再加憂愁悲苦，四面逼迫著，那身體也便倒了下來。從秋天得病，直到第二年夏天，足足一年；那病勢一天重似一天。

佟佳氏起初因家裏沒有錢，便還挨著不去料理他；到後來，看看他的病勢不對，才著起慌來，從箱底裏掏出一支從前自己做新娘時候，插戴的包金銀花兒來；叫她兒子桂祥拿去典錢。那桂祥比蘭兒年紀大一歲，今年十八歲了；不知怎的，卻生得癡癡癲癲。如今見母親叫他去上當舖去，把他急得滿臉通紅；說：「我不會幹這個。」

平日他家裏上當舖，都是佟佳氏自己去的；如今因她丈夫病勢十分厲害，不便離開，便打發桂祥去，誰知桂祥卻一口回絕說不去。佟佳氏不覺嘆了一口氣，說道：「蠢孩子！這一點事也做不來，卻叫我將來靠誰呢？」說著，不覺掉下眼淚來。

蘭兒在一旁，見她母親哭得淒涼，便站起身來，過去把銀花兒接在手裏，出門自己上當舖去了。那當舖裏的朝奉，見了這美貌的女孩兒，早把他的魂靈兒吸出腔子去；祇是嘻開了嘴，張著兩隻桂圓似大的黃眼珠，從那老花眼鏡框子上面，斜著眼睛，望著蘭兒的粉臉。連連的問道：「好大姐姐！妳要當多少錢？」

那蘭兒看了這個樣子，早羞得滿臉通紅，一肚子沒好氣；說道：「你看值多少，便當多少。」

那朝奉說道：「十塊錢夠嗎？」

蘭兒聽了，不覺好笑；心想：「一支銀花兒，買它祇值得一兩塊錢，如何拿它質當，卻值得十塊錢呢？」當下她也不和他多說，祇把頭點了點。

可憐那朝奉，祇因貪看蘭兒的姿色，眼光昏亂；把一朵包金花兒看做是真金的，白白賠了十塊錢。

那蘭兒捧著十塊錢，趕回家去；又出來延請醫生。那醫生到她家去診了脈，祇是搖頭。說：「癆病到了末期，不中用了！妳們快快給他料理後事罷！」

佟佳氏聽了這話，那魂靈兒早已「嗡」的飛出了頂門；心想：如今一家老小流落他鄉，莫說別的，祇是丈夫死下來，那衣衾棺槨的錢，也沒有地方去張羅。誰知這個念頭才轉到，那惠徵睡在床上，已經在那裏裝鬼臉了。佟佳氏忙拉著她兒子桂祥、女兒蘭兒、蓉兒，趕到床前去叫喊；已是來不及了。看他祇有出來的氣息，沒有進去的氣息，不到一刻工夫，兩眼一翻，雙腳一頓，死了。

那佟佳氏捧著丈夫的臉，嚎啕大哭，想到身後蕭條，便越哭越淒涼；那桂祥、蘭兒、蓉兒也跟著哭。這一場哭，哭得天愁地慘；那佟佳氏直哭到天晚，還不曾停止。左右鄰舍聽了，也個個替她掉眼

淚。其中有幾個熱心的，便過來勸住了佟佳氏；說起身後蕭條，大家也替她發愁。

可憐惠徵死時，連身上的小衫、褲子也是不周全的。鄰舍中有一個周老伯，看他可憐，便領頭兒在前街後巷，抄化了十多塊錢；連那當舖子裏拿來的十塊錢併湊起來，買了幾件粗布衣衾。但是那棺槨依舊是沒有著落，後來又是那周老伯想出法子來，帶了蘭兒，到那班同寅家裏去告幫；有幾個現任的官員，有幾位闊綽的候補道，其中還有幾位旗籍的官員。

第六十九回　當年因緣

周老伯帶了蘭兒，到各處同寅家裏去告幫。從來說的，兔死狐悲，物傷其類；那班同寅聽說惠徵死得如此可憐，豈有個不動心的。回想到自己浮沉宦海，將來不知如何下場；因起了同情心，便你也十塊，他也二十塊，大家拿出錢來幫助他。尤其是旗籍的官員出底格外關切些，那送的喪禮格外豐厚些，再加這蘭兒花容月貌，帶著孝，越發俊俏了。

蘭兒原是一個聰明女子，她跟著周老伯到各家人家去，見了宅眷，便是帶哭帶說，說得悽惻動人；那班老爺公子又被她的美貌迷住了，越發肯多幫幾個錢。因此她這一趟告幫，收下來的錢卻也可觀，回到家裏，點一點數兒，足足有三百多塊錢。佟佳氏做主，拿二百塊辦理喪事，留著一百多塊錢，打算盤著丈夫的靈柩回北京去。

惠徵這一家人家在安慶地方，平日原是東賒西欠過日子的；如今聽說他們要扶柩回京了，那債主便四面八方跑來，把個佟佳氏團團圍住，來勢洶洶，向她要債。五塊的、十塊的，什麼柴店、米舖、醬

園、布莊，統共一算，也要二百塊錢光景。佟佳氏無可奈何，揀那要緊的債一還，整整也還了一百塊錢；又對大眾說，一時裏不回京去，求大家寬限幾天。

你想，此番佟佳氏總共祇留下了一百二十塊錢，除去還債一百塊錢，還有什麼錢做回家去的盤纏？佟佳氏無可奈何，祇得再在安慶地方暫住幾天再說。但是眼看著冷棺客寄，一家孤寡，此中日月惟淚洗面，況且手中祇剩有少數銀錢，度日一天艱難似一天；從前借著丈夫客死，還可以去告幫，如今無名無目，卻到什麼地方去借貸？

佟佳氏心中的焦急，那桂祥兄妹如何知道。惠徵死的時候，佟佳氏和兒女三人原做有幾件素服的；如今看看手頭拮据，那素衣從身上一件一件剝下來，依舊送到長生庫中去了。那時候，慢慢的到了深秋，天氣十分寒冷；西風颳在身上，又刺又痛。佟佳氏因貧而愁，因愁而病；病倒在床。那桂祥和蓉兒兩人，原懂不得人事；祇有蘭兒在一旁侍奉。

這時佟佳氏口渴得厲害，祇嚷著要吃玫瑰花茶兒；蘭兒便在母親枕箱邊掏了十幾個錢，囑咐桂祥兄妹兩人，好生看著母親，她自己略整一整頭面，出門買茶葉去。誰知出得門來，西北風颳在她身上；她祇穿了一件夾襖，凍得她玉容失色，兩肩雙聳。她低著頭，咬緊了牙關，向街上走去。虧得那茶葉舖子離她家不很遠，穿過兩條街，繞一個彎兒便到了。這茶葉舖子是她常去的，她母親祇愛吃好茶葉，所以蘭兒常去買茶葉的。

這時她一腳踏進店堂，心中便是一跳；見衹有一個傻子夥計，站在櫃身裏面。那傻子夥計姓牛，名裕生；平日原有些傻頭傻腦的。他最愛看姑娘們，平日站在櫃身裏，遠遠見一個姑娘們在街上走過，他便張大了嘴，伸長了脖子，墊起了腳跟，撐大了眼眶望著。要是有一個女人踏進店堂裏來要茶葉，他總搶在前面，喜眉笑眼的上去招呼；一面天一句、地一句地和那女人兜搭著，一面又多抓些茶葉給她，討她的好兒。

但是，他雖對女人萬分的殷勤，那女人卻個個厭惡他，叫他傻子；而且他平日見的女子，卻沒有一個好的，大半都是窮家小戶的女人，或是大戶人家的老媽子、粗丫頭。他見了已經當她是天仙子，何況見了這千嬌百媚的蘭兒，怎不叫他見了不要魂靈兒飛上半天呢？那蘭兒也曾遭他幾次輕薄，什麼好人兒、美人兒，滿嘴的肉麻話兒；蘭兒總不去理他，拿了茶葉便走。

如今走進店來，見衹有牛裕生一人在店堂裏；且見了自己，早已笑得把眼睛擠成兩條縫，迎將上來。蘭兒心想不買茶葉了，回心又想，母親正等著茶葉吃呢，空著手回去，卻去要叫母親生氣。這樣一想，便硬一硬頭皮，上去買茶葉。牛裕生伸手來接她的錢，她拿錢向櫃上一擲，說了一句玫瑰花茶兒，便繃起了臉兒，不說話了。

那牛裕生一邊包著茶葉，一邊涎著臉，和她七搭八搭；又說：「真可憐！這樣一個美人胚子，卻沒有衣服穿，凍得鼻子通紅，叫我怎不心痛死呢！」嘴裏嘰嘰嘻嘻的說著。蘭兒聽了，總給他一個不理不睬。

那牛裕生包好了一大包茶葉擱在櫃臺上，蘭兒伸手去拿時，冷不防那人隔著櫃身，伸過手來抓住蘭兒的手臂，用力一拉；蘭兒立不住腳，撲近櫃身去。那人騰出右手來，摸著蘭兒的面龐；嘴裏說道：「我的寶貝！這粉也似的臉兒，凍得冰也似冷，怎麼叫我不心痛呢！待我替妳握著罷！」說著，竟把那又黑又糙的手，伸向蘭兒粉頸子裏去；急得蘭兒祇是哭罵。

今天湊巧，店裏人都有事出去了，這街道又是很冷僻的；所以牛裕生放膽調戲著，卻沒有人來解圍。那牛裕生欺侮蘭兒生得嬌小，一手拉住她臂膀，一手在櫃臺上一按，托地跳出櫃臺來，正要伸手上前摟蘭兒的腰時；正是事有湊巧，這時外面闖進一個人來，大喝一聲道：「好大膽的囚囊！竟敢青天白日調戲女孩子。」

那牛裕生見有人進來，忙放了手；連說：「不敢！」

那人氣憤憤的要上去抓住他，說要送他到保甲局裏去；慌得那牛裕生跪下地來，不住的磕頭求饒。

這時，那店裏掌櫃的也回店來了，見了這情形，也幫著求情；一面又喝罵那牛裕生。這時店門外也擠了許多人看熱鬧，大家說：「送局去辦！」

倒是這蘭兒，因爲自己拋頭露面的給眾人看著，怪不好意思的；便悄悄的對那人說：「饒了他也罷，我要回家去了！」那牛裕生聽蘭兒說肯饒放他，便急忙向蘭兒磕下頭去；蘭兒也不理他，拿了茶葉，轉身走出店去了。

走不上幾步，祇見那人趕上前來，低低的向蘭兒問道：「妳是誰家的小姐？我看妳長著這副標緻的臉兒，也不像是平常人家。可看妳身上，又怎麼這般寒苦？」

蘭兒聽他問得殷勤，便也向他臉上打量著，看他眉清目秀，竟是一位公子哥兒；知道他是熱心人，便也把自己的家世背景，和父死母病、流落在客地的情形，原原本本的告訴他。那人聽了連說可憐，他又說自己也是旗人，父親在未城做兵備道；他自己名叫福成。說著，他兩人已經走到蘭兒的家門口。

那福成從衣袋裏掏出四塊錢來，向蘭兒手掌裏一塞；說：「這個妳先拿回去用著罷，我是沒有財產權的，不能多幫助妳。但是我回去想法子，總要幫助妳回京去。」

蘭兒見他給錢，不好意思拿他的，忙推遜著。那福成再三不肯收回，蘭兒心想，一男一女站在門口，推來讓去的，給旁人看了不雅；又想，自己家裏連整個的銀錢也沒有一個了，如今我收了他四塊

錢，也可以度得幾天。可憐窮苦逼人，任你一等的好漢，到這時也不得不變了節呢！

蘭兒這時雖收了福成的銀錢，卻把粉腮兒羞得通紅；低下脖子，再也抬不起頭來。虧得那福成卻是一個少年老成的公子，見蘭兒接了銀錢，便一轉身去走了。蘭兒定了一定心，走進屋子裏去；她母親睡在床上，問：「怎麼去了這半天？」

蘭兒便把茶葉店夥計調戲的事隱去了，祇說：「外面有一個送禮的，送了四塊錢來，孩兒收下了，打發那人去了。」她母親聽說有人送禮來，正因這幾天沒有錢用憂愁；聽了心裏暫時放下，也不去查問它的細情了。

這裏她母子四人，又苦守了幾天；忽然有一天，大門外有人把大門打得應天價響。桂祥出去開門，看時，見一個體面家人，手裏捧著一個包裹；問：「此地可是已故的惠徵老爺家裏？」桂祥點頭說是。那家人便把包兒送上，說：「這是我老爺送給府上的奠儀。」

桂祥把包兒接在手裏，覺得重沉沉的；拿進去打開來一看，裏面封著整整的二百塊銀錢。可憐把個佟佳氏看怔了，忙問那家人時，說是道臺衙門裏送來的。

蘭兒聽了，心下明白；便對她母親道：「想來那位道臺，和咱父親生前是好朋友；如今知道父親死了，卻故意多送幾個錢，是幫助我們盤費的意思。現在我們的光景，也沒有什麼客氣的，便收下了，叫哥哥寫一張謝帖，封十塊錢敬使，打發那家人去了再說。」

可憐她哥哥桂祥，雖讀了幾年書，卻全不讀在肚子裏；這時要他寫一張謝帖，真是千難萬難，寫了半天，還寫不成一個格局。後來還是蘭兒聰明，她平日都看在眼裏；當時便寫了一張謝帖，打發那家人去了。

這裏佟佳氏見有了錢，病也好了；便和蘭兒商量著，打算盤柩回京去。蘭兒便去把那周老伯請來，託他僱船盤柩等事；周老伯也看她孤兒寡婦可憐，便替她幫忙，去僱了一隻大船，又買了許多路上應用的東西，僱了十一個抬柩的人。一算銀錢，已用去了六七十。

到了第三日，佟佳氏把行李都已收拾停妥，正要預備動身時，忽然從前來送禮的那個家人又來了。一見了佟佳氏，便惡狠狠的向她要回那一百塊錢；說：「這錢是送那西城鍾家的，不是送妳們的；快快拿出來還我！若有半個不字，立刻送妳們進衙門裏去。」

佟佳氏聽了那家人的話沒頭沒腦，又是詫異，又是害怕。這時周老伯也在一旁，聽了這個話，知道事情有些蹊蹺；便和佟佳氏說明，拉著桂祥，跟著那家人一塊兒到兵備道衙門裏去。

見了那位道臺，便把惠徵家裏的光景，細細訴說了一番；又說：「現在錢已花去了一半，大人要也要不回來的了。可憐她家孤兒寡婦四口子，專靠著大人這一宗銀錢回家去的；大人不如做了好事，看在

同旗面下，捨了這筆錢，賞了他們罷？」

那道臺聽了，也無可奈何；他也是一個慷慨的人，便也依了周老伯的話，看在同旗的面上，把那一百塊錢，布施了這孤兒寡婦。那桂祥聽了，便千多萬謝，周老伯也幫著他，說了許多好話，去了。

這裏，道臺又吩咐賬房裏，再支二百塊錢，補送到西城鍾家去；一面把他大公子喚來，問他：「爲什麼瞞著父親，打發家人送銀錢到惠徵家裏？你敢是和那惠徵的女兒有了私情嗎？」那大公子聽了，祇是搖頭。

原來，他大公子自從那天送蘭兒回家以後，便時時刻刻把她擱在心上；這也因蘭兒的面貌長得嫵媚，叫人看了越發覺得可憐。這位大公子，又是天性慈善的；他祇苦於手頭拿不著錢銀，但是既答應了蘭兒幫助她，這個心願總是不能忘記的。

也是事有湊巧，這安慶地方有一個姓鍾的鄉紳，這位道臺從前也得到他好處過的；前幾天，那位鄉紳死了，打聽得他身後蕭條，這道臺也曾說過，須得要重重的送一封禮去報答他。這句話聽在大公子耳朵裏，心想：「這機會不可錯過；我須得要借這一筆錢，救救那可憐的美人兒呢。」

他便時時留心；到第二天，果然吩咐賬房裏封二百塊錢，打發家人送去。那大公子守在賬房門口，見家人拿一封錢銀出來，他便趕上去，推說是大人打發他來叮囑的，改送到已故的候補道惠徵家裏去。

那家人見公子傳著大人的命令出來，總不得錯，便把那銀錢改送到蘭兒家裏去；拿著謝帖，回衙門來。那大公子便把謝帖接去藏著。賬房問時，家人說：「那謝帖是大少爺拿進去給大人瞧了。」賬房聽了，也便不疑心。

到了第三天，那賬房到上房裏來回話，順便又問起那張謝帖；這道臺說：「不曾見。」賬房聽了，十分詫異；忙傳那家人問時，家人說：「確實是大少爺拿去了。」又傳大公子，那大公子見無可躲避，便把那張謝帖拿了出來；他父親接過去一看，見上面寫著「不孝孤子那拉桂祥」，不覺大大詫異起來。

急追問時，這家人推說：「是大少爺吩咐，叫改送到已故候補惠徵家裏去。」道臺聽了，不覺咆哮起來；一面喝叫家人，快去把那封禮要回來，一面盤問他大公子，爲何要私地裏改送到惠徵家去？他大公子便老老實實，把那天在茶葉舖子裏，遇到那蘭兒的情形說了出來。

他父親聽了不信，喝著叫他把實情說出來；正在盤問的時候，那家人正帶周老伯和桂祥到來。經周老伯拿桂祥家裏的實在情形說了一遍，道臺聽了，便也不覺起了兔死狐悲的念頭；把二百塊錢做了好事，放桂祥去了。但是，他總疑心大公子在蘭兒身上有什麼私情，便又盤問他。

那大公子指天誓日，說：「決不敢做這無恥的行爲。」那賬房和道臺太太，也在一旁解說：「大少

爺心腸軟是真的；但講到那種下流事情，卻從來不曾有過。」道臺聽了才放了心，反稱讚了幾句；又說：「下次不可獨斷獨行，凡事須稟明父親。」大公子諾諾連聲的退去。

到了第二天，他未免有情，便悄悄的跑到蘭兒家去看望；誰知人面何處，樓已秦封。向左右鄰舍打聽時，說她全家人都動身走了。大公子又打聽得停船的地方，急急趕去；可惜祇差了一步，那蘭兒的船已漾在河心，祇剩一個空落落的埠頭。這公子站在埠頭上，對著那船，祇是出神；忽然船窗裏露出一個女人的臉來。

大公子看時，認識是蘭兒的臉；祇見那蘭兒微微的在那裏點頭，大公子在岸上癡癡的望著。那船身愈離愈遠，直到看不見了，大公子還是直挺挺的站著不動；直到另一隻船靠近埠頭來，遮住了他的眼光，他才嘆了一口氣回去。

這裏蘭兒在船裏，心中不斷的感念著那公子；想到他親自趕到埠頭來送行，這是何等深情？我家在這落魄的時候，有這樣一個多情多義的公子，今生今世須是忘他不得。

不說蘭兒的心事，再說佟佳氏帶了丈夫的棺木和兩女一子，坐著船，路早夜宿，向北京趕著路程；一船孤寡，看在佟佳氏眼裏，倍覺傷心。她想丈夫在日，攜眷赴任，在這路上何等高興；到了蕪湖地方，那文武官員在碼頭迎接，又連日擺酒接風，又何等風光？如今觸目淒涼，還有誰來可憐我們呢！想著，不覺掉下眼淚來。

一路上孤孤淒淒，昏昏沉沉，不覺已到了天津；從天津過紫竹林，到了北京，不過一日多的路程，轉眼到了家裏。她家原是世襲承恩公，還有一座賜宅在西池子胡同裏，佟佳氏帶著子女住下。這光景不比從前丈夫在日，門庭冷落，簾幕蕭條；說不盡的淒涼況味。

那蘭兒原有舊日作伴的鄰舍姊妹，多年不見，彼此都長成了；又見蘭兒出落得嬝娜風流，大家都愛她。今天李家，明天王家，終日姊姊妹妹，說說笑笑做著伴，倒也不覺得寂寞。她們見她光景為難，姊妹們有贈脂粉的，有贈衣衫的；還有暗地裏贈她母親銀錢的。佟佳氏靠著鄰舍幫忙，勉強度著日子。

看看到了春天，正是桃紅柳綠，良辰美景。北京地方，終年寒冷；難得到了暮春時候，天氣和暖，便有許多紅男綠女，出來逛廟的逛廟，遊春的遊春，十分熱鬧。便是女兒在家裏，也常有女伴來約她出去遊玩；什麼琉璃廠、陶然亭，她們都曾去過。

後來，那班女伴忽然有許多日子不來了；蘭兒想念得她們厲害，便也忍不住親自上門去看望。誰知一打聽，嚇得她急急跑回來，躲在家裏，再也不出門去了。

佟佳氏看了詫異，忙問時，才知道今年皇宮裏挑選宮女，宮裏出來的太監，正搜查得緊；見八旗人家有年輕貌美的女孩子，便也不問情由，硬拉進宮去候選。因此住在京城裏，有女兒的八旗人家，都把女兒深藏起來；已經說有婆家的，便急急催著婆家來娶去，便是沒有婆家的，也替她說了婆家，連晚送了過去，正是鬧得家翻宅亂。

蘭兒認識的這幾家姊妹，差不多都是在旗的，因此她們也忙忙的在家裏躲起來了；蘭兒還矇在鼓裏呢。當下，她母親佟佳氏聽了這個消息，心下卻願意；她心想，選進宮去當一名秀女，也勝似在家裏挨凍受餓，說不定得了皇帝的寵幸，封爲貴人，封爲妃子，都在意中。當下她便把這意思勸著女兒，誰知蘭兒一聽，便嚎啕大哭起來；從此飯也不吃，頭也不梳，終日躲在房裏不出來。

第七十回　少女慈禧

女孩兒家到了摽梅年紀，總未免有幾分心事；便是這蘭兒，她受了那道臺兒子的保護恩惠，心中豈有個不感激的，那公子又長得白淨俊美。從來說的，自古嫦娥愛少年；蘭兒看了他這一表人才，也不由得不動心。祇因他兩人遇合得遲，分離得快；這一段情愫，也無可寄託，祇是兩地想念著罷了。

在蘭兒的意思，那公子是同旗的，終須有進京的一天；到那時，他若有心，天緣湊合，如了兩人的心願，也是說不定的。但是女孩兒的心事，總藏在心眼兒裏面，輕易不肯告訴人知道的。如今聽母親說，要把她送進宮去，急得她嚎啕大哭起來；嘴裏連說：「我不願去！」

佟佳氏看她哭得厲害，便也死了這條心。誰知她母親雖不曾把她送進宮去，她自己卻好似把自己送進宮去了。

前幾天蘭兒倘不出門去，便萬事全休；祇因她那天出門去看望她鄰舍姊妹，她那副俏臉兒、俊身

材，早已落在人眼裏。這時有一個宮內太監，正走到西池子胡同；迎面見了這蘭兒，不覺把他看怔了。心想：天下有這樣美貌的女孩兒嗎？看她穿著長衫、垂著大辮，額上髫髮齊眉，腳下光趺六寸；這分明是八旗女兒了。他看了，忙回宮去，報與崔總管知道。

那崔總管這幾天，正因挑不出美貌的女孩兒來，正在那裏發悶；聽了那太監的報告，便急忙趕到西池子胡同來，在蘭兒附近的人家，打聽蘭兒的家世。知道她父親做過蕪湖關道，又是世襲承恩公；很夠得上做秀女的資格。

原來清宮裏點秀女，也有一定的品級；須得那女孩兒的父親，官做到四品以上，才可以入選。如今蘭兒的父親是從二品銜，恰恰可以當選。秀女的年紀，原限定十四歲到二十歲的；如今蘭兒已是十九歲，正在妙年。

那崔總管打聽明白了，便去報內務府。那內務府此番奉了孝貞皇后的密旨，務要選幾個絕色的女子，叫這位風流天子收收心；因此，那班太監和內務府人員都十分起勁，在外面到處如狼虎似的搜尋著。如今聽這崔總管報來，立刻派了人員，和這總監太監們到蘭兒家裏來。

蘭兒在家裏躲了幾天，見沒有動靜，便也到庭心裏走走；她們不比從前了，一切洗衣煮飯的事情，都要自己動手。這一天，她正在庭心裏洗衣服；那太監們如狼似虎的闖了進來，見了蘭兒，指著她說道：「這不是一個很好的秀女嗎？」慌得蘭兒忙丟下衣服，逃到屋裏去。

佟佳氏見了，忙出來招呼；問：「你們幹什麼來了？」

那總管說道：「妳老太還不曾知道嗎？宮裏選秀女呢。咱們連日東跑西跑，也找不到一個好的；如今知道妳家藏著一個美貌姑娘，怎麼不報名上去呢？妳家姑娘叫什麼名兒？快報出來，咱們替妳送進去；包妳萬歲爺見了，立刻陞做貴人，再陞做妃子，那時多麼榮耀？妳老太感激我們也來不及呢！」

一派花言巧語，說得佟佳氏心裏活動了；想：「我家如今苦到如此地步，這桂祥又是一個傻孩子、沒出息的，祇得望著這兩個女孩兒了。如今宮裏挑選秀女，這個機會卻不可錯過；蘭兒既不願去，我把蓉兒送進去罷！」想著，便進去把蓉兒拉了出來，說道：「我把她報進去罷！」那總管看著蓉兒，祇是搖頭。

那內務府人員便勸著佟佳氏道：「妳家把女兒送進宮去，原圖得個萬歲寵幸，光輝門戶的；那非得女孩兒長得俊美不可。倘然女孩兒面貌長得差些，莫說得不到萬歲的寵幸；且白白把一個女孩兒斷送在宮裏，這又何苦來？我看方才進去的那位大姑娘更好。」

佟佳氏聽了他的話，不住的點頭；便說道：「你們既說我的大女兒好，且容我三天的限期，我那大女兒有些任性，須得我去慢慢的把她勸說過來。你們三天以後再來討信罷！」那總管聽了，連說可以可以，轉身出去了。

這裏佟佳氏到她女兒房裏，橫勸豎勸；總說：「我們家衰敗到這個樣子，妳想想妳父親死的時候，何等苦惱？妳弟弟又是一個傻孩子，不爭氣的，我也不指望他了。如今祇望妳的了。好孩子！妳看在我母親面上，去了罷。仗著妳的聰明美貌，還怕不得意嗎？祇求妳得意了以後，莫忘記妳孤苦的母親便了！」

佟佳氏說到這裏，止不住汩汩的掉下眼淚來，蘭兒也忍不住哭了。這一場哭，把個蘭兒的心腸也哭軟了；便答應她母親，拚著斷送了終身，進宮當秀女去。她母親見女兒肯了，樂得她捧著蘭兒，祇是喚寶貝心肝。

過了三天，那總管又來了；另外捧了一包鮮豔衣服，給蘭兒替換了。佟佳氏和桂祥、蓉兒送她上車，母女姊妹哭著，看車子走遠了，才回進屋子去。

說起此番宮裏挑選秀女，並不是咸豐皇帝的意思，卻是孝貞皇后的意思。這孝貞皇后，是一個賢慧不過的人，又是一個貞靜不過的人；她見皇帝終年住在圓明園裏，和那班漢女廝混著，荒淫無度，不但荒廢了朝政，且又糟蹋了身體；自己又是六宮之主，不能輕易去看管著皇帝。況且皇帝自登位以來，雖有三宮六院，也不曾生得一個皇子；將來大位無人繼承，豈不是一樁極大的心事？

後來她想了一個計策，皇帝既愛好女色，不如索性下一道諭旨，著內務府挑選秀女；也許挑得幾個美貌的女孩兒進來，得了皇帝的寵幸，生下一個皇子來。一來也延了國家的血脈，二來借著那寵妃的情愛，可以管住了皇帝。孝貞皇后主意已定，候著皇帝回宮來的時候，便和皇帝說知。

這咸豐帝和孝貞后之間，夫妻情分雖是很淡，但他也很敬重皇后的；皇后說的話，他在面子上總是依從的。一道聖旨下去，居然挑選了六十四個秀女。皇帝這時的心正在漢女身上，這班旗下女孩兒，卻不在他心上；祇因是皇后的好意，便胡亂挑選了幾個。其餘不中選的，便吩咐送回家去；中選的六十四個秀女，一齊送進圓明園去安插。皇帝選過了秀女，依舊進園去找著四春，尋歡作樂去了。

看官要聽明白，這時蘭兒卻在六十四個秀女之內，一樣的被他們送進園去，安插在桐蔭深處。那桐蔭深處，是一個避暑的地方；那地方原有四個宮女，在那裏看守屋子、打掃門戶，如今又新添了兩個秀女，一個便是蘭兒，一個名叫燕兒。她兩人是同時被選進來的。

這燕兒原是好人家女兒，在家裏吃得好、穿得好，弟兄姊妹又多，十分熱鬧；如今送她到園裏來，冷清清的住著，心中想念父母，因此早晚哭泣。倒是蘭兒進得園來，十分快活，可憐她在家中，苦的日子久了；如今在園裏好吃好穿，又有宮女侍奉著。她又生成小孩子脾氣，愛遊玩的；偌大一座園林，天

天玩耍著，嘻嘻哈哈，東走走、西闖闖，早樂得把家裏的父母也忘記了。

她是何等聰明的女子，她見這桐蔭深處，十分幽雅，滿院子罩著梧桐葉兒，照得屋子裏四壁翠綠；她便拿了許多字帖畫譜，沒日沒夜學起書畫來。真是天生成的聰明女子，況且她在家裏也曾學習過幾時。不到幾天，居然寫得一手好趙體草字，畫得一手好惲派蘭竹，她便畫了許多窗心兒，上面題著恭楷的詩句；把屋子裏的窗心，一齊換過，又在院子裏種下四季蘭花。凡是到她院子裏去的，一踏進門，便覺芳芬觸鼻，清雅怡神。

蘭兒指揮著宮女，天天打掃庭院廊房。她看待宮女如自己姊妹一般，十分親熱；因此那宮女們都聽她的差遣。便是燕兒看她如此高興，也暫時把愁懷丟開，幫著她佈置房屋。看看這桐蔭深處，收拾得清潔幽靜，真是紅塵飛不到，世外小桃源。

你道這蘭兒真是沒有心肝的，祇圖玩耍罷了嗎?原來她如此辛辛苦苦，收拾著屋子，卻是有她的深心在裏面。她看看這地方，是一個極好的避暑所在；現在雖在暮春時候，還不及時，但是到了夏天，終有一天聖駕臨幸到此，那時萬歲爺見了這個清潔地方，不由他不留戀。再者，看了那窗心上的字畫兒，也不由他不注意到自己身上來。只是最可怕的，倘然萬歲爺不到此地來，那可就真沒有法了。

蘭兒一進園，便存了這一條心。她們做秀女的，原每月由內務府發給月規銀子；那蘭兒拿了銀子，住在園裏毫無用處，便把這筆銀子積蓄起來，湊滿了二三百兩，便賞給那太監們。那太監們常常受了她的賞，心中十分感激。在太監的意思，蘭兒賞了銀錢，總有事情委託他們；誰知問時，卻沒有什麼事情。因此那班太監，個個和她好；凡是萬歲爺的一舉一動，都來報告給蘭兒聽，那蘭兒聽了，也若無其事。

看看春去夏來，這時正是盛夏時候；咸豐帝每日飯後，便坐著八個太監抬的小椅轎，到水木清華閣裏去午睡避暑的。從皇帝寢宮到水木清華閣去，卻有兩條道路：一條是經過接秀山房的，一條是經過桐蔭深處的。比較起來，經過接秀山房的，路又平坦，又近便；因此太監們抬著皇帝，總走接秀山房的這一條路。蘭兒打聽得明白，便悄悄的拿銀錢打通總管太監，叫他以後抬著皇帝，從桐蔭深處圍牆外走過；那太監都曾得過她好處的，便依她的話，如法炮製。

那桐蔭深處，外面圍著一道矮牆，東面是靠近路口；從外面望進去，祇見桐蔭密佈，清風吹樹。這一天午後，咸豐帝坐著椅轎，正從桐蔭深處的外牆走過；一陣風吹來，夾著嬌脆的歌聲。在這炎暑時候，看見這一片樹蔭，已覺心曠神怡了；如何又禁得起這勾魂攝魄的歌聲，攢進耳中來？早不覺打動了這風流天子的心。

祇見他把手向矮牆內一指；那班太監，便唵唵幾聲喝著道，抬著聖駕向桐蔭深處走來。一走進門，

濃蔭夾道，花氣迎人，眼前頓覺清涼；皇帝連聲說：「好一個幽雅的所在！」那班宮女和燕兒見萬歲爺駕到，慌得她們忙趕出屋子來，跪在庭心裏迎接。

這時，咸豐帝一心在那唱曲子的秀女身上，走進院子來，那歌聲越越聽得清晰；當時便吩咐眾宮女站著，不許聲張，自己跨下轎來，向屋子裏走去。祇見四面紙窗上，貼著字畫，屋子裏卻靜悄悄的，一個人也沒有；再看那畫幅兒上，具的款是少蘭兩個字，字卻寫得十分清秀。咸豐帝正看著書畫，忽然聽得後院子裏歌聲又起，清脆嬝娜，動人心魄；皇帝跟著歌聲，繞出後院去。

祇見一座假山，隱著一叢翠竹；一個旗裝秀女，穿著一件小紅衫兒，手裏拿著一柄白鵝毛扇兒，慢慢的搖著風，背著臉兒，坐在湖山石上，唱著曲子。真是珠喉婉轉，嬌脆入耳！

再看她一搦柳腰兒，斜嚲著香肩，兩片烏黑的蟬翼鬢兒，垂在腦脖子後面，襯著白玉也似的脖子上面；橫梳著一個旗頭，髻子下面壓著一朵大紅花兒，一縷排鬚掛在簪子上。她唱著曲子，把個粉臉兒側來側去，那排鬚也不住的擺動著。她下身穿著蔥綠褲子，散著腳管，白襪花鞋，窄窄的粉底兒。

咸豐帝終日和那班漢女廝混，也玩膩了；今天見了這豔裝的旗女，頓覺得鮮麗奪目，嫵媚之中，帶著英挺，另有一種風味。祇可惜那秀女祇是側著臉兒，唱著曲子，老不回過臉兒來。咸豐帝原想假咳嗽一聲驚動她的，又聽她正唱得好聽的時候，便也不忍去打斷她的歌聲。祇是靜悄悄的站在臺階上，倚定了欄杆，聽蘭兒接下去唱道：

秋月橫空奏笛聲，月橫空奏笛聲清；橫空奏笛聲清怨，空奏笛聲清怨生。

唱到結末一個字，真是千迴百轉，餘音嫋嫋；祇聽她略停了一停，低低的嬌嗽了一聲，又接下去唱道：

冬閣寒呼客賞梅，閣寒呼客賞梅開；寒呼客賞梅開雪，呼客賞梅開雪醅。

唱到末一字，咸豐帝忍不住喝道：「好曲子！」

那蘭兒冷不防頭背後有人說起話來，急轉過臉兒來看時，原來不是別人，正是她在心眼兒上，每日想著的萬歲爺。慌得她忙趴下地來跪著，口稱：「小婢蘭兒，叩見聖駕，願佛爺萬歲！萬萬歲！」咸豐帝聽她這幾聲說話，真好似鸞鳴鳳唱，便吩咐她抬起頭來。

這才細細的看時，祇見她眉彎目秀，桃腮籠豔，櫻唇含笑。咸豐帝看了，不覺心中詫異；心想：「朕在外面遊玩，見過美貌的女子也是不少；再沒有似她這般鮮豔動人的。朕一向說八旗女子沒有一個美貌的，如今卻不能說這個話了。」

他想著，把手向蘭兒一招，轉身走進屋子去，便在西面涼床上盤腿兒坐了；又指點蘭兒在踏凳上坐下，便問道：「妳適才唱的，是什麼曲兒？」

蘭兒便奏稱：「是古人做的四景連環曲兒。」

咸豐帝說：「妳說四景，朕卻祇聽得秋冬兩景；還有那春夏兩景，快快唱來朕聽。」

那蘭兒稱聲遵旨，便跪在皇帝跟前，倚定匟沿，提著嬌喉唱道：

春雨晴來訪友家，雨晴來訪友家花；晴來訪友家花徑，來訪友家花徑斜。

夏沼風荷翠葉長，沼風荷翠葉長香；風荷翠葉長香滿，荷翠葉長香滿塘。

咸豐帝聽了，笑說道：「這詞兒也做得巧極了！也虧妳記在肚子裏。」

蘭兒便起身去斟了一杯薄荷甜露來，獻在榻前。那皇帝一面喝著，一面打量著蘭兒的面貌。祇見她豐容盛鬋，白潔如玉。她因聖駕來得突兀，也來不及更換衣服，依舊穿著小紅衫兒，半開著懷兒，裏面露出一抹翠綠色的抹胸來。那一條黃澄澄的金鍊兒繞在粉頸上，倍覺撩人。

咸豐帝喝完了杯中甜露，把空杯兒遞給她，蘭兒伸手來接，一眼見她玉指玲瓏，又白淨、又豐潤、又纖細；那指甲上還染著紅紅的鳳仙花汁，掌心裏一抹胭脂，鮮紅得可愛。蘭兒正要接過茶杯去，猛覺得那皇帝伸過手來，把她的手捏住了。接著忽榔榔一聲，一隻翠玉茶杯滾在地下，打得粉碎。蘭兒這時又驚又喜，祇是低著脖子，羞得抬不起頭來。

皇帝趁勢把她一提，提上匟沿去坐著；騰出右手來，摸著她的掌心兒。一邊問她的姓名年紀、幾時進宮來的？又問她家住在什麼地方？父親居何官職？蘭兒聽了，一一奏對明白。

咸豐帝一笑，把她拉近身來，湊在她耳邊，低低的說了幾句話；蘭兒不由得噗哧一笑，祇說得一句：「小婢遵命！」把她兩面粉腮兒羞得通紅；一面忙走出前院去，把那總管崔長禮、安得海兩人傳喚進後院去。

皇帝對兩個總管說道：「快傳諭水木清華去，說朕今天定在桐蔭深處息宴了，叫他們散了，自便去罷。」那總管聽了心下明白，便口稱遵旨；把院門兒掩上，悄悄的退出去了。

這裏蘭兒服侍皇帝息宴，直息到夕陽西下，才見皇上一手搭在蘭兒肩上，走出院子來納涼；蘭兒陪

在一旁有說有笑，看皇上臉上也十分快樂。過了一會，太監抬過椅轎來，皇上坐著，蘭兒跪送出院。

皇上一轉背，那院子裏的宮女和太監們，都向她道喜。蘭兒雖害羞，心裏卻十分得意；她知道皇上這一去，今夜一定捨她不下，必要來宣召的，忙回進房去細心梳粧起來。

在夏天時候，最容易淌汗；午後蘭兒原洗過浴的，祇因伺候聖駕，又不覺香汗濕透小紅衣。她又重新用花露洗了一個澡，輕勻脂粉；宮女替她帶上一朵夜合花兒，打扮得竟體芬芳，專候皇上寵召。

第七十一回　勾心鬥角

蘭兒自皇上回宮以後，明知道皇上捨她不下，夜間必要來宣召；便急急忙忙梳洗一番，打扮得格外嬌豔。到了用過夜膳以後，那敬事房的總管太監，果然高高的拿著一方綠頭牌來；口稱：「蘭貴人接旨！」

那蘭兒聽說稱她貴人，知道皇帝已加了她的封號，心中說不出的快活；忙跪下來，領過旨意，宮女扶她到臥房裏去，照例脫去了衣服，又渾身灑上些香水；一切停妥了，由宮女高聲喚一聲：「領旨！」那總管太監便拿著一件大氅進來，向蘭兒身上一裹；自己身子往地下一蹲，蘭兒便坐在他肩頭。總管太監抱住蘭兒的腿，站起來，直送進皇上的寢宮裏去。

約隔了兩個時辰，仍由總管太監送她回桐蔭深處。說也奇怪，這咸豐帝每夜臨幸各院妃嬪，從不叫留的；祇有這一夜召幸了蘭兒，卻吩咐總管太監留下。蘭貴人院子裏的宮女太監們，見皇上在蘭貴人身上留了種；知道皇上的寵愛正深，將來說不上生下一個皇子來，莫話三宮六院的妃嬪們，便是那正宮皇

后見了她，也要另眼看待的。因此全院子的人，誰不趨奉她？那燕兒原也住在桐蔭深處的，自從蘭貴人得了寵以後，便讓到香遠益清樓去住著。

那咸豐帝自從召幸了蘭貴人以後，便時時捨她不下；每天到桐蔭深處去聽蘭貴人唱曲子。那蘭貴人肚子裏的曲子正多，今天唱小調，明天唱崑曲，後天又唱皮黃；把個風流天子的心鎖住了，天天住在蘭貴人房裏，連夜裏也睡在桐蔭深處，不回寢宮去了。那個什麼牡丹春、杏花春，都一齊丟在腦後了。

蘭貴人又能夠知大禮，常常勸著皇上，須留意朝政；皇上也聽她的話，傳諭軍機處，把章奏送進來閱看。這時長江一帶，正被洪秀全鬧得天翻地覆；曾國藩、向榮、彭玉麐、左宗棠一班將帥，拚命抵擋著，還是天天吃敗仗，失城池。皇上看了奏章，也常常和蘭貴人談及。

蘭貴人卻很有見識，說：「國家承平日久，咱們滿洲將帥都不中用了，陛下不如重用漢人，那曾國藩一班人，自小生長在長江一帶，人情地勢，一定是十分熟悉的。陛下便當拿爵位籠絡他，他們都是窮書呆子，一旦得了富貴，便肯替國家拚命，去殺自己人了！」皇上聽蘭貴人的話說得有理，便照她的主意行去；一天一天把那班曾、左、彭、胡的官階往上陞。

咸豐帝又見蘭貴人寫得一手好字，便叫她幫著批閱章奏；從此，蘭貴人也漸漸的干預朝政，議論國事。咸豐帝看她又有色，又有才，便越發寵愛她起來。轉眼到了深秋，桐蔭深處，皇上嫌它太蕭索了，便把蘭貴人搬到天地一家春去住著。那天地一家春地方很大；蘭兒雖是一個貴人，排場卻很大，手下養著百數十個宮女太監。

蘭貴人進園來的時候，便聽人傳說皇上寵愛著四春，又在園中容留了許多小腳女人，勾引著皇上荒淫無度，早已把那班漢女恨如切骨；她常常想替滿洲妃嬪報仇，苦於那時不得皇上的寵幸，手中無權，也無可奈何。到這時候，皇上的寵愛都在她一人身上，她說的話，皇上句句聽從；她的權一天一天大起來，她的膽子，也一天一天的大起來了。

這時牡丹春、杏花春住在園裏，長久不見聖駕臨幸，心中十分詫異；後來打聽得皇上新寵上了一個什麼蘭兒，卻是旗下女子，但也不十分清楚。園裏的一班宮女太監，何等勢利！見她們失了勢，便走得影跡全無；大家都去趨奉著蘭貴人，又把從前皇上如何寵幸四春的情形，細細的告訴出來。蘭貴人聽了，心中的醋勁越發作的厲害。

這時卻巧有一個漢女，到天地一家春裏去，打聽皇上的消息；躲在樹蔭裏，和一個小太監說著話。蘭貴人正坐在樓窗口，望下來，一瞥眼給她看見了；不覺把無名火冒高了十丈。這時，皇上在涵德書屋傳見大學士杜受田。蘭貴人心想：「趁皇上不在這裏，我便下一番毒手，警戒警戒她們。」

她一面在肚子裏打主意，一面悄悄的調兵遣將；吩咐太監們，去把那漢女和小太監捉來拷問。原來便是住在煙月清真樓的漢女，也曾承皇帝召幸過；如今多日不見皇帝的面了，心中想得厲害，便到這裏來打聽皇上的消息。看那人時，生得皮膚白淨，眉目清秀；裙下三寸金蓮，套著紅幫花鞋，好似一隻水紅菱兒。

蘭貴人看了，心中越發妒恨；便罵一句：「賤人！裝這狐騷樣兒。哪裏是探聽皇上的消息來的，竟是和小太監私會來的；如今被我親眼看見了，妳還敢抵賴麼？」喝一聲：「剝下她的衣服來！」便有四五個宮女上前來，把那漢女按倒在地，解她的衣裙；一霎時剝得上下一絲不留，聳著高高的乳頭，露著白白的腿兒。

又叫：「綁起來！」便有四五個太監上來，把這漢女和那小太監，面貼面綁成一對，喝一聲：「打！」四七支籐條，從那雪白的腰背頭腿上，狠狠的抽下去；一抽一條血，一任那漢女嬌聲哭喊，那籐條總是不住手。看看抽有二三百下，可憐抽得她渾身淌著血；這樣一個嬌嫩女人，叫她如何受得住，早已痛得暈絕過去。

宮女提一桶井水來，向她身上一潑；那漢女哭醒過來；蘭貴人吩咐鬆了綁，又把她小腳鞋子、羅襪、腳帶一齊脫下，露出十趾拳屈的兩隻小腳來。三四個宮女，手裏拿著籐鞭打著，逼著叫她赤著小腳走路。可憐她如何走路？站在那石板地上，已是痛徹心脾；經不得那籐鞭從頭臉上，接接連連打下來，她移一步，便「啊唷！」「啊唷！」的連聲嚷著痛。

蘭貴人還嫌她走得慢，叫兩個宮女拖著她兩條臂兒，在那甬道碎石子路上跑來跑去，那漢女痛得殺豬也似的叫喊起來。後來她實在走不來了，祇拿膝蓋在石子上磨擦；那一條甬道上，滿塗著血。那漢女又痛得暈絕過去了，蘭貴人便吩咐拖走，沉在萬方安和的池底裏。

從此以後，蘭貴人天天拿漢女做消遣品；趁著皇上出去了，便喚太監，滿園子去捉著漢女來，痛打一場，凌辱一場，去沉在河底裏。有的漢女怕吃苦的，得了這個風聲，便預先上吊死的，也有投井的，還有買通太監，悄悄的逃出園去的。把好好一座花明水秀的圓明園，鬧得天愁地慘，鬼哭神嚎；祇瞞住了皇帝一個人的耳目。

那四春住的屋子裏，卻不曾去騷擾過；祇因四春是從前皇上十分寵愛的，難保皇上不再去臨幸，因此她也不敢去驚動。便有許多漢女跑到四春屋子裏去躲著，也算躲過了一場災難。

這時，蘭貴人又得了一個好消息，原來她伺候了皇上，不上一年，肚子裏已懷著龍胎了。咸豐帝聽了蘭貴人的話，心想：「朕玩了多年女人，日夜盼望生一個皇子，也接了大清的後代；那孝貞皇后又是貞靜不過，朕和她親近的機會很少，看來要那正宮生養太子，這事是不成功的了。如今難得這蘭貴人腹

中有了孕，祇望她養下一個皇子來，也不枉朕的一番寵愛。」

從此越發把個蘭貴人寵上天去，真是要風得風，要雨得雨；蘭貴人說一句話，皇上沒有不聽的。

這蘭貴人得了身孕以後，常常害喜，頭暈嘔吐，這是孕婦常有的事。但是在蘭貴人，因自己多殺了漢女，便疑心生暗鬼；在夜盡更深的時候，她偶然從夢中醒來，便覺得那天地一家春的屋子四周，隱隱有鬼哭的聲音，再加上她肚子裏的東西作怪，便終日情思昏昏。

她以爲是鬼附上身了，頗想和皇上說明，搬回宮去；又想到自己肚子一天大似一天，總有幾月淨身呢，那時候，皇上久曠了，難保不再去找那四春，續舊時的歡愛。我還不如趁早勸諫皇上搬回宮去，離了這圓明園；她們這一班妖精，也無法可使了。

她主意已定，便在枕上奏明皇上，說要皇上搬回宮去：「皇上許久沒有回宮去，也得回宮去看望正宮娘娘；再者，皇上也許久沒有臨朝了，也得上殿去，和群臣見見面兒，問問國家的事情；沒得給文武百官在背地裏，說皇上迷住了女色，忘記了國政。」

這位皇上是散漫慣了，他最怕坐朝，如今聽蘭貴人說了這個話，祇因是他寵愛的，不好意思不答應。無奈這蘭貴人今天也說，明天也說；又說：「陛下倘真疼婢子，也得爲婢子留一個地步；沒得給娘娘說，都是婢子迷住了皇上，叫皇上忘記了宮裏。這個名氣一傳出去，叫婢子如何做人？」她說著，不覺兩行珠淚掛了下來。

這時咸豐帝正在寵愛頭裏，見蘭貴人哭了，心中異常肉痛；便忙依了她，在三天內搬進宮裏去住了。這圓明園離北京城，遠在四十里外；那滿朝文武聽說皇上要回宮了，不覺個個心中感激這位蘭貴人。

你道他們爲什麼要感激？原來北京城離圓明園四十里路，那班臣子上朝，須得每半夜起身，坐車的坐車，騎馬的騎馬，趕出城去；到園門口，還不曾聽得雞叫。到天明上朝，各部大臣把事情奏明了，奉天聖旨下來，再趕回京城去，還不曾到午膳的時候。每天這樣跑著；遇到大雪、大雨、大寒、大暑的天氣，那百官走在路上，真是狼狽不堪，叫苦連天。幸得今天蘭貴人一句話，把皇上勸回宮去；他們心中如何的感激！

那蘭貴人一到了宮裏，皇上便把她安頓在熙春宮裏，卻吩咐宮女太監們，暫時瞞著正宮；俟貴人生下皇子，再去報與娘娘知道。因此皇上依舊每天宿在蘭貴人這邊。

那蘭貴人自從有了喜，便常常害病；也曾傳御醫診脈處方，無奈這是胎氣，三日好二日歹的，纏綿不休。皇上又寵愛得蘭貴人厲害，凡是蘭貴人服的湯藥，都要皇上親眼看過；那蘭貴人也撒癡撒嬌的自己睡在床上，卻拉著皇上在床前陪伴著。皇上便和她說笑著解悶兒，因此皇上天天宴起。懋勤殿上雖設

了朝位，卻十有八九是不上朝的；卻累得那班文武官員，天天在直廬裏候著。

這裏面卻觸惱了兩個人：一個是大學士杜受田，一個是宗室肅順。那杜受田趁著皇上御殿的時候，便切切實實的勸諫了一番；說：「如今外患內訌，迫在眉睫；天子一日萬機，正當宵旰憂勤，以期不墮祖宗之大業。」咸豐帝原是敬重杜受田的，又聽他抬出老祖宗來，也便不好說什麼。

那肅順卻很有鋒芒，因爲他是宗室，現掌管著宗人府；宮裏的事情，他都知道。他知道近來皇上新寵上了一個蘭貴人，心中很不以爲然。原來，他本認識蘭貴人的父親惠徵的，惠徵在日，爲了一點點小過節，和他積不相容；又打聽得蘭兒原在桐蔭深處當灑掃的，便也瞧她不起。

他如今直走內線，放了一個風聲給正宮裏；那孝貞后平日最恨的是妖冶的女子，如今聽說皇上迷戀著一個貴人，把坐朝的事情也荒廢了，心中如何不恨。她便不動聲色，起了一個早，坐著宮裏的小黃轎，悄悄的跑到熙春宮來；在寢門外跪倒，拿出祖訓來，頂在頭上，便朗朗的背誦起來。

嚇得皇上忙把蘭貴人推開，從被窩裏直跳起來，跪著聽。一面傳諭勸住皇后，停止背誦；一面起來急急穿了衣帽，到懋勤殿坐朝去。退朝下來，才走到熙春宮門首；見一個太監，慌慌張張跑出來跪倒。皇上喝問他：「什麼事情，值得這樣慌張？」

那太監奏稱：「方才皇后傳下懿旨來，把蘭貴人宣召到坤寧宮裏去了！」

皇上一聽，把靴腳兒一頓，連說：「糟了！糟了！」原來這坤寧宮是皇后的正殿，凡是審問妃嬪用刑的事情，都在坤寧宮裏舉行。

當下咸豐帝聽了太監的話，也不及更換朝衣，便親自趕到坤寧宮來；踏進正屋去，一眼看見皇后滿面怒容坐在上面。那蘭貴人哭哭啼啼，跪在當地；外面的大衣已剝去了，祇穿了一件蔥綠的小棉襖兒。皇后喝一聲「打」，祇見那左右宮女，個個手裏拿著硃紅棍兒，向蘭貴人肩背上打將下去。

皇上急搶步上去，一面攔住棍子，一面對皇后說道：「打不得！打不得！她身上已有五個月的身孕了。」

一句話，嚇得孝貞后面容失色；忙走下地來，親自把蘭貴人扶起。那蘭貴人也十分乖覺，又跪下去，先謝過皇上的恩，又謝皇后的恩。

皇后對皇上說道：「怎麼不早對妾身說知？陛下春秋雖盛，卻不曾生得一個皇子；這蘭貴人既有了身孕，也說不定將來生一個皇子，繼續了宗祧。妾身用杖打這貴人，原是遵守祖訓；倘然因受了杖責，傷了胎兒，豈不是妾身也負罪於祖宗了嗎？」說著，也忍不住淌下眼淚來。

咸豐帝原是十分敬愛孝貞后的，她杖責蘭貴人，卻也不恨她；如今見她哭了，也便拿好言勸慰她。孝貞后又趁此勸諫：「皇上須留心朝事；如今外面長老鬧得不成樣子，十八省已去了一半，如何還不憂

勤惕勵，思所以保全祖宗的基業？那女色一道，萬萬再迷戀不得了！」咸豐帝聽了孝貞后的一番勸戒，不覺肅然起敬。

這時孝貞后也祇得二十三歲，雖說打扮得十分樸素，但究竟是一個少年美婦人；那眉目之間，隱隱露出秀美的神色來。他們夫妻之間，也許是久闊了，皇上這時不覺動了愛慕之念，當夜便在坤寧宮裏宿下。

這皇帝和皇后好合，在皇宮裏算是一件大事；那敬事房太監，須把年份、月份、日子、時辰，仔仔細細的寫在冊子上。皇上住一天，那冊子上寫一天。誰知道，這時皇帝和皇后夫妻久潤，竟一天一天的住著；那敬事房太監一天一天的寫著，足足寫了半年光陰。

在這時候，孝貞后便勸皇上調養身體；知道鹿血是補陰的，便在宮裏養著幾百頭鹿，天天取著鹿血給皇帝吃，又每天清早催皇上起來坐朝。這時皇帝也慢慢的預聞國家大事，才知道外面鬧得一塌糊塗；那洪秀全得了南京，漸漸的逼近京師來，急得咸豐帝毫無主意。

有時退朝回宮，便把這政事和孝貞后商量。那孝貞后說：「妾身是一婦人，懂得什麼朝政？況且中宮干政，祖宗懸爲厲禁；望陛下不要謀及婦人，還是去找那大臣商量的好。」這一番話，說得又婉轉又堂皇，咸豐帝越發敬愛她了。

後來皇上下了一道上諭，派直隸總督訥爾經額爲欽差大臣；專辦河南軍務，抵敵那向北來的長髮軍。這時洪秀全在南京建國，居然也開科取士，勸農務工。那外國人見他聲勢浩大、軍隊眾多；他又口口聲聲說種族革命，爲民除暴，外國人越發相信他。第一個便是美國，派了一隻兵船，直放南京。

太平天國裏，洪秀全的弟弟洪仁玕，是懂得外國規矩，說得外國話的，便派去招待美國船主。那船主遞上國書，居然稱他太平天國天王；洪秀全允許外國人通商，外國人也允許幫助洪秀全。美國公使回到上海，通告英法各國領事；大家對於太平天國都十分滿意。洪秀全也派洪仁玕做欽差，到美國遞國書去。

從此外國人處處幫助洪秀全，與清朝作難；在廣東的各國領事，和那總督耆英作對，步步逼著他。後來耆英內調，做了大學士；徐廣縉做了兩廣總督，葉名琛做了廣東巡撫。英國兵船闖進廣東，徐廣縉帶了團勇，敵住英兵；英兵稍稍退去。朝旨下來，賞徐廣縉一等子爵、葉名琛一等男爵。後來葉名琛還陞做了總督。

誰知這葉名琛陞了總督以後，便自恃有功，十分驕傲起來。他這時十分看輕那團勇，廣東的團勇是從前立過功的，如何肯服？便有團勇的頭目關鉅、梁楫兩人，悄悄的上了英國兵輪，投降去了；卻與英

領事巴夏禮約定，願替他做嚮導。那巴領事一向啣恨這葉總督，苦得無隙可尋；這時恰巧有私販鴉片煙的，冒掛著英國商旗，把船駛進關河來；那巡河水師千總見了，立刻上去把船扣住，把船上十三個中國人捉去，關在監裏。

這事情傳在巴領事耳朵裏，如何肯錯過機會？便寫信去責問葉名琛，說那條船是英國人的。葉名琛見只是小小的交涉，便吩咐人，把那十三個中國人放出去，送還巴領事。誰知巴領事卻不依，要水師提督親往領事衙門裏去謝罪，又要捉那千總去。葉名琛說外國人無禮，便也置之不理，卻也不去防備他；英國領事卻去要求香港總督，帶了兵船來，直攻黃埔砲臺。葉名琛也不理他。

後來，那兵船直開到十三洋行地面，又去攻打鳳凰山砲臺，奪下海珠砲臺，快要到廣州城下了；城裏的司道大員慌張起來，大家都跑到總督衙門去請示。那葉名琛手執書卷，若無其事；忽然霹靂般的一聲響亮，大砲轟進城來，把城牆打得粉碎。葉名琛才害怕起來，打發人去講和。那英國領事和香港總督，祇要葉名琛一個人出來說話，萬事全休；那葉名琛聽了，越發害怕，祇縮著頸子，躲在廣州城裏，不敢出來。

起初還有美國領事從中調停，後來看看葉總督搭架子搭得厲害，也不覺動了氣；便去聯合了法國公使噶羅、英國公使額爾金、俄國公使布恬庭、美國公使利特，一齊帶了兵船，開進廣州。這才把個葉名琛急得手忙腳亂起來；他一面傳令瓊州總兵黃開廣，帶了一百幾十隻釣船紅單船出去抵敵，一面在淨室裏擺設乩壇，扶起乩來。

葉總督跪拜過以後，叩求神仙降壇；慢慢的，果然見那乩筆動起來了，在沙盤上寫道：「吾乃呂洞賓是也。」

葉總督看了，忙又跪下去，默默禱告道：「弟子葉名琛，忝領封圻，職守重大；夷氣甚惡，城危如卵，請祖師速顯威靈，明示機宜。」

禱告已畢，那乩手又扶出四句來道：「十五日，聽消息；事已定，無著急。」

葉總督見上面有十五日三字，他認做外國兵船過了十五這一天，便能退去；便大大的放心，諸事不去理它。

第七十二回　英法聯軍

葉總督迷信了乩仙的話，他打定主意，百事不管，躲在衙門裏靜候過了十五日，外國兵自退；司道等官來請發兵，紳商等人來請練勇，他都不准。英國公使要求五條：第一條，與總督相見；第二條，欲在河南岸造洋樓；第三條，欲通商；第四條，欲進城；第五條，索賠款六百萬兩。葉總督益發不去理他。各國公使大怒，第二天，滿城祇見貼的香港總督的告示：說定於次日破城。

那城裏一班百姓看了，立刻慌亂起來，扶老攜幼，紛紛逃避。葉總督要禁止也禁止不住。不到黎明，果然城外砲聲隆隆，煙焰四起；葉總督沒奈何，暫到粵華書院去避難。廣州紳士崇耀，和將軍暗地裏說通了，在城頭上豎起白旗，求外國兵暫停砲火，把城中難民一齊放出逃命去。

那邊香港總督，也下文書給全城官民；說祇打葉總督一人。於是，巡撫將軍、都統等官員，以及紳士們，都到觀音山上去避難。外國營裏砲火又響，葉名琛無地可躲，城門一破，英國兵先進城來；趕到粵華書院裏，把葉名琛捉住，橫七豎八的把他拖下英國兵船。

這時有一個戈什哈，跟隨在葉總督身旁；他趁外國兵不留意的時候，悄悄的對總督指著海水說道：「大人瞧，這海水不是很清的麼？」那葉總督聽了他的話，莫名其妙；這戈什哈氣憤極了，便縱身一躍，自己沉在海裏死了。

這時英國公使做主，把捉來的廣州官民一齊放回；祇帶了這個葉名琛，從廣州到香港，又從香港到印度，把他關在一間樓屋裏。葉名琛住在印度，卻也自得其樂；終日吟詩作畫，空下來又時時誦讀呂祖經。他的詩畫，署名「海上蘇武」；流傳在外國的卻也不少。

這裏廣東巡撫見外兵去了以後，才提奏入朝。咸豐帝看了不禁大怒，立刻下諭，從兩廣總督起，所有廣州全城文武官員，一律革職；另委了兩廣總督，去和英、法、美三國的公使講和；又委黑龍江辦事大臣，和俄國講和。

這時外國所提出來的條件，卻比不得從前了。總督大臣見條款十分嚴厲，卻不敢做主，便去奏明朝廷；咸豐帝把條款發給軍機大臣會議，議了許多日子，也議不出一個眉目來。那四國兵將見所求不遂，便索性開了兵船，打到北京去。英國兵船十四隻，法國兵船六隻，美國兵船三隻，俄國兵船一隻，一齊停泊在天津白河裏；一面又提出條件，託直隸總督譚廷襄轉奏皇上。

咸豐帝便派戶部侍郎郭崇綸、內閣學士烏爾棍泰前去議和。英國公使見這兩個官銜上沒有「全權」

兩字，說中國政府沒有誠意，又說中國政府瞧他不起；便不由分說，帶同兵船，從白河直闖進大沽口去，不費吹灰之力，佔據了大沽砲臺。咸豐帝沒奈何，便派了桂良、花沙納兩位全權欽差大臣，去和各國議和。各國提出的條款又多又嚴；其中，單講英國公使提出的條款，已有五十六條。

最重要的三條：第一條，是於舊有上海、寧波等通商五口外，加開牛莊、登州、台灣、潮州、瓊州等處；又於長江一帶，從漢口到海州，許其選擇三口，為洋商出運貨物往來之所。第二條，是洋人所帶眷屬，可長住北京。第三條，是償還洋商虧損的兩百萬兩，軍費二百萬兩；付清賠款，方將廣州城交還中國。還有修改稅則、允准傳教等條；此外，法國也提出四十二條，又另索賠款一百萬兩。這兩位欽差也不敢自專，亦請命於朝廷。

咸豐帝這時身體不好，常常害病；也沒有這許多精神去對付外人，便傳諭一概允許。祇令桂、花兩位欽差，會同兩江總督何桂清，親自去查察各海口；何處宜於通商，再定稅則。四國兵船先後開離天津，到上海會齊。總算把這樁外交案件，暫時告一個結束。

那蘭貴人這時居然生了一個皇子，不但是皇帝、皇后歡喜，便是那滿朝文武和薄海臣民，人人都歡欣鼓舞；各處大小衙門，都懸燈慶祝。

這也是當時專制時代，奴隸人民的現象；按到實在，真正心裏歡喜的，祇有咸豐帝一個人。這時立刻把蘭貴人陞做蘭貴妃，那新生的皇子，取名載淳。從此這蘭貴妃，也因自己生了皇子，十分驕傲起來；非但不把宮中的妃嬪放在眼裏，便是那孝貞后，也因她生了皇子，便另眼看待她幾分。

按到實在，這個皇子也不是蘭貴妃生的；乃是圓明園裏的一個漢女，名叫楚英的生的。這楚英姓楚名英，也是好好的讀書人家小姐；她父親是湖南人，在京裏做了幾年小京官，僅僅餬得口。他女兒楚英，卻出落得洛神一般的風韻；官場中慕她的美名，都託人來說媒，無奈她父親生性清高，說他們都是濁富，不配娶我的女兒。誰知到楚英十六歲時，她父親一病死去了；祇落得兩手空空，身後蕭條。

後來宮裏僱用管宮漢女，楚英的母親貪圖它俸祿大，便把楚英送進宮去；便是在楚英心想，也不過到宮裏去打掃庭院，看守房屋，決沒有什麼意外事情的。誰知這位風流天子，卻出奇的喜歡玩弄漢女；他最愛的是那三寸金蓮。恰好這楚英，不但臉兒長得好，而且裹得一雙好端正瘦小的金蓮。

有一天，她在牡丹叢中閒玩著，咸豐帝正從廊下走來；遠遠的望見花叢下面，露出一雙小腳兒來，勾動了他的情懷，忙向侍衛們搖手。那侍衛們也看慣了皇帝的習慣，知道皇帝又要幹風流事情了，便悄悄的避去；楚英便在這一天，受了皇帝的臨幸。任妳如何清潔的女子，待到一踏宮門，總難保得貞節了；楚英那時迫於勢力，也是無可如何。一連召幸了幾次，不覺已有了身孕；肚子一大，皇帝便丟在腦後了。

這時正是蘭貴妃初得寵的時侯，專門和漢女作對；她住在園裏，瞞著咸豐帝的耳目，那漢女被她暗地裏打死的、溺死的，不計其數。後來她又打聽得有一個楚英，曾受過皇帝的臨幸；便吩咐太監，把那楚英去喚來。

在蘭貴妃心思上，滿想把她打死；後來一看見楚英挺著肚子，細細一盤問，知道是龍種，她便立刻變了一個主意。從此把個楚英藏在自己後房，自己也裝著假肚子，哄著皇帝，說自己受了孕了；又怕住在園中耳目眾多，敗露出來，她便把楚英裝成大腳，改了旗裝，夾在宮女隊裏帶進宮去，依舊藏在一間密室裏。

待到那楚英十月滿足，養下一個男孩兒來；便趁著楚英肚子痛得昏沉的時候，拿一杯毒酒，灌在她肚子裏去，立刻把個產婦藥死了，一面暗地裏僱了乳母，在密室中乳著這孩子。看看自己裝的假肚子，也已十月滿足了；便把那孩子抱來，滿身塗著血水，祇推說是自己生下來的。後來皇帝、皇后見這孩子長得格外魁梧，便也格外歡喜。

蘭貴妃看看大事成功，便不覺驕傲起來；又因為住在宮中，有這正宮娘娘管束著，不得任性，便又慫恿著皇帝，搬到圓明園裏去住。這時已在三月終，照例原可以搬進園去住了；皇帝便依了蘭貴妃的話

進園去，依舊住在天地一家春裏。

咸豐帝許久不到園中來，又在這春深的時候，園中景色分外鮮媚；把個風流天子，樂得早把朝廷大事丟在腦後去了。終日帶著這蘭貴妃，到處遊玩。但是咸豐帝大病以後，身體十分虛弱；在園中遊玩要人扶持，常常坐著黃轎，或是坐著御舟，代替行走。

這時園中也養著許多鹿，皇帝天天飲一杯鹿血；幾百頭花鹿養在碧瀾橋東面一處寬敞的地方。蘭貴妃每天帶著幾個宮女，在這地方習騎射，射著花鹿玩兒。

咸豐帝見蘭貴妃騎馬騎得很好，便帶她出園打鳥雀去；由三千御林軍保護著，在萬壽山腳下玩了一天，打得了無數鳥雀。看看天色傍晚，那園中文武大臣知道，皇上快要回園了，便排齊了班次，在園門口候著。

遠遠的聽得靜鞭聲響，御駕已到了門口；文武百官一齊跪下地去。這時，正在鴉雀無聲的時候，忽聽得馬蹄聲響，當先一個旗裝的少婦騎著馬，跑進園門來。見兩旁百官跪著，便在馬上笑說道：「怎麼今天矮子這樣多啊！」嬌聲嚦嚦，一騎馬早已過去了；嚇得百官們頭也不敢抬。後來打聽那騎馬的少婦，便是如今最得寵的蘭貴妃。蘭貴妃進園了半晌，才是御駕到。這一天，皇帝玩得非常盡興。

第二天，是蘭貴妃的生辰，在園裏吃酒聽戲，又熱鬧了一天。皇帝聖旨下來，把蘭貴妃改作懿貴妃；這一天，懿貴妃陪皇上在壺中日月長軒裏吃酒，吃到深夜才安寢。第二天，皇上病酒，忽然吐起血來；慌得懿貴妃忙傳御醫，一面報進宮去。那孝貞后夫妻情分原是深的，得了這消息，便急急趕到園中來看視；虧得皇上的血，是急氣攻肺，吐的是肺血。調看了三五天，便漸漸的止住了；又養了半個月，一樣也能遊玩行走了。

皇上在病中，孝貞后又切切實實勸他保養身體，莫過寵了懿貴妃；又說：「懿貴妃是個受寵不起的人，常常要干預朝政；這不是我們女人應該管的事情。」

那懿貴妃自從生了皇子以後，那言語舉止之間，便是對於皇帝，也不覺常露出驕縱的神色來；咸豐帝也有些覺得，祇是心中實在溺愛她，便也不忍去說她。如今聽了孝貞后的話，知道皇后是一片好意；又知道懿貴妃是十分陰險的女子，便也推著病，不和懿貴妃見面。但是皇后是國母，不能常常陪在皇上宮裏的；這時皇上又想起四春來了，便把牡丹春、杏花春兩人傳來。

一看她們，已經消瘦得多，遠不如從前那種嬌豔模樣了；皇帝便問她們：「為什麼這樣憔悴？」杏花春忍不住哭了；牡丹春便告訴皇帝說，懿貴妃如何虐待她們：「那班宮女太監都害怕貴妃的勢力，吃也不給我們好吃，穿也不給我們好穿；住在園裏，真是苦不堪言。」杏花春又奏說：「懿貴妃住在園裏，專門與漢女為難；瞞著皇上的耳目，拉到屋子裏去，被貴妃活活打死的，又拉去拋在太液池裏

去活活淹死的，不知有多少。」皇上聽了不覺大怒；第二天，便傳旨把懿貴妃召來。

那懿貴妃耳目很長，有那總管安得海替她打聽消息；知道皇上動怒了，懿貴妃便披頭散髮，懷中抱著皇子，進宮去跪在皇帝面前，祇是碰頭求饒，又做出那可憐的樣子來。

說也奇怪，皇上不曾看見懿貴妃的時候，把這懿貴妃恨入切骨；等見了這懿貴妃，便想起從前的一番恩愛，又看她眉眼兒實在迷人，及見她一哭一求，如帶雨梨花似的，越發叫人可憐。再看看她懷中抱著皇子，看在皇子面上，不覺把心腸軟了下來。懿貴妃趁此，又撒癡撒嬌的說了許多牡丹春、杏花春的壞話，咸豐帝反而勸慰她；這一夜雨露深恩，堂堂一位萬歲爺，又被懿貴妃迷住了。

懿貴妃把聖駕接到天地一家春去住著，自己料理皇上的飲食，調養病體；暗暗裏吩咐安得海，外面不論有什麼事，不叫他通報。因此那杏花春、牡丹春和皇上見了一面以後，從此又隔絕了。

直到五月時候，皇上身體漸漸的強健起來，便常常到園中各處去散步納涼；記得各處妃嬪，便傳旨召來，在清水擢纓室裏開宴。那班妃嬪和皇上久別生疏了，也不敢多說話；獨有這懿貴妃，仗著自己是皇上寵愛的，在皇帝跟前有說有笑。皇帝的事情，她一個人攬著服侍；又因爲自己是生了皇子的，便更不把同輩的妃嬪放在眼裏。

外面軍機大臣有奏摺拿進來，懿貴妃便瞞著皇上，說：「皇上正在吃酒開懷的時候，莫給他看奏摺。」便和安得海私地裏冒了皇上的意旨，把那奏摺批出去了。

隔了幾天，皇上坐朝，懿貴妃才把代批奏摺的事情奏明；皇上心中雖不樂，但因寵得她厲害，也不好意思說什麼。後來，懿貴妃看看皇上不說什麼，每逢皇上和大臣們議論朝政，她也在一旁出主意；皇上也因自己懶得管事，漸漸的把那些奏摺都叫懿貴妃代他批閱去，因此，懿貴妃漸漸的開始預聞外事。

有幾個手腳快的人，都偷偷的拿了銀錢，走安得海的路子，孝敬懿貴妃去；懿貴妃一面得了外人的錢財，一面在皇帝跟前包攬事情。皇上也有些看出懿貴妃的弊病來，祇因自己身體實在虛弱得厲害，沒有精神看奏章；以後每逢有大事，便請孝貞后傳見大臣，隔著簾子親自詢問。孝貞后有忙不過來的地方，便叫懿貴妃在一旁讀著奏章。

皇上又把醇親王、恭親王傳進園去，幫著皇上辦理國事；皇上有時和醇親王、恭親王閒談著，懿貴妃站在一旁，也不避忌。懿貴妃見醇親王面目姣好，年紀很輕，打聽得醇親王正死了福晉；便和皇上說了，把懿貴妃的妹妹蓉兒，指配給醇親王。那醇親王見皇上的命令，也不敢不遵從；從此以後，那蓉兒在外面，也暗暗的和懿貴妃通聲氣。

獨有恭親王和肅順兩人不和懿貴妃聯絡；常常在皇帝跟前勸諫，不可使貴妃干政。咸豐帝也明知

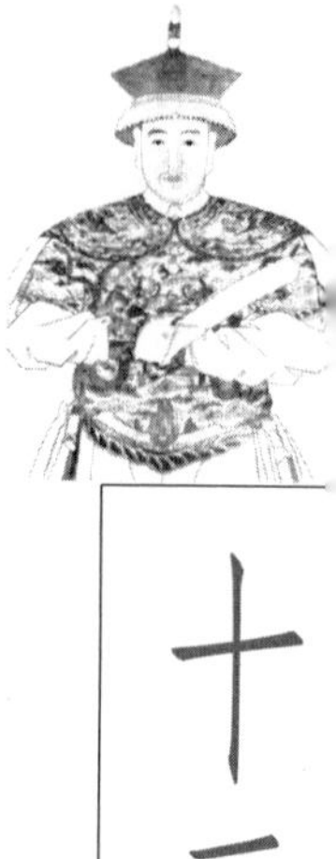

道這懿貴妃居心叵測；無奈自己寵愛她的厲害，懿貴妃干預朝政也習慣了。那孝貞后是十分沉靜的，見了大臣，期期艾艾的說不出什麼話來；懿貴妃在一旁代問著話，口齒清楚，語言漂亮，且另有一種威嚴，大臣們見了她都害怕。後來日子久了，孝貞后竟也省她不得；懿貴妃自恃有才能，便也越發驕傲了。

那年春天，宮裏照例鬧著龍舟；皇帝帶著妃嬪們，坐在御舟裏吃著酒，看著龍船。這時皇帝身體還不十分健旺，不願意和許多妃嬪擠在一起；卻自己帶著孝貞后，坐著一隻小艇子，在湖中盪漾著。四邊岸上的宮女們，見御舟在湖中，便齊聲嚷著「安樂渡」三字。

原來這是宮中的規矩。皇帝坐在船裏，那船身一離開岸，便令宮女站在南岸，齊聲喚著「安樂渡」三字；直到皇上的船到那邊岸上，才停住喚聲。這雖是一樁迷信事情，但兩岸幾千個宮女嬌聲喚著，卻也很有風韻。這時皇子載淳年紀尚小，聽著喚聲，也跟著她們嚷著。

懿貴妃拉了她要好的妃嬪宮女們，另外坐一隻船遊玩著，打聽得皇上在映水蘭香開宴，她們便趕去伺候。那地方是靠著湖邊的，埠頭上泊著三隻龍舟；龍舟兩旁一字兒停著許多小船。懿貴妃自小在南邊學得弄槳渡水；這時她們飯都吃罷，懿貴妃見了埠頭的小艇，不覺觸動了她的舊好，便縱身一跳，跳在小艇子上，拿了一支槳正要盪開去。忽然給皇上看見了，說：「有趣！朕也搭著妳的船渡過去。」

懿貴妃見皇上也高興，忙把那小艇靠近埠頭，等候皇帝走下艇子來；誰知咸豐帝才下得艇子，兩腳還不曾立定，那艇子便盪開了。皇上在久病之後，身體虛飄飄的，兩腳又沒有力；那艇子一晃，身子向側面一撲，一個倒栽蔥，「噗咚」一聲，皇帝翻身落水，祇聽得岸上宮女、太監們大聲呼救。

那孝貞后正在屋子裏，聽了忙趕來看時，虧得那湖邊水淺，下面又鋪著石檻；皇上落水的時侯，急把兩手攀住埠頭石條，身子浸在水裏，從肩膀以上露出在水面上。七八個太監一齊跳下水去，把皇帝扶上岸來；皇帝滿身水淋淋的，把個皇后嚇得臉上也變了色，一面吩咐把皇上送到就近靜香屋去更換衣服，一面喝令太監，把懿貴妃送到永巷裏去關起來待罪。

這咸豐帝身體原不曾復原，如今經了這一嚇，又受了凍，不覺舊病復發起來；孝貞后日夜看護著，這一場病，直到秋深才慢慢的好起來。

那懿貴妃平日是一個如何飛揚跋扈的人，如今關在永巷裏，一住四五個月；宮裏的人何等勢利，大家見她失了勢，都來打落水狗。那肅順和懿貴妃最是不對，便買通了服侍懿貴妃的宮女，故意到皇后跟前去告密；說懿貴妃住在永巷裏，終日怨恨皇上，又拿滿洲語咒詛皇上。

孝貞后聽了，忙親自到永巷裏去勸慰懿貴妃；說：「妳暫時安心靜守，過幾天待皇上歡喜的時候，

我替妳求求恩典，放妳出來。」

不知怎麼，這懿貴妃咒詛皇上的話，給皇帝知道了，便不覺大怒。恰巧肅順站在一旁，皇上便問肅順道：「朕意欲把懿貴妃廢了，賜她自盡，你看怎麼樣？」

慌得肅順忙跪下地去碰頭，說道：「奴才不敢預聞宮禁裏的事情。」

這句話傳到孝貞后耳朵裏，忙去見皇帝；竭力替懿貴妃辯護著，說：「這都是平日和她不對的人造的謠言，臣妾也常常去察看過，懿貴妃十分恭順，深知道自己的錯處，常常自己悔恨著，臣妾敢替她在皇上跟前求求恩典，放了她出來。她在冷宮裏，時時想念皇上，日夜哭泣，看了也十分可憐。」

皇帝到這時，想起懿貴妃是生了皇子的，一時不能廢去她妃子的名號；便也把怒氣消滅了。後來，孝貞后常在皇帝跟前替懿貴妃求恩典，皇上看在皇后的面上，便赦了懿貴妃的罪，把她放了出來。

第七十三回　貴妃掌權

葉明琛在廣東鬧了亂子，惹得各國聯軍攻破廣州城，又調動海軍進逼京津；朝廷派了桂、花兩大臣與各國講和，賠了七八百萬兩銀子，總算把這件事情暫時和緩下來。

在條約上，原寫明賠款付淸後，聯軍才把廣州城交還中國；如今聯軍在廣州城裏一住兩年半，看看絕無交還的意思。便有一個佛山鎭練兵的頭目，忍不住一肚子的氣憤；他想想廣東這件禍事，都是英國領事巴夏禮鬧出來的，害得中國賠款割地、喪師辱國。便出了一張告示，說願出一千兩銀子的賞格，買那英領事巴夏禮的腦袋；那巴夏禮聽了，不覺嚇了一跳。

這時英國公使還在上海，巴夏禮便打了一個電報到上海去，告訴英國公使這件事情；英國公使聽了大怒，便動公文給桂良，要他奏革兩廣總督黃宗漢的任，還要逼著他，立刻去解散團練兵。桂良無可奈何，祇得一面答應他，一面仍舊簽定條約，一時暫不掉換。

外國人見桂良不換條約，說他沒有講和的誠意；那英國兵船便開到長江一帶去游弋，直到漢口地

方。法國兵也到內地去亂闖，又到處設立天主教堂，地方官都嚇得不敢出來說話。

這時有一位滿親王，名僧格林沁的，見外國人這樣肆無忌憚，忍不住大怒起來；拉起一本摺子，奏參直隸總督譚廷襄，說他疏於海防，便親自派人在大沽口修築砲臺，在海口打一道木椿，再拿鐵鍊鎖住港口。待到換約這一天，各國的兵船都開到天津來會齊。中國官廳送過照會去，叫他們的兵船改道在北塘口下椗，不許他們在大沽口行動；那英國兵船如何肯依，便一定要開進大沽口來。

他們見大沽口已有鐵鍊鎖住，便拿砲轟斷，一面開進十三隻小兵輪來；船頭上插著紅旗，和砲臺挑戰。逼向砲臺開砲，拿砲轟打中國步兵；看看打勝了，便一擁上岸，搶上砲臺來。砲臺上開砲還擊，打沉了幾隻小兵船；那上岸來的外國兵，也被中國兵殺死了幾百名，又活捉得一個英國將軍。英國兵船祇剩得一隻，逃出攔江河外面。

那大兵船上見自己的兵吃了敗仗，便退出大沽口，到旅順、威海衛測量海勢，慢慢的向南退去。廣東人民聽得英國人吃了敗仗，便急急修造船隻；怕他們再來報仇，便由富商捐銀三百萬兩，暗地裏去送給英國人，求他們不要打仗。

英法兩國公使照會通商大臣何桂清，情願遵守八年的條約。那桂清祇求平安無事，無奈這時咸豐帝信任僧王的話，不答應外國人的要求，祇答應他照道光年間的事情通融辦理；又吩咐他，仍在上海議和，不得率行北來；如有外國兵船再敢駛入攔江河的，乃痛加剿辦。一面由僧格林沁動用內帑一百餘萬，經營北塘口。

後來，忽然有人主張在北塘口引敵上岸，咸豐帝卻也說不錯，便又吩咐把北塘口的軍備盡行拆去。那時，翰林院編修郭嵩燾，上疏竭力說不可；北塘紳士御史陳鴻翊也奏說，不可撤去北塘兵備。咸豐帝不聽他們的話；不到幾天工夫，法國、英國的小兵船開近北塘，拔去港口的木樁。打頭陣的是英國將軍額爾金、法國將軍噶羅，帶了一百多隻兵船打進來。

外國兵拖著砲車上岸，中國兵卻不敢動手，抵送照會，叫他到北京去交換議和條約。外國兵到了這時候，騎虎難下，如何肯依？便催動各國聯軍一萬八千人，從北塘打進內港。

這時適值退潮，外國兵船一齊擱在淺灘上，他們祇怕中國兵在兩岸夾攻，便掛起白旗，假作求和的樣子。中國兵見了白旗，果然不敢攻打；待到潮漲水大，那兵船上便出其不意，直撲上岸來。砲火連天，把中國兵打得四散奔逃；一萬八千聯軍，直打到新河地方。僧王帶領三千勁旅上去抵敵，無奈外國兵營裏砲火厲害、槍彈如雨；一陣子打，可憐三千個騎兵，打得祇剩七個人。

新河陷落以後，看看大沽危急：皇上便命大學士瑞麟，帶領京中的八旗兵，到通州去防守。那聯軍果然進逼大沽，拿開花彈攻打北岸砲臺，開花彈落在火藥庫裏，一下轟天價響，烈焰飛騰，把巍巍一座

炮臺打倒，提督樂善死在砲火臺上。

這時僧王正駐兵在南岸，見了這個樣子，忙退兵到通州的張家灣地方；看看天津也保不住了，告急的文書，雪片似的到得京裏。咸豐看了，心中一急，舊病復發；一面命桂良到天津去議和。那桂良送照會到英國公使衙門裏去，那公使回一個公文，說要增加賠款，開天津為商埠；還要每國酌量帶領兵隊，進京去換約。

皇帝在病中，性子十分暴躁；聽說外國人要帶兵進京來，又聽說英國派的議和大臣，便是那巴夏禮，心中越發生氣，便下旨一律拒絕。英法各國兵隊見中國皇帝無意講和，便又進兵攻打河西，進逼通州；那北京地方的人心，便頓時慌亂起來。

咸豐帝聽孝貞后的話，連夜到河南去把勝保召進京來，命他帶領一萬禁兵，到通州去抵敵外國兵；一面由怡親王載垣，邀集英法各國公使，開了一個宴會。吃酒中間，載垣提起議和的事情；那巴夏禮大聲答道：「如欲講和，非面見中國皇帝，並須每國帶兵二千名進京去，才可開議。」

這樣兇橫的條件，叫載垣如何答應得下來？祇得回答說：「這事須請旨才能答覆。」

巴夏禮見怡親王做不得主，便也閉著嘴不說話了；任你載垣如何去和他敷衍說笑，他總是閉著眼，假睡在榻上，給你個不理不睬。載垣無奈，祇得不歡而散。

到了第二天，報馬接連的報進軍情來；說通州勝保的軍隊大敗，僧、瑞的兵也退敗下來，英將額爾金帶領大隊外國兵，快要打進京來。整個京城頓時鬧得沸反盈天；那大學士端華和尚書肅順，看看時勢危急，便在半夜時候到圓明園去，請見皇上。

咸豐帝這時病勢很重，孝貞后早晚在一旁伺候著，懿貴妃在房中料理湯藥；忽傳說端華與肅順請見，皇帝知道大事不好，把他嚇得臉色雪白，渾身索索的打顫。孝貞后一面傳御醫進來請脈下藥，一面把這兩位大臣傳到御榻前來問話。

肅順便把外面的軍情一一奏聞；又奏稱：「如今外兵來勢猖狂，皇上萬乘之軀，自宜從早出狩，住在萬安的地方。」

咸豐皇帝說：「現在昏夜，朕身體又十分疲乏，到什麼地方去好呢？」

當時大家商量了一會，還是孝貞后有決斷，說：「我們不如到熱河去走一趟罷。」皇上聽了，也點頭稱是。

當時那御醫還不曾走，便奏說：「快把鹿血拿來，請皇上服下；便立刻可以增長精神，加添氣力。」

早有太監去殺翻兩頭花鹿，取得血來，還是熱騰騰的；咸豐帝吃下一碗去，果然立刻身體旺壯起

來，精神也發皇了。便傳諭恭親王，留守京師；著肅順統率御林軍，隨往行宮；端華照料園裏的事情。這個消息一傳出去，好好一座圓明園，頓時鬧得人仰馬翻，鶯啼燕叱。咸豐帝也顧不得這許多了，自己坐了一輛園中的黃蓋車；肅順在半夜裏去打開車行的門來，僱得四輛敞車；車上僅略略遮蓋些蘆席。

其中一輛車請孝貞后抱著皇子載淳坐了，其餘三輛，便有許多妃嬪宮女搶著坐。可憐一輛車，擠著五六個妃嬪，擠得她們腰酸骨痛；當中的懿貴妃，她平日席豐履厚，何等嬌養？如今從半夜裏逃出園外，吃盡苦楚，早見她嬌喘細細，珠淚紛紛。

此外還有許多妃嬪宮女坐不著車子的，祇得互相率引，跟著皇上的車子，哭哭啼啼的走去；其中有幾個平日和太監要好的，便有太監們來揹著她們走了一程，沿途僱得騾馬，扶她們趴在騾馬背上走去。

這懿貴妃在車子裏簸蕩了半夜，早把她的頭髮也撞散了，額角也撞腫了；她傷心到極地，便在車子裏嗚嗚咽咽的痛哭起來。

看看到了天明，一瞥眼，見那肅順趕著一群騾馬，從她車旁走過；懿貴妃這時也顧不得了，便一手掀開了車簾，提高了嬌滴滴的喉嚨，喚道：「六爺！六爺！我的車子破了，求你六爺做做好事，替咱們換一輛好的車子罷！」說著，不覺柳眉緊鎖，雙淚齊拋。

那肅順正要趲程趕上皇上的車子去，聽了懿貴妃的話，便答道：「在這半道兒上，哪裏來的好車子？我們等趕到前站再說罷。」他說完話，便馬上加鞭，急急跑向前面去。

過一會兒，到了一個鎮上，一行車馬一齊停下打尖。懿貴妃四處留心看時，不見有肅順；便向身旁的太監打聽，知道他正在皇上跟前奏事。那太監替她跑去，候肅順奏完了事下來，便上去對他說：「懿貴妃要換一輛車子。」

那肅順聽了，把頭搖了一搖，說道：「現在是什麼時候？我還有空工夫辦關防差使嗎？」

到了第二天，在路上，懿貴妃又遇到肅順；懿貴妃實在支撐不住了，便哭著喚著六爺，要求肅順替她換一輛車子。

肅順聽了，陡的放下臉兒來，冷冷的說道：「如今在逃難的時候，那比得太平日子？在這荒山野地裏，到什麼地方去僱新車子呢？不是我說一句不中聽的話，我勸貴妃還是安分些罷；在這個時候，有得坐一輛破車子，已是萬幸了。貴妃不看見路旁還有許多貴人宮女，哭哭啼啼走著的嗎？貴妃可曾看見那中宮坐的也是一輛破車子，和貴妃坐的一模一樣嗎？中宮不叫換新車子，貴妃卻要換新車子；貴妃是何等樣人，怎麼可以越過中宮去呢？」

肅順說完這幾句話，又把鞭子打著馬，飛也似的跑上前去了；懿貴妃這時無可奈何，祇得咬牙切齒

的罵道：「好大膽的奸賊！過幾天，看我的手段罷！」

這時帝后和妃嬪、皇子一班人，不多幾天到了熱河，在行宮裏住下；一面下諭給恭親王，著他與聯軍主帥早日議和，一面仍著僧、瑞兩軍，調兵把守海淀。

那僧王把個巴夏禮恨入切骨，他便想了一條計策，把巴夏禮誘進營來，伏兵齊起，把巴夏禮擒住，送進京去監禁起來。英國公使見捉了巴夏禮，十分惱怒，向恭親王索還巴夏禮甚急；勝保也傳檄江南，叫各軍勤王。一時裏，僧王部下的鮑超、袁將軍部下的張得勝、安徽團練的苗沛霖帶了軍隊，陸續都到了京裏。

外國兵因中國調來了許多兵士，便也不敢十分胡鬧，祇是照會恭親王，限他三天把巴夏禮交出來。恭親王不肯，要他把兵隊退到天津去，才肯開議和局；英國公使也不答應，恭親王無法可想，便邀同周祖培、陳孚恩，聯名上奏行宮，說外人十分強項。

咸豐帝身體本來是掏空的了，再加上那天半夜出奔，一路上受了些風寒；到了熱河，病勢越發厲害。孝貞皇后為保全皇帝性命起見，所有一切外間髮匪、捻匪，以及各國聯軍的事情，都一起捺住；大事叫恭親王在京中便宜行事，小事便沒奈何，自己每天看著奏章，時時和端華、肅順兩人商量取決。

又因懿貴妃辦事敏捷，料事很明，口才也好，筆下也快；便也叫她幫著辦理朝政，每逢遇到疑難不決的時候，懿貴妃便一言立斷。因此咸豐帝反得逍遙事外，靜心調養；御醫也跟來，每日替皇上診脈下藥。

圓明園中養著的幾百頭鹿，這時候也送到行宮來，每天吃著鹿血；看看那皇帝的身體，一天一天的健朗起來。這時總管太監安得海，每天服侍著皇上，又領著皇上在行宮內苑裏遊玩：這熱河行宮，雖在極北荒涼的地方，但是經過從前乾隆、嘉慶幾朝刻意經營，便一樣的花明柳媚，鶯歌燕唱。

咸豐帝看了這情景，不覺起了無限感慨；他想起從前在圓明園中，何等風流，何等快樂，如今空落落的一個園子！雖說一樣的花嬌柳媚，但是那些六宮粉黛都不在眼前，春色撩人，不覺動了無限相思。

是皇后的主意，一切朝廷大事，都不叫皇帝知道；總叫安得海帶領太監們，伺候著皇上，自己也避開，不常和皇上見面。怕的是皇帝多動情慾，傷害身體；又禁止著懿貴妃和別的妃嬪，不許她們去親近皇帝。皇上見了她們，想起從前園中的情形，多麼傷心；因此也不願去召幸她們。

但是看看皇上的身體，一天強健似一天，終日在行宮園中養病，閒得無事可做，祇是長吁短嘆；安得海知道皇上的心事，便悄悄的在行宮外面找了幾個粉頭來，陪伴著皇帝。

這一來，皇帝卻歡喜起來。從來做皇帝的睡女人，總是堂堂皇皇的；惟到如今，卻是偷偷摸摸的玩著，女人越是偷偷摸摸，越覺得有味。後來，咸豐帝因在行宮裏玩得不舒暢，索性由安得海領著，悄悄的到宮外嫖妓院子去。

這熱河地方，本來不是個小去處；來往關外的客商很多，平日也有幾家娼寮。如今皇上出幸，那文武百官都隨從在行宮裏；那熱河的市面，頓時熱鬧起來。那百官們都是不曾帶得家室的，大家都找窯姐兒玩耍去；因此竟有幾家上等的窯姐兒，從天津、北京趕來做買賣的。皇上也便悄悄的在這幾家上等窯子裏玩耍。

咸豐帝在久病之後，身體尚不曾復原；如今在窯子裏日夜縱樂，早把個身體又掏虛了。到了秋初時候，竟狂吐起血來；把個孝貞后和滿朝文武急得走投無路，傳了三四個御醫進去，日夜診脈處方。

雖說把吐血止住了，但是那身體看看一天比一天瘦弱下去；咸豐帝知道自己是不中用了，便把孝貞后和懿貴妃傳進來，日夜陪伴著，又常常問起孝貞后那聯軍的事情。孝貞后起初勸他不必勞心，且管養病；無奈咸豐帝一定要看奏章，孝貞后勸他不過，便把外間送進來的奏摺，每日由懿貴妃在床前朗聲誦讀給皇帝聽。

這才知道恭親王和各國公使商量，改在通州會議，外國人也不答應。皇上嚴諭恭親王，須不失中朝體面；那恭親王便不敢輕言講和，兩面相持不下。英法聯軍便惱怒起來，要立刻攻入海淀；所有皇宮附近的禁衛軍隊，見外國兵來了，便一齊潰散。恭親王站腳不住，便逃到廣寧門外，長新店裏去躲避；由瑞麟出面，和步軍統領文祥商量，把巴夏禮釋放出來。

誰知這巴夏禮因爲被中國皇家監禁，心中又慚愧又忿怒；他出來的時候，忿無可洩，便悄悄的走到圓明園裏去，放了一把火。這時御林軍已逃得一個不留，園裏的太監們見皇上走了，他們也散了逃園，各自回家去了；祇剩得幾個老弱婦女在園裏，有誰能救得這火。這時西風又大，園裏的亭樓造得密密層層；一霎時，滿園都延燒著了，祇見天上起了一片紅雲。可憐畫棟雕樑，金迷紙醉的一座圓明園，足足燒了三日三夜，燒成了一片瓦礫場。

這時，做書的急要交代的是住在園中的四春：那牡丹春原生得最是聰明，她見宮中漢女有被蘭貴妃捉去活活打死的，有私自逃出園去，被侍衛們捉回來活活吊死的；她知道都是漢女的打扮和旗女不同，在宮中容易辨識，一旦有事，也不容易逃走。她便刻意模仿旗女的打扮，平日和一班宮女十分要好，跟著宮女學得梳頭擦粉，以及旗女種種的禮節；到高興的時候，一樣的梳著大頭，穿著旗袍，腳下頓著粉底鞋，臉上擦著濃濃的胭脂，嘴裏說著一口十分流利的京片子，望去活似一個極漂亮的旗下宮妃。

祇因她待太監、宮女們好，那天皇上倉皇出走的時侯，早有太監報信給她；牡丹春原是旗下女人打扮，得了這個消息，也便慌慌張張夾在宮女隊裏，逃出園去。她身邊原積蓄下幾個錢，便動身到天津，搭輪船直到蘇州，回到自己家裏；她母親還在。後來由她母親作主，嫁給一個讀書人，一雙兩好的過著日子。

第七十四回　宮廷鬥爭

圓明園偌大一個花木勝地，被巴夏禮付之一炬以後，頓時煙消霧滅；那四春之中，要算牡丹春的結果最好，那海棠春進得園來，因想念金宮蟾想得厲害，不到一年工夫，在咸豐帝最寵愛的頭裏，她便鬱鬱而死。

祇有杏花春得到皇帝寵愛的日子最多，她手頭積蓄的錢也最富；她在宮中和誰都沒有交情，無論什麼人託她在皇帝跟前說一句話，她總非錢不行。因此宮裏的人，沒有一個不啣恨她的。但是杏花春手頭的錢一天多似一天；她有二十萬兩銀子，託她主母放在外面生息。此外零零星星、三萬五萬的，都由總管太監替她拿出去，存放在錢莊裏。她自己的屋子裏，還存著二三千兩黃金，此外金珠首飾不計其數。

祇因她平日待人不好，到了出事情的這一天，那班宮女、太監們各自逃命，也沒人去通報她；待到天明，杏花春從枕上醒來，皇上已走了，園裏已是天翻地覆似的鬧成一片。杏花春正要起來打聽時，早

有一班年老的太監宮女們，惡狠狠的打進房來，便在床上，大家齊動手，把杏花春活活勒死，把她所有的金銀珠寶擄一個空。可憐一個脂粉嬌娃，屍首挺在床上，直到渾身腐爛，也沒人來收拾她。

倒不如陀羅春進得園來，清清潔潔，每日在一座小庵裏長齋禮佛；宮中人人見她可憐，到皇上臨走的一天，便有管宮太監悄悄的去告訴她。

陀羅春自進園以來，早把死生置之度外；聽了太監的報告，她也不驚惶，依舊唸她的經卷。直到園中的宮女、太監們俱已走盡，便有一個小太監來勸她出園去；又說：如今園裏沒有人查問，儘可以放膽出園回家去。陀羅春聽說可以回家，不覺心中一動；便也略略收拾些細軟物件，跟著小太監走出庵來。

看看滿園荒涼，到處塵封，她心中起了無限感慨；回心一想，如今家裏，母親爲她死在宮裏了，便是要回去，也沒有家了。生成一個薄命人，便是出得園去，也沒有好日子過的。她便起了一個決心，這時正走到萬方安和的卍字橋上，看看那小太監在前面走著，她便出其不意的一縱身，向池裏一跳。

祇聽得「噗咚」一聲，那池面很大，陀羅春一個嬌小身軀，早不知盪到什麼地方去了。這時候園中靜悄悄的，四面不見一人，他無處可以求救；倒累得這小太監，對著池子大哭了一場。

這陀羅春溺水以後，到了第七天，那圓明園便遭了火災；寂寂一座園林，一任那狂風烈焰把它捲得寸草全無。這個消息傳到行宮裏，把個咸豐帝氣得病勢越發加重；厲害的時候，竟至暈絕過去幾回。那英法聯軍又聲稱要攻打禁城；孝貞后得了這個消息，忙傳諭給恭親王，叫他從速議和。

這時有一個俄國海軍少將，名叫普查欽的，他見有機可趁，便去鼓動俄國公使，名伊格耶替葉幅的，出來排解；勸英法兩國和中國議和，照道光年間的和約增加九條，法國也增加十條和約，把天津開做商埠，賠償英國兵費銀一千二百萬兩，賠償法國兵費銀六百萬兩。這和約奉到行宮裏，咸豐帝把端華、肅順兩人召進宮去商議。

那端華、肅順兩人，和恭親王是素來不對的；當下看了這和約，便說道：「大爺辦事如此不中用，照此下去，將來咱們還有好日子過嗎？」

咸豐帝這時也決不定主意，因爲孝貞后和懿貴妃是素日與聞朝政的，便也把這一后一妃喚來，和她們商議。

這孝貞后是忠厚人，見如此大事，卻一時不敢下斷語；獨有那懿貴妃，她卻大著膽侃侃而談。說：「如今兵臨城下，外國人不滿所欲，是決不干休的；這件事錯在當初那班耆英、牛鑑、桂良、花沙納的混蛋手裏！當初事尙可爲，便一味的媚外誤國，示弱乞和，以致鑄成今天的大錯；如今天子蒙塵在外，京師危在旦夕，南有髮匪之禍，北有捻賊之亂，內訌未淸，怎當得再有此外患？不如請佛爺乾機獨斷，

就此准了他們的和約；一來外兵可以早日退去；二來佛爺也可以早日回鑾，在宮中養病，總比在這行宮裏諸事不便的強得多。」

一句話打中了咸豐帝的心窩，咸豐帝抱病在外，原天天想回宮去；當下便依了懿貴妃的主意，批准了和約。一面諭令恭親王收拾宮殿，繕修城郭；直到秋末冬初，才把宮禁收拾停妥，聯軍也退出京了，仍由恭親王領銜，籲請皇上、皇后返蹕。誰知這時候，咸豐帝大發哮喘病來，住在行宮裏，一步也動不得；祇得暫把回鑾的事情擱起。

懿貴妃帶了皇子載淳，早晚在皇上榻前侍奉湯藥。咸豐帝經此亂離之後，見了懿貴妃，想起從前的一番恩愛，便把從前的宿恨一齊忘去，漸漸的依舊寵愛她起來。懿貴妃見自己又得了時，豈肯錯過這個機會？她便拿出私房銀子來，在宮裏聯絡安、崔兩個總管，又託崔總管暗地裏去聯絡她的姪兒榮祿。

卻說懿貴妃的母家，原有一個弟弟名叫桂祥；懿貴妃住在天地一家春，最得皇上寵愛的時候，真是言聽計從，懿貴妃一心要把她弟弟提拔起來，做一個京官，在外面也可以和她通通聲氣。誰知這桂祥卻是一個傻子，雖做了京官，卻還是呆頭呆腦的，一點事情也不懂。

懿貴妃看看自己的兄弟不中用，便改變方針，一意提拔她的姪兒榮祿；那榮祿是一個聰明刁滑的人，他得了功名，便在滿朝中拉攏；別人看他是寵妃的家裏人，自然另眼相看。不多幾年工夫，竟被他爬上滿尚書的地位，在朝中也頗有權勢。

他見恭親王是皇上親信的人，便也和恭親王好；這恭親王也不知不覺落在他的彀中，兩人十分莫逆起來。如今見他姑母打發崔總管來聯絡他，姑姪一家人，沒有不幫忙的；彼此心照不宣，由榮祿去聯絡恭親王，從此恭親王也做了懿貴妃一黨的人。

懿貴妃看看裏外都已打點停妥，她在皇上跟前便慢慢的掌起權來；那孝貞皇后原是不會說話的人，凡有外來奏章，都由懿貴妃讀給皇上聽。皇上這時精神十分衰弱，凡事都叫送孝貞后決斷去，這孝貞后又看懿貴妃生得比自己聰明有才情，便諸事和她商量。後來懿貴妃索性獨斷獨行，自己在奏摺上批定了，再給孝貞后看；孝貞后心中雖不以爲然，但她也無意爭權，便一任她做去。

自有一班朝中大臣，打聽得懿貴妃與聞朝事，便大家拿著整萬的銀子，走安、崔兩總管的路子，去孝敬懿貴妃；懿貴妃得人錢財，與人消災，便也替他們在皇上跟前說說好話。偶而說幾次，皇上卻也不覺得；後來見懿貴妃儘替外面大臣們說好話，咸豐帝便覺得這妃子有些靠不住，心中有些厭惡她起來。

這時，咸豐帝病勢一天重似一天，懿貴妃知道皇上是不中用了，便想到將來自己的地位，緊拉著皇子，天天在皇帝榻前絮聒；說：「佛爺只有這一個皇子，將來百年之後，總是這載淳繼承大統了；如今

外面大臣，頗有主張立長君之說，佛爺何不趁現在立定了太子，免得日後咱娘兒吃虧。」

咸豐帝聽了，心知這是懿貴妃有意造謠；但是如今祇有這一個皇子，將來這個皇位，總是逃不了是她兒子的了，便也樂得答應她。又安慰她：「不必多心，將來總會傳位給妳兒子，總給妳陞做太后。」懿貴妃聽了皇上這幾句話，心才放下。

皇帝害的是癆損病，那身體一天瘦弱似一天，精神一天委頓似一天，他心裏卻十分明白；他在病中暗暗的留心懿貴妃的舉動，覺得懿貴妃仗著自己將來可以做太后，便漸漸有些跋扈起來，有時甚至和孝貞后對口，不肯相讓。有時外面有奏章送進來，懿貴妃也不和孝貞后商量，竟自獨斷獨行，批交出去。

咸豐帝心知，這懿貴妃將來是不得了的人，心中十分憤怒；趁著懿貴妃不在跟前的時候，皇帝便把肅順召到床前來，這時孝貞后也陪在床前。

咸豐帝氣憤憤的對肅順說道：「懿貴妃十分跋扈，留此人在世，將來必是皇家的大害；朕打算趁朕未死以前，賜她一死，除了宮中的大禍。」那肅順聽皇帝說出這個話來，嚇得他祇是趴在地下碰頭，不說一句話。

皇上又說道：「不然，朕留下遺旨，朕死以後，便將懿貴妃殉葬。」

孝貞后到底是忠厚人，聽了皇上的話，覺得懿貴妃甚是可憐；便替懿貴妃再三求恩，說：「懿貴妃生有聖子，母以子貴，萬歲便格外開恩，饒她一二。萬歲若賜她一死，將來聖子繼位，追念生母，叫他何以爲人？」

孝貞后說得聲淚俱下，咸豐帝也感動了；便說道：「朕如今看在皇后面上，饒她一死；但是這懿貴妃是陰險刁刻的人，朕死以後，無人可制得她住。朕如今須寫下遺詔，使她不敢放肆。」說著，便竭力支撐著從床上坐起來，命肅順端過筆硯來，就在床上寫下遺詔。道：

> 咨孝貞皇太后：懿貴妃援母以子貴之義，不得不尊為太后；然其人絕非可倚信者，即不有事，汝亦當專決。彼果安分無過，當始終曲予恩禮；若其失行彰著，汝可召集廷臣，將朕此旨宣示，立即誅死，以杜後患。欽此。

寫畢，叫皇后在詔書上寫下名字，又叫肅順也寫下名字，便交給孝貞后收下。那孝貞后正要收藏，忽然又交還皇上，奏稱：「這詔書也得傳示外臣，請恭親王來此，寫上名字；將來萬一有事，也得內外相應。」

皇上聽了皇后的說話，也說不錯；便一面下諭傳恭親王奕訢，火速趕赴行宮，一面暫把這遺詔收藏

在枕邊。

這時懿貴妃在皇帝左右，早已佈下耳目；她見皇上情形，對她一天冷淡似一天，心知有些不妙，便在背地裏囑附安、崔兩個總管，留心察看動靜。這一天，皇上和皇后、肅順兩人密議的事情，崔總管在窗外也略聽得一二；祇是不敢久站在窗下，怕被人看見，因此皇上說的話，他也不曾聽得完全。心知是不利於懿貴妃的，便忙去通報與懿貴妃知道；懿貴妃聽了，心中十分害怕，一時也估料不出什麼事情來，滿心焦躁，害她幾夜不曾合眼。

恰巧有一個機會到了，皇上病了多日，身體睡在床上，骨瘦如柴，覺得十分痠痛，頗想人在身上搥搥；那時有一個姓陸的御醫，他是懂得推拿的，便按著穴道，替皇上推著。皇上依舊是個不舒服；後來總管另喚一個太監，名叫李蓮英的進來，替皇上按摩著。

這李蓮英原懂得這按摩法子的，當下替皇上按摩著，經過他按摩的地方，筋骨都十分舒適；按摩到胸口，皇上便沉沉睡去。從此皇上十分歡喜這個李蓮英，每日非把他傳進宮去按摩一次不可；這李蓮英也十分乖覺，他趁皇上閉上眼睡去的時候，便抬起頭來，留心看屋子裏的情形。

他一眼見皇帝枕頭邊露出一隻紙角兒來，祇見得「其人絕非可倚信者」一句；他知道這一張紙，總與一個人是有利害關係的。他一轉念，便想到懿貴妃；莫非，這上面說的便是懿貴妃麼？他便大著膽，伸過手去，把紙角兒拉出來一看；把遺詔上的話，統統看在肚子裏。

這時李蓮英身後站著一個人，便是崔總管；他們原是通同一氣的。李蓮英也不在意，正想把這遺詔偷下來，忽然孝貞后走進房來了。崔總管拿靴尖兒輕輕的踢著他；李蓮英忙縮住手，拿一方手巾遮住那遺詔，退出來，急急去告訴懿貴妃。

原來這李蓮英是懿貴妃極親信的人，進宮的年數雖不多，卻深得懿貴妃的寵用。他原本是河間地方人，在一家硝皮舖子裏做學徒的，人家都喚他皮硝李。家裏十分窮苦，常常不得溫飽。

那河間地方有許多人是在宮裏做太監的，崔總管恰巧住在他鄰近，有時見崔總管告假回家，拿著許多金銀回家，又說宮裏如何好玩，如何有勢力。這時李蓮英年紀祇有十六歲，卻十分勇敢；聽說宮中如此好玩，便瞞住了父母，把自己下身東西割去了，痛得暈絕過去。他父母急請醫生用藥擦抹，止住了血；在床上睡了三四個月，便平復了。

他趕進京去，找到崔總管，求他帶進宮去，當一名小太監；崔總管留他住在自己下處，守候機會。過了幾天，恰巧懿貴妃要僱一個年輕的太監，當梳頭房裏的差使，崔總管便把李蓮英領進宮去；懿貴妃見他面目清秀，語言伶俐，便也歡喜了。

又叫他試試梳頭，這李蓮英原是專在女人身上用工夫慣的，他服侍起女人來，溫存體貼，嫵媚玲瓏；如今第一次替懿貴妃梳頭，便格外小心。懿貴妃十分愛惜自己的頭髮，又是怕頭皮痛的；因此，李蓮英便放出輕靈的手段來，替懿貴妃梳成一個頭，非但頭皮一些不痛，頭髮一絲不脫，且那頭樣子梳得玲瓏剔透。

最叫懿貴妃歡喜的是，他能每天換一個頭樣子；而且他換的樣子，越換越好看。每一個樣子，總有一個吉利的名字：什麼富貴不斷頭，天下太平頭，一團和氣頭，龍鳳雙喜頭。懿貴妃的脾氣最是愛吉利的；如今聽見這許多吉利的名目，不由得她不喜歡。再加上李蓮英生成一張利嘴，到沒事的時候，搬些鄉下故事、村莊野話出來說說；又對上了懿貴妃的勁。

懿貴妃最愛聽故事，到氣悶的時候，便傳李蓮英進房去講故事；李蓮英肚子裏故事真多，天天說著，也沒有說完的時候。他人又生得聰明，無論什麼笑話故事，都能隨嘴編排得出來；說到發笑的時候，引得懿貴妃笑得前仰後合，伸手打著他，罵他小鬼頭！李蓮英又天生成一副媚骨，任你如何打他罵他，他總是花眉笑眼的；懿貴妃到憤怒愁苦的時候，全靠著他解悶兒。

李蓮英還有一件絕技，叫人歡喜的；他自幼早學得一副好嗓子，無論南北小調、京陝戲曲，他都能唱，而且唱來抑揚婉轉，十分動聽。這一件又對上了懿貴妃的胃口，懿貴妃原是愛唱的，自從有了這李蓮英，有時跟著學幾句詞兒，有時靜靜的聽他唱幾齣京調；聽到高興的時候，便也夾在裏邊對唱著。滿間屋子，祇聽得他兩人咿咿呀呀的唱聲。

李蓮英又最能體貼女人的心理，凡是女人的苦處、女人的性格，他都體會得出來；和那班宮女們談起天來，句句說在女孩兒們的心窩裏，因此上上下下的宮女們，都和他好。李蓮英又懂得按摩的法子，懿貴妃每到骨節痠痛的時候，便傳李蓮英來替她按摩。說也奇怪，他按摩的時候，叫人渾身舒服，口眼都閉。

因此種種，懿貴妃十分寵愛他，每晚留他睡在榻旁；到清醒的時候，和他談些家常事情。李蓮英也能迎合意思，屈意對答。懿貴妃如此寵愛李蓮英，倒把崔總管冷淡下來；李蓮英心中感激懿貴妃的恩德，便處處幫著懿貴妃。如今在皇上枕邊見了這張遺詔，便急急來告訴懿貴妃知道。

懿貴妃聽了，一時無法可想；打聽得皇上病勢十分沉重，她便天天帶了皇子去坐在皇上榻前，借此也可以監督著皇后的舉動。這時恭親王奕訢也到行宮來過，也在遺詔上寫了名字；實在恭親王暗地裏，已入了懿貴妃的黨，便暗暗的把這消息去告訴榮祿。

這時大學士肅順、鄭親王端華、御前大臣額駙景壽、軍機大臣兵部尚書穆蔭、吏部左侍郎匡源、署禮部左侍郎杜翰、太僕寺少卿焦佑瀛等一班大臣，天天秘密商議；祇怕將來懿貴妃仗著幼子的勢力，竊弄大權，便打算俟咸豐帝死後，公勸怡親王載垣爲嗣皇帝。載垣知道懿貴妃生有皇子，自己強奪皇位，

祇怕群臣不服；便說皇子年幼，假託當今皇上有遺詔，命他爲監國攝政王。

無奈肅順等一班人不答應，這件事情還不曾議定，那咸豐帝便死在煙波致爽殿上了。這時肅順一班人，一不做，二不休，索性自稱爲贊襄政務大臣；說大行皇帝遺詔，立怡親王載垣爲嗣皇帝，改年號稱祺祥元年，又傳諭留京外王大臣恭親王、榮祿等，不必奔喪，不日當奉梓宮返京。

這時懿貴妃早料到肅順的計謀，皇上一死，她便把那顆傳國璽收藏起來；待到肅順進宮去，向孝貞后索取傳國璽。孝貞后這時見肅順來勢兇兇，深怕出了什麼變故，便也幫著懿貴妃，哄著肅順道：「那傳國璽早被六王爺帶進京去了。」那肅順聽說玉璽不在行宮裏，便急於要進京去。

這裏懿貴妃看看事情緊急，便抱著皇子載淳，跪在孝貞后面前，求她幫助；那孝貞后看懿貴妃說得可憐，又想她生有皇子，這大統總應該皇子繼承下去，便把懿貴妃扶起來，答應幫助她。懿貴妃便寫了一道詔書，蓋上國璽，暗地裏打發膳房總管喜劉，連夜趲程進京去，送給醇王、恭親王、榮祿三人，叫他們按計行事。

這裏肅順要把后妃兩宮留在熱河，自己先奉梓宮進京去；無奈孝貞后不答應，肅順沒法，祇得請孝貞后奉著梓宮，一塊兒進京去。

新滿清十三皇朝（三）危城風雲

（原書名：滿清十三皇朝 [參] 帝國夕陽）

作者：許嘯天
發行人：陳曉林
出版所：風雲時代出版股份有限公司
地址：10576台北市民生東路五段178號7樓之3
電話：(02) 2756-0949
傳真：(02) 2765-3799
執行主編：朱墨菲
美術設計：吳宗潔
業務總監：張瑋鳳

出版日期：2023年4月 新版一刷
ISBN：978-626-7153-90-1

風雲書網：http://www.eastbooks.com.tw
官方部落格：http://eastbooks.pixnet.net/blog
Facebook：http://www.facebook.com/h7560949
E-mail：h7560949@ms15.hinet.net
劃撥帳號：12043291
戶名：風雲時代出版股份有限公司

風雲發行所：33373桃園市龜山區公西村2鄰復興街304巷96號
電話：(03) 318-1378
傳真：(03) 318-1378
法律顧問：永然法律事務所 李永然律師
北辰著作權事務所 蕭雄淋律師

行政院新聞局局版台業字第3595號 營利事業統一編號22759935

定價：380元

國家圖書館出版品預行編目資料

新滿清十三皇朝. 三, 危城風雲 / 許嘯天著. -- 臺北市 : 風雲時代出版股份有限公司, 2023.01 面； 公分

ISBN 978-626-7153-90-1（平裝）

857.457 112000124